誘惑のボディーガードと
傷だらけの数学者

七川 琴

Splush文庫

contents

最後の一人を追って甲板の上へ出た。

顔を上げた途端に銃声が響く。咄嗟に屈《かが》むが、弾道は大きく頭上へ逸《そ》れた。射撃の腕はよくないらしい。感覚だけで撃ち返すと悲鳴が聞こえ、すぐに沈黙した。

暗視ゴーグルを外して頭を振る。

見渡せば夜明けの鮮《あざ》やかな青が目に痛い。島一つ見えない灰色の海の上、聞こえるのは波音とエンジン音、そして自らの荒《あら》い息だけだ。

脚が重い。だが、休むにはまだ早い。

船首まで歩き、太った男が血を流して倒れているのを見下ろした。確認のためにもう一度腹を撃つ。血と脂《あぶら》が飛び散った。瞼《まぶた》に滴《しずく》の感触がある。しまった、ゴーグルを外すのではなかった。袖《そで》で拭《ぬぐ》ってから舌打ちした。どこもかしこもすでに血で汚れている。顔が血だらけだ。

ナイフを雑に使い過ぎたな。

肩を撃たれただけにしては妙に服が重いわけだ。着ている装備を全て脱ぎ捨て、血を絞ればバケツ一杯分にはなりそうだ。

記憶を辿《たど》りながら、船の中をしらみつぶしに見て回る。ブリッジ内は死体で埋まっていた。鼻はすでに麻痺《まひ》していて生臭さは感じない。ガソリンの臭いだけがきつく鼻を刺す。

折り重なって倒れている死体のうちの一つを蹴《け》って裏返した。背中は乾いているように見えたが、腹や顔面からは大量に血が滴る。

下顎のあたりを撃たれたのだろう、頬の皮膚がめくれて食いしばった奥歯が剥《む》き出しだ。散弾でもくらったのか、前歯は弾け、眼球が飛び出している。咽喉《いんこう》は爆《は》ぜ、舌は焼け焦《こ》げて黒い。人間の喉《のど》の断面を見る機会はそうないので、舌はひらひらしていると思われがちだが、舌の根元はかなり太い。人によっては陰茎《いんけい》よりも。特に出血で攣縮《れんしゅく》している場合などはびっくりするほど太く見える。

この仕事に就《つ》いてすぐに、腹の中身を見るのには慣れてしまった。顔の酷い損壊にも何も感じなくなって、もう何年も経つ。ターゲットとは年恰好が違う、顔が分からなくても問題はない、そんなことを思うだけだ。

アサルトライフルを下げ、腿《もも》のホルスターから拳銃を取り出した。一人ずつ数えながら足元の死体を撃ち、反応がないことを確かめる。すぐに弾が尽《つ》きた。弾倉《だんそう》を取り換えてひたすら撃ち続ける。ターゲットの死亡も確認した。思ったよりも死体は多い。

そこで死体の中に自分が着ているのと同じ黒いタクティカルベストを見つけ、反射的に撃つのをやめた。

いや……そうだ、こいつは撃っていいんだ。

オリーブ色の肌と黒い髭《ひげ》、優しげな長くて濃い睫《まつげ》。裏切り者の死に顔は意外にも穏やかだ。かつて仲間だったその男は、乗船が完了するやいなや、チームリーダーを撃った。

つい数時間前のことだ。

そしてゴーグルを外してこちらへ手を伸ばし、語りかけてきた。

その彼を今度は自分が撃ち殺した。

目の前で突然始まった仲間割れに最も若いメンバーのフィルは唖然《あぜん》としていたが、彼の尻を蹴り上げて走り出した。海上での奇襲作戦実行チーム、そのたった四人の中に裏切り者が紛れ込んでいた。作戦が始まる前から面子《めんつ》が半分に減ったのだ。迷っていれば殺される。考えている暇はない。そこから先は地獄だった。

銃声のおかげでせっかくの苦労は水の泡となった。奇襲が強襲に早変わりというわけだ。そのフィルも、つい先ほど敵に撃たれた。

確認作業は終わった。敵は全滅し生存者はいなかった。思わず安堵《あんど》の溜息《ためいき》が漏《も》れる。まだ気は抜けないが、これで少なくとも身体を休めることはできそうだ。

本部に連絡を入れ、ターゲットと同僚二人の死体を広いところへ持ち出す。悩んだ末に、もう一人の同僚、裏切り者の死体も引きずっていく。死体と並んで座った。

先ほど死んだばかりのフィルは本当にまだ若かった。少年のようにさえ見える彼の顔、髭というには淡《あわ》すぎる金色の産毛《うぶげ》が朝日に照らされて光っている。滑らかな頬には血の飛沫《しぶき》。

『アキラ！　撃たれたのか？』

『フィル、ぼうっとするな。死にたいのか！　次やったらセイウチと交尾させてやるからな』

『悪い。面食らっちまった』

『今応援を呼んだが……たぶん間に合わん。俺とお前しかいない。踏ん張れるか？』

『大丈夫だ。もう俺を庇《かば》うな。こっちは俺がやる。おっさんと違って俺にはまだ体力が……アキラ、伏せろ！』

最期の会話を思い出した瞬間、耐えかねたように胃が暴れ出した。

「……っ」

酸っぱいものが込み上げるが、必死でそれを飲み下す。彼が突入した側の死角には敵がいて、自分の側にはいなかった。それだけの違いだ。そういう仕事なのだ。フィルだってきっと分かっていた。確かに彼は若かったが、ガキじゃない。そうやって納得するしかない。それ以上、今はどうすればいい。

こういった状況では他にどのような方法で死体に敬意を払えばよいのか分からなかったので、アサルトライフルを抱えてただ見ていた。迎えが来るまでの時間を死者に捧げた。祈る神もなく、涙も出ない自分に捧げられるのはそれだけだ。

それからしばらくしてヘリが到着した。ファストロープを使って船に降り立った仲間がこちらに向かって駆《か》けてくる。途端に疲れが押し寄せた。

死体の隣で軽く手を上げ、血塗《まみ》れの顔で腑抜けのように笑う。もう立ち上がるのも億劫《おっくう》だ。

「よう、ご苦労さん」

「よ……よくご無事で」

「さすがに無傷とはいかないな。一発喰らっちまった。止血はしたが」

久しぶりのまともなお喋《しゃべ》りだ。ぐいと腕を引かれて立ち上がる。肩を借りて歩き出すと舌が歯の裏に触れた。砕け散ることもなく、しっかりと生えている自分の歯、それから舌。こんな時でさえ、生きているという実感は膝が震えるほど甘美だった。なぜか笑いが込み上げる。

「ははは」

いいぞ。こういう時は馬鹿みたいに陽気でいるにかぎる。笑ってしまえ。

迎えに来た仲間は船の上の惨状《さんじょう》に絶句していた。敵は全滅し、内通者のために味方に死者が出て生存者は自分一人であると事前に伝えていたが、足の踏み場もないほど死体があるのを実際に目にして驚いたのかもしれない。

味方の船に戻り、傷の手当てを受けた。ちょっとした悲劇のヒーローとして扱われる。

「おい、アキラ、大丈夫か!?」

「あの××野郎！　嘘だろ……畜生、これだけ一緒にいて気付かなかった。大したもんだぜ」

「二人も殺されたのか。あいつら絶対に許さねえ」

「とにかく、お前が生きてて何よりだ。ゆっくり休め、と言いたいが」

同僚の後ろで上官が手招きしている。

「ああ、分かってる」

簡単な事情聴取が始まり、終わった。眠れないだろうと思ったが、気が付けば何時間も泥のように眠っていた。

目が覚めるとなにやら甲板が騒がしい。敵襲だろうか。だが緊迫した雰囲気ではない。寝床を抜け出して見上げた先では、大勢の屈強な男たちが肩を寄せ合い、海を眺めていた。

「よお、どうした。何があった？」

返事が返ってくるまでに狼狽《うろた》えたような間があった。

「お、おお！　アキラ、お前もう怪我《けが》はいいのか？」

「ああ、たいしたことはない」

「ほらあれだ。あれを見てる」

海面が赤い。その中に巨大な白いものが浮き沈みしている。

クジラの死骸にサメが群がっているのに行き合って、皆で見物しているのだった。

「すげえ、ジョーズだ、ジョーズ！　怖ええ」

「赤いの全部クジラの血？」

「クジラの頭は……食われてなくなってんのか」

「なあアキラ、サメってお前のとこの言葉で『フカ』っていうんだよな」

ふいに隣から話しかけられた。青い目が面白がるようにこちらを覗《のぞ》き込んでいる。フカヒレ！　と誰かが言った。以前、チャイナタウンで教えたのを覚えていた奴がいたらしい。

「ん？　ああ、鱶《フカ》な」

「アキラ・フカミのフカ？」

「意味は違う。読み方が同じなだけだ」

返事を聞いたその男は何が楽しいのか笑って後ろを振り返った。何人かの同僚と頷《うなず》き合っている。どうせまた、ろくでもない賭《か》けでもしていたのだろう。

呑気《のんき》なものだ。

今はもう誰も死んだ仲間や裏切り者について口にしない。数時間後に陸に上がれば、うんざりするような内部調査が待っていると、この場にいる誰もが知っている。いつもの作戦後の分析検討とは訳が違う。大ごとになる。軍法会議にだってなるかもしれない。

船上という、いわば密室で感情的にデリケートな問題を議論するのはなるべく避けるべき、というのがこの部隊での不文律だった。

「なあ、もしかしてあのサメは死んでるのか？」

同僚の一人が隣の肩を揺すりながら指差す方向には、クジラの肉片に混じって漂《ただよ》う一匹の大きなサメがいた。腹を見せて水面に浮かんでいる。目は虚《うつ》ろで何も映しておらず、微動だにしない。何列も並ぶ尖《とが》った歯が半開きの口から覗いていて、笑っているように見える。見たところ身体に傷はないようだ。

「ああ、あれはな、死んでるわけじゃなくて」

動物に詳しい同僚の話では、サメは時折あのようになることがあるらしい。血の匂いに酔っ払うから、という説もあれば、サメの食欲は野生状態では滅多に満たされることがないので、食欲が満たされると一時的に恍惚《こうこつ》状態となってしまうから、という説もあるようだ。

「あいつにとってこの状況は酒池肉林、この世の春。要は『ラリってる』ってことだな」

「マジかよ、サメって泳ぐのやめたら死ぬって聞いたことあんだけど」

「人間も息止めたってすぐ死ぬわけじゃねえだろ」

「ラリってる、ね。確かに気持ちよさそうだ」

血に酔うにしても、食欲が満たされて絶頂するにしても、どちらにせよサメというのは人間とは全く異質な生き物といえるだろう。捕食を快楽に直結させるという戦略を選択し、彼らは生き残ってきた。

まあでも、俺達もサメとそう変わりはないか。

仲間が死んでも翌朝には冗談を言いながら笑う。血塗れの手で労《いた》わり合う。

劣等感を謙虚さに、自責の念を向上心に昇華し、決して投げやりにはならず誇《ほこ》りを持つ。兵士として正常に機能するために、いらないものは全て捨てる。そうして作り上げた精神力で、つい昨日まで戦友だった相手を撃ち殺し、次への教訓に落とし込む。

死体だらけの船では自分以外誰一人生存者がいないという事実に心の底から安堵して、母船に帰ってきた今は、サメに食い荒らされるクジラの内臓を見ながら腹を空かせている。

ぐうっと腹の音が響いた。それを聞いた隣の男が肩をびくつかせる。

「な、なんだよアキラ、腹減ってんの？」

彼は取り繕《つくろ》うように笑った。

「ああ、食ってから寝たんだけどな」

「たぶんまだ昼飯残ってるぜ。食ってこいよ」

「そうだな。そうする」

同僚達の態度にかすかな違和感を覚えたが、特に気にも留《と》めていなかった。仲間に裏切られ、同じ任務に就いていた者が三人も死に、たった一人で生還したのだ。腫《は》れ物に触るような態度になってしまっても無理はない、と。

だって、そうだろ。こいつらも俺と同じだ。

厳しい訓練を経てこの部隊に所属する生え抜きの兵士達。今は大自然のスペクタクルに目を輝かせているが、皆同じ穴の貉《むじな》なのだ。死を糧に育つ合目的《ごうもくてき》の化け物ども。愛すべき、俺の兄弟。

遅い昼食を取ってから部屋に戻ると、血塗れのまま放置していた銃が目に入った。座って手入れを始める。癖《くせ》のようなものだ。暗い部屋で一人になった途端に、仲間二人を死へ追いやった男の声が蘇《よみがえ》る。彼はチームリーダーを撃ち殺してからこう叫んだ。

——アキラ、お前も俺と来い！　お前なら、お前だけは分かってくれるだろう？

それを聞いて硬直していたフィル、結局死なせてしまった後輩は、自分と裏切り者を見比べ戸惑っていた。なぜこの裏切り者は自分を含めた二人に対してではなく、この東洋人だけにこれを叫ぶのだろうと。

やめろ、違う。俺は違うんだ。こんな奴の言う事は聞かなくていい。

フィル、なぜ俺を見る？　なぜ、俺を……そんな目で。

その時なぜか、フカとはサメという意味か、と尋ねてきた同僚の青い目がちらついた。

「……っ！」

握りしめた銃身が軋《きし》む音で我に返った。仲間が死ぬのは初めてではない。これしきのことで動揺してどうする。

きつく目を瞑《つぶ》る。ゆっくり深呼吸を繰り返し、目を開けた。そして銃の掃除を再開する。

思い出せ。訓練の通りだ。まずは目の前の問題を片付けろ。今はこびりついた血を落とすことだけ考えろ。

考えても仕方がないことは、考えるな。

＊＊＊

大学方面へと向かう桜並木の通りは渋滞していた。車の中でうんざりする。人通りも多い。どこもかしこも狭い。この国は昔からこんなふうだったのだろうか。もうずいぶん前のことなので記憶が曖昧《あいまい》だ。

先ほどから通行人の視線を痛いほど感じる。理由は分かっていた。黒塗りの高級車に、やたらと体格がいいスーツの男、自分は決して堅気《かたぎ》には見えないだろう。

バックミラーには、車と同じように厳《いか》つい顔が映っている。太い首、短髪、もみあげから顎を覆う髭、東洋人らしい重たい瞼、鋭《するど》い眼光、そして左眉を分断する白い傷跡。暴力を生業《なりわい》にしていると顔に書いてある。見慣れた自分の顔ではあるが、見るたびにそう思う。

もちろん好きでこのような顔に生まれて目立つ車に乗っているわけではない。現地駐在員に空港でこの防弾仕様車のキーを渡されたのだ。

帰ってくるのは本当に久しぶりだった。

両親が死んだのは十七の頃だ。高校卒業後、食い扶持《ぶち》を稼ぐために母の出身国の軍に入隊した。十五年以上にわたり様々な部署を転々としながら働いて去年除隊し、今は民間軍事会社から仕事を請け負って生計を立てている。俗にいう傭兵《ようへい》だ。稼ぎは悪くないが移動が多く、空港の近くに借りた安アパートには、軍を辞めた時に持ち込んだ荷物が解かれないまま放置してあり、ほとんど帰ってもいない。

しかしフルスペックのピカピカの新車とは驚いた。簡単な任務だと聞いていたが。

驚き半分、期待半分で空港の駐車場で荷物を確認したところ、トランクの中にはベストが二着とインカム、簡単な盗聴チェック用の器材、装備らしい装備はこれだけだった。アンバランスだ。一体何をさせたいのか。

まあ、無理もないか。

この仕事を紹介してきた元教官を思い出す。

「アキラ！　久しぶりだな。元気か？」

グラハムは小柄な黒人の男で軍の特殊部隊に所属していた頃の教官だ。彼も自分と同じように今は民間企業で働いている。やっている仕事は軍人と似たようなものらしい。

「おかげさまで。どうしたんですか？　電話なんて珍しい」

「珍しくないだろうが！　俺からはしょっちゅう電話してるだろ。お前だよ、冷たいのは。恩師からの着信でも二回に一回は出ねえしよ」

「教官どのが時差を無視しやがるからです」

「はあ、悲しいね。一緒に動画見ながらピザ食った仲だろ」

「動画ってスナッフフィルムですよね。訓練用の。あとピザ食ってたのはあんただけだ」

「それだけ口が回るなら余裕がありそうだな。ちょっと頼まれてほしいんだが」

ボディーガードの依頼だった。

要人警護の経験があり、対テロの訓練を積んでいて、警備上のリスク評価もある程度可能な人間を探してくれと言われたらしい。珍しい依頼ではない。いくらでも適した人材を探せそうに思える。

「それがなあ、言葉の壁がさ」

任地は父の出身国だという。紛争地帯ではない場所に自分が呼ばれるなど、珍しいこともあるものだ。

「お前、喋れるだろ」

「はい、まあ、もちろん」

高校卒業まではその国に住んでいた。外見もその国の住人と同じ黄色人種である。少々サイズは大きいが。

「しかし、なんでまた？」

ＶＩＰにつけられるボディーガード達に現地語の堪能さが必須という話は聞かない。大抵は別のスタッフが通訳するからだ。

「お客は外国人だ。お前の親父さんと同郷だな。海の向こうに住んでんの。なんとも微妙な依頼なんだよなあ」

　護衛対象は数学者だった。

「去年、有名な賞取った奴らしいぞ」

　グラハムがうろ覚えで口にしたその賞は、優れた若手の数学者に対して与えられるもので、数学の賞の中では最も権威《けんい》あるものだ。彼は今とある企業と共同研究をしているという。

「ちなみにどこと？」

　グラハムが答えるが、社名に聞き覚えはない。情報セキュリティ業務の委託を請け負っている企業だそうだ。

「こっちに呼び寄せたかったらしいが、変わり者みたいでな。海外住まいは嫌なんだと」

　大使や大企業のCEOではなく。困惑が声にも出ていたのだろう。グラハムは続けた。

「数学者、ですか」

「ああ、言いたいことは分かる。変な依頼だって言いたいんだろ？」

　その共同研究というのは非常に重要で画期的なものらしい。自国で厳重な警備のもとに研究を進める予定だったが、当の数学者が海外への移住に難色を示した。社としても研究の要《かなめ》である彼の機嫌を損ねたくはないので、彼がホームで仕事をするのを許す代わりに、護衛を付けることにした。

「何の研究だかは俺も知らされてねえ」

　気にはなるが、仕事に必要ならば本人に直接聞けば済むことだ。

「とにかく、その会社がちょっとびっくりするぐらいの額を出すって言ってきてる。テロリストに襲撃される可能性もある、だってよ。テロリストって……なあ」

グラハムは苦笑いだ。それならば、とチームでの警護を提案したが、数学者の方から大勢で警護されるのは困ると言われてしまったそうだ。状況に応じて増員は認めるが、初期の人数は最低限にするように、とのことだ。

「気難しい奴みたいだな。だから護衛は一人、下手な奴を斡旋《あっせん》するわけにはいかないだろ」

ようやく合点がいった。本腰を入れて警護するにはあまりに摑《つか》みどころのない話だ。脅威《きょうい》として想定している対象はテロリストだ、と言いながら、護衛の人数は絞れ、ときた。はっきり言ってふざけている。しかし、素人の戯言《ざれごと》と片付けるには、動いている金額が大き過ぎる。侮《あなど》って失敗することは許されない。

担当者は現地の事情に精通していて状況を的確に判断でき、大抵のことを一人でこなせる方がよい。だが、現地の警備会社に任せるのは不安だ。さらに護衛対象者はかなりの変わり者、高度で繊細なコミュニケーション能力が必要、そうなると。

「確かに俺ぐらいしかいないいな」

「自分で言うかね。そうだよ。お前ぐらいしかいない……」

グラハムは一瞬だけ言葉を切った。

「お前ほど優秀な生徒はいなかったな」

グラハムは不穏な噂や二つ名のある自分を、それ以上踏み込んで形容しなかった。口は悪いが、この元教官は紳士だ。

　丁度仕事が一段落したところだった。報酬もいい。引き受けることにした。

「俺の見た感じではバカンスみたいな仕事だ。特にお前にとっちゃ。なんせ紛争もなけりゃ地雷もない。最近はどこも物騒になったとは言っても、まだあの国の治安はいい」

「だから大変ってところもあるじゃないですか。丸腰で密着警護って……」

「けどよ、爆弾身体に巻き付けた現地住民が抱き付いてくるなんてまずねえし、車で普通に道路を走ってるだけで狙撃される、なんてこともねえ。言葉さえできりゃ俺が代わりたいぐらいだよ。たしか飯も美味《うま》いんだろ？　楽しんでこい。お前ちょっと働き過ぎだからな」

「売れっ子なんです」

「ワーカホリックの間違いだろ。んじゃ、先方には言っとくから頼んだぜ。なんかあったら俺でもブーンでもいい、連絡しろ。気が向いたら助けてやるよ」

　ブーンというのは共通の友人だ。グラハムは呑気そうに笑っていた。


　元教官のあっけらかんとした口調を思い出しながら嘆息《たんそく》する。

　思えば最初からこの仕事はイレギュラーの塊《かたまり》なのだ。何もかもが、ちぐはぐで場違いだ。平穏なこの国の桜舞い散る道で、自分のような異物が白い目で見られるのも、ある意味仕方ないのかもしれなかった。

　護衛対象である数学者、南雲陽司《なぐもようじ》は国立大学の広大な敷地の一角に建てられた数学の研究所に籍を置いている。多目的ホールが併設された新しい建物だ。電光掲示板にはミーティングや講演会の予定がずらりと並んでいる。演題を読んでみてぎょっとした。

嘘だろ、全く分からん。

文字を読むことはできるのだが、意味が理解できない。分かったのは演者の名前と「退官記念講演――人生と数学、一瞬のひらめき」、冗談抜きでこれだけだ。

冷や汗が出てきた。

家庭の事情により進学は諦めたが、高校までは進学校に通い、数学は得意科目だった。研究者レベルの数学が自分に理解できると思っていたわけではなかったが、ここまで何も分からないとなると仕事に支障が出るかもしれない。なにせ護衛対象が何をしているのか、こちらには見当もつかないのだ。今になって大いに焦《あせ》る。

玄関ホールの奥の研究棟は静かだった。そこかしこにコーヒーを飲みながら穏やかに議論している職員達の姿が見うけられる。彼らも数学者なのだろう。白衣姿も見かけるが、たいていはカジュアルな格好でくつろいでいる。

何人かが怪訝《けげん》な視線をこちらに送っているのに気が付いた。床より暗い色のスーツを身にまとった自分は、さぞかし目立つに違いない。

清潔な高い天井、ガラス張りの正面から春の日差しが差し込んでいる。監視カメラはあるが少ない。警備に関連することを確認しながら早足で通り過ぎた。

プレートに『南雲陽司』の文字を見つけた。ここだ。扉は開いている。

「失礼します」

左の壁一面は本棚、右の壁は巨大な黒板、正面には大きな窓がある。広い部屋の中央のテーブルの脇に男が立っていた。呆気《あっけ》にとられたようにこちらを見ている。

頭髪は伸び気味で癖が酷く、目元は前髪に隠れてほとんど見えない。痩《や》せていて手足が長い。背丈は自分よりも拳《こぶし》一つ分ほど低いぐらいだろうか。自分が大き過ぎるのだ。彼は背の高い部類に入るだろう。

よれよれの灰色のパーカーにジーンズ、その上にノリでごわつく白衣を羽織っている。変わり者の学者らしい、どこか浮世離れした外見だった。

「あ……ボ、ボディーガードの人ですか？」

男は言った。声は小さい。

「はい、深見《ふかみ》顕《あきら》と申します。はじめまして」

「ど、どうも、南雲陽司です……」

「よろしくお願いします」

手を差し出すと、南雲はぎょっとしたように身体を引いたが、忙《せわ》しなく自分の右手を白衣で擦《こす》って、恐る恐る手を差し出してくれた。

「よ、よろしく……」

南雲の骨と静脈でできた白い手を見て、自分の日焼けした手との落差にたじろぐ。骨ばった長い指には絆創膏《ばんそうこう》が巻かれていた。努《つと》めてそっと握る。冷たい。緊張しているようだ。

「お！　ボディーガードが来るのって今日だっけ？　へー、どうも」

ろくに挨拶《あいさつ》も交わさないうちに若い女性の声が割って入る。

「あ、天羽《あもう》さん……どうしたの？」

振り返ると目の覚《さ》めるような美人が、開け放したままのドアからこちらを覗いている。ベリーショートの髪型、パンツスタイルにピンヒールがよく似合っていた。

「もしかして後にした方がいい？」

言いながらも女性はずかずか部屋に入ってきて、物怖じせずこちらを見上げた。

「でか!?　わお、すっごいゴージャスな人が来た！」

女性はおどけた仕草《しぐさ》で大げさに驚いてみせ、にかっと歯を見せて笑った。

「かっこいいじゃない、ちょっと南雲くん、羨《うらや》ましいなあ」

女性は南雲に駆け寄り、肘で小突く。

「あ……うん、びっくりした」

「ごめんなさいね、邪魔しちゃって。私は天羽恵《めぐみ》です。ここの職員。よろしく」

ここの職員、という自己紹介しかしなかったが、天羽はこの研究所の教授のうちの一人だ。

先ほど見た電光掲示板に役職と共に天羽の名前があった。

「南雲先生のボディーガードの深見です。よろしくお願いします」

「南雲くんにちょっと相談があって来たんだけど、ここで待ってても？」

天羽は南雲を窺《うかが》う。

「内藤《ないとう》先生も川口《かわぐち》くんも南雲くんの意見を早く聞きたいって……」

「えっと……誰だっけ？」

「もう！　この間の研究班の打ち合わせに二人とも出てたでしょ？　しかも川口くんは部屋、隣じゃん！　覚えなよね」

「ご、ごめん……あの、もう少しかかるけど？」

「今時間あるよ私。平気」

天羽の返事に南雲は心なしか安心したように表情を緩《ゆる》めた。

「じゃ、待ってて……」

「了解。こっちこそ邪魔して悪いね。続けて、どうぞ」

天羽は穏やかに微笑んで詫《わ》びるが、仕事の邪魔をしているのはどちらかといえば自分の方だ。

「なんだかすみません。お時間取らせてしまって。急にこんなことになってしまって驚いたのでは？　テロリストだとか警備だとか」

南雲に向き直り笑顔を作った。

「い、いいえ」

だが南雲はボディーガードの視線を避けるように下を向いた。あからさまな拒否に鼻白む。

まあ、そうだよな。普通は怖がられる。がちがちに鍛えた二メートル近い大男、スカーフェイスで髭面の。俺だって俺みたいな奴が来たらびびる。

ボディーガードには威圧感を期待する顧客も多い。信用されるにはそれらしい外見というのも時には役立つ。しかし今は逆効果にしかなっていない気がする。

「なるべくお仕事の妨《さまた》げにならないよう努力いたしますので」

「は…はあ」

「もし、よかったら、先に天羽先生とのご用事を済ませてくださっても大丈夫ですよ？」

「え……い、いいんですか？」

南雲がこちらを見上げたので、ようやく彼の顔を見ることができた。眦《まなじり》の長い二重の目だ。髪は黒いが、目の色だけは、はっとするほど薄い。榛色《はしばみ》というのだろうか。目頭は窪《くぼ》んでいて鼻は高い。白い肌にはよく見るとそばかすが散っている。繊細に整った顔立ちだ。目の下の隈《くま》や頬の剃刀負けの傷、剃り残しの髭さえなければ綺麗な顔といっても差し支えない。

若い、いや、幼いというべきか。自分と同い年だったはずだが、とてもそうは見えない。

「ええ、南雲先生も天羽先生もお忙しいでしょうし。簡単な打ち合わせですが、それなりに時間がかかりますから」

「あ、せ、先生……」

「え？」

「先生……じゃなくて、いい……です」

南雲はまた俯《うつむ》いた。聞き返したのがよくなかったのだろうか。

「ええとじゃあ、南雲さん。待ってますから、どうぞ」

「あ、でも僕らの話も……たぶん結構、かかります……し」

南雲はきょろきょろと辺りを見回しながら何か言っている。聞き取りづらいがどうやら「椅子がない」と呟いているようだ。確かにこのテーブルには椅子が足りない。

「飲み物……も……」

「ああ、お気遣いなく。我々は立ってるのが仕事みたいなもので」

「そんな、お疲れでしょう……あ」

南雲の目が部屋の隅《すみ》のパイプ椅子を捕らえた。その方向しか見ていなかったのだろう。歩き出そうとした南雲はコードに足を引っかけて大きくバランスを崩した。

「わ！」

「ちょっ!?」

鞄《かばん》を放り出して倒れる南雲の身体を受け止める。腕の中には零《こぼ》れ落ちそうなほど目を見開いた南雲がいた。驚き過ぎて声も出ない、といったふうだ。驚いたのはこっちだ。

「だ、大丈夫ですか？」

「は、はい」

「よかった」

安堵して笑うと、間近にあった南雲の顔がみるみるうちに真っ赤になった。パーカーの襟《えり》ぐりから覗く胸元まで赤い。

「すごい、なに今の動き！　さすがボディーガードって感じ」

天羽に呑気に拍手されて慌《あわ》てた。南雲は完全に硬直している。恥をかかせてはいけない。急いで離れようとしたその時だった。

「何やってんだ、陽司。相変わらずとろい奴だな。そんなんじゃいつか間違って人殺すぞ」

突然割り込んだ男性の声がぎょっとするようなことを言う。腕の中の南雲の身体がさらに硬く強張《こわば》った。振り返ると、今度は入り口に男が立っていた。

年の頃は三十代後半だろうか、若作りをしているだけで四十代かもしれない。背はさほど高くないが、年の割には引き締まった体躯《たいく》を一目で仕立てのよさが分かるスーツに包んでいる。日に焼けた肌に顎髭、ツーブロックの髪型は完璧にセットされている。

「に……兄さん」

南雲が呟いた。そういえば顔合わせには兄が同席するかもしれないという話だった。印象は全く違うが、確かにこの男と南雲の顔の造作は似ている。彼の後ろには年配の男性が控えていた。こちらの視線に気が付くと恭《うやうや》しく会釈《えしゃく》をして黙っている。

メールに南雲の兄は経営者だと書いてあった。部下だろうか。

「弟がさっそくご厄介《やっかい》になってるみたいで……ったく、みっともない。さっさと立て、陽司！ お前は赤ちゃんか？」

南雲の兄は威圧感を滲《にじ》ませながら弟を怒鳴《どな》りつけた。しかし南雲の兄はこちらを無視して、天羽に目を留め大げさに目を丸くした。

「これはこれは天才美人数学者の天羽大先生じゃないですか。奇遇ですね。うちの愚弟《ぐてい》のところにばかり入り浸って、よほどお暇と見える！」

天羽に対する無礼な言葉に、南雲を立たせてやりながら唖然とした。

「弟の邪魔をしないでやってもらえますか。美人が傍《そば》にいるだけで落ち着かないみたいでね」

「南雲くん、私やっぱり出てようか？　クソと同じ部屋にいたくないんだけど」

だが天羽の方も負けてはいない。双方、笑顔を崩さないが険悪な雰囲気だ。

「でも、忙しいだろ……？」

南雲は天羽と自分のボディーガードを交互に見る。口を開きかけた天羽を南雲の兄が遮《さえぎ》った。

「どうも、陽司の兄の南雲成一《せいいち》です。遅くなりまして。弟の世話は骨が折れるでしょう」

南雲の兄、成一はそこでやっと新入りのボディーガードに向き直る。爽《さわ》やかな笑顔はどこか空虚だ。挨拶のタイミングすらイニシアチブを取るのに利用されている気がする。不愉快だが無視もできない。

「今日から警備を担当させていただきます。深見顕です」

「よろしく。もしかして、もう説明とか始めちゃった？」

成一は手慣れた様子で握手すると、名刺を押し付けてきた。本当に南雲の血縁者だろうか。

馴れ馴れしい上目遣いだ。

「まだです。天羽先生が南雲さんとお話ししたいことがあるとお部屋にいらしたので……」

天羽が無言で「私のことなんてもういいから！」と口に人差し指を当てているが、天羽や南雲をないがしろにしてこの兄を優先するのは御免だった。

「困るなあ。こっちは仕事の合間に予定合わせて、わざわざ来てやってんだよ。いい年こいて何一つまともにできない弟のために」

成一は高そうな腕時計の文字盤を乱暴に叩いてみせた。

「十六時に人と会う約束があるんだ。だよなあ！」

成一が振り返りもせずに突然声を張る。その大声で南雲が首を竦《すく》めた。部下と思しき年配の男性が間髪入れず答える。

「十六時十分から長澤《ながさわ》様と会合です、社長」

「道楽の研究者と違って忙しいんだ。後から来て申し訳ないが、先約はこっちだ。お引き取り願いますよ、天羽先生」

天羽は舌打ちして去っていった。

「はっ！　下品だな。ちやほやされて付け上がってる女はこれだから」

成一は鼻で笑う。部下の男性も追従するように笑った。挙句《あげく》の果てに成一は、お前もそう思うだろう？　偉そうな女は嫌いなんだ、そう同意を求めるようにこちらに流し目をくれた。

「なあ？」

なんということだ。先ほどの馴れ馴れしい視線の意味が分かった。成一は海外から来たボディーガードを自分の同類だと思い込んでいるらしい。とんでもない。立場上、態度に出せないだけだ。顔が引き攣《つ》りそうになるのをなんとか堪《こら》える。

そこへバタバタと忙しない足音が聞こえてきた。次から次へと、今度はなんだ。

「ああ、よかった、まだいらっしゃった！　お世話になっております！　南雲さん！」

汗を拭《ふ》きながら恰幅のいい男性が部屋に入ってきた。

「所長、お久しぶりです」

返事をしたのは兄の方だった。成一は鷹揚《おうよう》に闖入者《ちんにゅうしゃ》を迎え入れる。この部屋の主《あるじ》のような振る舞いだ。その男性、研究所の所長らしい、彼もそれに全く違和感を覚えていないようだ。職員であるはずの南雲を完全に無視して、その兄と会話を続けている。

「お出迎えもせずに大変失礼いたしました」

「こちらこそ急にお邪魔してご挨拶が遅れました。申し訳ありません。おい、ご連絡差し上げなかったのか！」

成一が声を張ると即座に部下が答える。

「はっ、申し訳ございません」

「とんでもない！　この研究所が運営できているのも一重に南雲さんのおかげですので！」

所長は何度も頭を下げている。成一はこの研究所に多額の寄付をしているそうだ。

「不肖《ふしょう》の弟がお世話になっていますから当たり前のことです。こちらから頭を下げこそすれ下げられるなんて、まいったな。どうか顔を上げていただけませんか？」

眉をハの字にして所長の背に手を置く成一の顔は輝いている。こういった優越感にエクスタシーを感じるタイプの人間なのだ。

急に目の前で始まったお辞儀合戦を見ながらげんなりする。時間がないと言っていたくせに。南雲を見ると少しほっとしたような顔をしている。兄の視線が自分に向いていないからだろう。

なんだかな。

一つ確かなのは、成一がここにいる限り何もかもが彼のペースで進む、ということだ。

どうにか所長を追い出して、椅子をかき集め、中央のテーブルを囲んで三人で座った。ようやく本題だ。

「メールでもだいたいお伝えしましたが、仕事中だけでなくプライベートも全てご一緒させていただくことになります」

「ああ、大丈夫大丈夫。陽司にまともなプライベートなんかないですから」

この兄は一言話すたびに弟を踏みにじらなければ気が済まないのか。南雲は俯いたまま黙っているが、半ば意地で南雲に向かって話しかけた。

「窮屈《きゅうくつ》だと思いますが、リスク評価の結果次第では、早々に密着警護はなくなる可能性もありますので、最初だけはご辛抱《しんぼう》ください」

「だから、そんな心配はいりませんって。こいつの部屋は好きに使っていいですが、頼むから妙な騒ぎを起こさないでくださいよ。同じマンションに俺も住んでるんだ」

兄は最上階のペントハウスに住んでいるそうだ。

「本当は顔も見たくないんだが、そうも言ってられないでしょ。知らないところで他人様に迷惑かけるよりはましだからな」

両親は遠方で暮らしており、成人してからの弟の世話は兄に任されているのだという。

「マンションごと警備する気でお願いしますよ」

「それは保証できかねますが、ところで」

勝手なことを言う成一を、視界の外へ追い出すように南雲に向き直る。

「南雲さん、早速ですが、しばらくの間、仕事場をご自宅に移していただくことは可能でしょうか？　だいたいの状況が分かるまでで構いませんので」

「……え？」

ようやく南雲が顔を上げた。声を出してくれたことに密かに安堵する。

「ここの人の出入りはかなり多いようですね。会議や学会の会場にもなっているようですし、外国人もたくさんいる。警備上はあまり好ましくありません」

「いや……それは」

南雲は汗をかいて返答に窮していた。膝の上で握った拳が白い。

「むずかし……そうですね。うん、じゃ、やめましょう」

「え、い……いいんですか？」

あっさり引き下がると南雲が驚いた声を上げた。

「ええ、私は詳しくありませんが、数学というのは人と相談しながらやるもののようですし」

南雲の研究室を訪ねる前に研究テーマについて話し合う数学者たちの姿を見た。天羽も南雲と話すためにわざわざここへ来た。

「こいつはほとんど他人と会話なんかしないですよ。あの女がたまに来るだけで」

成一が呆《あき》れたような声を出す。それでも南雲が拘《こだわ》るからには何かあるのだろう。そもそも南雲が仕事場を海外に移すのを嫌がったからこそ、今のこの状況があるのだ。提案を受け入れてもらえる可能性は低いと思っていた。

「いえ、仕事に関しては可能な限り南雲さんの意向を尊重せよと言われております」

成一はこの返事を聞いて、このボディーガードは自分の側につく気はないのだと、ようやく気が付いたようだ。意味ありげに目を眇《すが》めた後、大口を開けて笑った。

「ははは！　仕事？　陽司の仕事ねえ。こいつ余計な事しかしないからな。深見さんもさっそくやられてましたよね？　見てましたよ。足元を見ないで転ぶ。周りに迷惑かける。鈍臭くて、世間知らずで、そのくせ一丁前のつもりでいるから始末に負えない」

成一は片眉を上げてこちらを見た。

「深見さん。冗談で済む話じゃないんだよ。こいつのお守りは大変ですよ？　誰かが殺しに来るまでもない。数日でも一人でほっときゃ、こんな奴、勝手に野垂れ死ぬ」

せせら笑いを浮かべて成一は続けた。

「一人で死んでくれりゃ、まだいい。学生の頃だったな。陽司、覚えてるか？　お前小学生を轢《ひ》きそうになったろ」

兄の言葉に南雲がびくりと震える。成一は腕を伸ばして南雲の頭を押さえ込んだ。

「免許取ってすぐだったよなあ。赤信号なのに横断歩道に侵入して……女の子が転んだだけで済んだからよかったようなものの。どうせ頭は数式でいっぱいだったんだろうが」

成一は弟の頭にさらに体重を掛ける。

「俺はさ、昔っからお前はどっかおかしいって思ってたんだよ。それからは俺が毎日送り迎えだ。勘弁してくれよ、お前今年でいくつだ？」

成一はこの上もなく楽しそうに言う。

「深見さん、こいつ考え事しながら歩いてる時に人が目の前にいたら、どうすると思います？手でどけるんだよ。こうやって」

成一は引き戸を開けるような動作をしてみせた。

「で、相手が怒ったらようやく顔を上げる。ドアや柱じゃなく人だと今初めて気が付いた、って顔で謝ろうとする。けど名前が出てこない」

くはは、と成一は歯を見せて笑った。

「同じ研究室の奴とか毎日のように会ってる相手でも、ですよ？異常だろ？陽司が大学の頃に怒らせてえらいことになった相手は、確か学部の准教授だったか？俺が金握らせて黙らせなきゃどうなってたか」

後ろで成一の部下が大仰に頷いている。

「そのくせ論文で見ただけの名前は覚えてるってんだから、そりゃあ癪《しゃく》に障《さわ》るよなあ。まあ、陽司が名前覚えてる相手の方が珍しいか」

成一はようやく弟の頭から手を離した。だが南雲は俯いたままだ。

「陽司、駄目だろ？ちゃんと顔を上げなさい。失礼だぞ？」

南雲の肩がびくりと揺れる。だが彼は顔を上げなかった。

「ほらな、賭けてもいい。深見さん、きっとこいつは、あんたの名前なんか覚えない。数学以外はどうでもいいんだ。目の前にいる人間がどうなろうと知ったこっちゃない。こいつの世界には人間は入れない。数式だけ」

南雲は一瞬だけ顔を上げた。何か言いたそうに口を開く。が、諦めたようにまた俯いた。

まあ、この兄の前じゃまともに喋れないだろうな。

下手に反応してみせても南雲の苦痛が長引くだけだろう。

「……南雲さんが大変に数学がお好きだ、というのはよく分かりました」

南雲が本当に兄の言う通りの人間なのかどうかはさて置いて、今、自分がどちらに味方すべきなのかは明らかだ。どんなに異なった価値観を持っていようと、自分のために椅子を探してくれた相手を人は簡単に嫌ったりはしないものだ。

「南雲さんは人の顔と名前を覚えるのが苦手ということですね。だとすると余計に仕事場は自宅の方が望ましいのですが、仕方ありません。その代わり、面会者などは宅配業者も含めて全て事前に私に教えてください。それは徹底していただきます」

南雲が小さく頷いた。成一は不満げに眉を顰《ひそ》める。

「次に毎日の移動についてです。今はお兄さんが送り迎えしてらっしゃるようですが、防弾仕様車を用意しましたので、今日からはできればその車で、運転も私が」

南雲がまたしても困ったように俯いた。だが、これはさすがに譲れない。テロリストや爆発物から逃れるための運転は、通常のドライブとは全く異なる。素人には荷が重い。

「駄目だろ。こいつ車が替わると吐きますから。あと俺の運転じゃないとな。一度、運転手を付けてやったこともあるんだが、顔真っ青にしてさ」

代わりに兄が答える。そういう事情で兄が送り迎えか。この数学者はとてつもなく繊細にできているらしい。

「中学の時にバスの中で本読んでて、盛大に吐いたことあるんですよね。俺まで一緒にゲロ塗れになったよ」

同じバスには南雲の同級生が大勢乗っていたので、それがもとで南雲は酷く虐《いじ》められたのだそうだ。

「それ以来、バスに乗らないし、タクシーも苦手。普段乗らない車はみんな嫌がる。車の買い替え一つで大騒ぎだよ。あ、深見さん、脅《おど》しじゃないですよ。マジで吐くよ、こいつ」

「しかし、これに関しては、じゃあいいです、とはなかなか……」

見ると南雲は今にも泣き出しそうな顔をしている。よほど吐くのが嫌なのだろうか。おそらくそういう話ではないのだろう。中学生の頃の記憶が、今でも南雲の中ではトラウマになっているのだ。

トラウマの多い男だ。心の中で溜息を吐く。ちらりと無視してしまうことも考えた。南雲が車中で吐こうが誰も死にはしない。けれど南雲との信頼関係を築けていないこの段階で、強引に事を進めるのは得策ではない。

この仕事は企業の面目を保つという意味合いが大きい。通常の要人警護の理屈を南雲相手に押し通すのは乱暴な気もする。皺《しわ》の寄ってしまった眉間を指で揉《も》む。

「車種はなんです？」

頑丈と名高いオフロード仕様、助かった。戦地でも走れるといわれている車だ。

「分かりました。ではお車はそのままで。ただし、状況が変わったら譲歩できないかもしれません。その時はその時、また相談しましょう」

南雲は驚いたように顔を上げた。

「い、いいの？」

「はい。できたら運転だけでも私にさせていただけると嬉しいのですが。お兄さんがもしも代わりの車をお持ちでなければ社の車を」

「ああ、お気遣いなく！　車なんか有り余ってますから。俺は別にどうでもいいよ。けど、こいつがなんて言うか」

「わ……分かった。運転手、お願いします」

南雲は観念したように頷いた。成一は南雲の小さな返事を聞いてあんぐりと口を開けた。

「え、ちょ、おい、陽司」

「私が運転していいんですね」

「う、うん……すみません。本当は、仕事場も車も……言う通りにしたいけど……」

「いいんですよ。仕方ないです。お気になさらず。南雲さん、ご協力ありがとうございます」

ようやく南雲とまともにコミュニケーションが取れたような気がする。

「陽司！　おまっ、馬鹿！　毎日ゲロ塗れで通勤するつもりか？」

「……袋持ってく」

「はあ？　何言ってんだ、お前」

成一の狼狽えぶりを冷めた目で観察していたのがばれたのだろう、凄《すさ》まじい形相で睨《にら》みつけられた。どうでもいいのではなかったのか。敢《あ》えて無視して南雲に笑顔を向ける。

「気分が悪くなったら、すぐに車を止めますから我慢せずに言ってください。なんなら一緒に歩いたって構いません。必ずお守りしますから」

不安で青ざめていた南雲の顔に次第に赤みが戻る。

「ですから、あまり気負わずに」

「は……はい」

「それから、南雲さんがどの程度危険な状態に置かれているのか把握する必要があります」

南雲と共同研究をしている企業は、彼の安全を守るために多額の資金を投じている。重要な仕事なのだろう。研究の内容によっては暗殺の危険性も本格的に視野に入れなければならないかもしれない。

「判断材料にしたいので、差し支えない範囲で構いませんから南雲さんがしている研究について教えていただけないでしょうか」

「は、はい、ええと……」

南雲の口調が急に滑らかになった。心なしか態度にも自信が戻ったように見える。けれど分かったのはそれだけだ。

「……で……することで……ができるようになれば……も可能になって……」

愚《おろ》かだった。つい先ほどまで、数学について何を聞いてもちんぷんかんぷんなのではないか、と危惧していたはずなのに、どうしてこんな馬鹿げた質問をしてしまったのか。

南雲がしてくれた説明は何一つ理解できなかった。音を聞いても、あまりに馴染《なじ》みのない単語の羅列であるがゆえに、言語として認識できない。専門用語を駆使して得意げにすらすらと話していた南雲の顔がだんだんと曇っていく。

「……つまり、そういった感じのことを……して……います」

南雲は申し訳なさそうに締めくくった。南雲も目の前の男が情けない顔で黙り込んでしまった理由に気が付いたようだ。

「あ、ご、ごめ……僕の説明が……下手糞で……話しちゃダメな部分もあるし」

「いいえ！」

力いっぱい言ってしまった後で、分からないくせに何を言っているのだと気が付き、無意味と思いつつも言い直した。

「その、私には語句の意味すら分からなくて、説明の上手い下手の問題ではなく」

それを聞いた成一が、けたたましく笑い始める。

「ははは！　マジかよ、深見さん！　あんた分かんねえの？　たたき上げの元軍人とはいえ酷いもんだ。なに深見さん、高卒？」

その通りだった。たとえ大学を出ていようと、南雲の研究内容を理解できる人間など、そういるわけではないと思いたい。だが仕事をする上で把握しておくべきことを、自分が全く理解できないというのは事実だ。何も言えずに押し黙る。

「頭の程度は並み以下の筋肉馬鹿ってわけですか」

「兄さん！」

南雲が鋭い声を上げた。これはもしかして庇われているのだろうか。兄の自らに対する罵詈《ばり》雑言《ぞうごん》には全くの無抵抗だったのに。だが成一は弟が諫《いさ》めてもまるで意に介さない。

「だって、こいつウケるだろ？　あまりにも見た目通りで、くくく、これが本当の脳筋ってやつか、絵に描いたような……ぶはははは っ！」

成一が笑いながら背中を叩いてきた。気安く触られてカッとなったが、どうにか堪える。

「陽司、どうするんだ？　数学のすの字も知らないこんな野蛮人と一緒に生活なんて、お前に耐えられるのか？　そもそも高卒の奴なんか周りにいねえだろ」

「兄さん、いい加減に……」

「お前が話す相手……まあ、ほとんどいないようなもんだが、数学馬鹿ばっかりじゃねえか。数学馬鹿っていえばあの女、懲《こ》りずにまた来てたよな」

「え、天羽さんのこと言ってるの？」

「他に誰がいるんだ。足繁《しげ》くお前のとこ通って健気《けなげ》なもんだ。モテる男はつらいな、陽司。びしっと言ってやんなきゃダメだぞ？　お前なんかに興味ないって。あの女もこんなギークのどこがいいんだ？　ったく、髪梳《と》かせっていつも言ってるだろ、ぼっさぼさじゃねえか」

成一はまた南雲の頭に無遠慮に手を伸ばす。だが南雲も今度は兄の手を払いのけた。

「違うよ……あ、天羽さんは今週会議で出た……の……について話しに来ただけだと思う。僕も気になってたし、たぶん来るだろうなと思ってた。兄さんはいつも天羽さんに失礼だ」

自分に向けられた言葉でもないのに、難解な用語の羅列にまた、じわりと汗をかく。

「そんなの口実に決まってるだろ？　女なんか恋愛のことしか頭にねえんだから」

成一は数学の専門用語に全く動じない。意味が分からないのは、この場では自分だけなのか。

「いや、何言ってるんだよ、兄さん。そんなことあるわけ……」

「お前に何が分かる。はあ、お前がもう少ししっかりしてりゃあな……」

成一は苛立たしげに指でテーブルを叩いている。

「ねえ、深見さんもそう思うでしょう？」

成一が大きく息を吐き、こちらを振り返った。

「あの女、ちゃらちゃらしやがって。こいつ、そういうの全然分かんないんですよねえ」

成一の白目がふいに悪意にぎらつく。

「女知らないから」

そういうことを、今ここで言うか。

初対面の人間の前で躊躇《ちゅうちょ》なく弟のデリケートな領域を持ち出す成一の下劣さにぎょっとした。

反抗に対する制裁のつもりだろうが、あまりにも不躾《ぶしつけ》だ。思わず南雲を窺ってしまう。

目が合った瞬間、それまで兄に対して懸命に反論していた南雲が硬直した。わずかに開いた唇が小刻みに震え始める。色白な南雲の耳と首筋がさあっと赤く染まっていく。

ん？　どうした？

そこで自分の過《あやま》ちに気が付いた。これでは南雲に女性経験がないことを驚いているかのようではないか。

違う！　南雲さんの性生活なんてこっちはどうだっていいんだ。俺がびっくりしたのはお兄さんに対してであって……。

申し開きをしたいが、そういうわけにもいかない。というか南雲のような人間もこういった俗な事柄を気にするというのが、少し意外な気もした。いや、そんなことは今、どうでもいい。高度で繊細なコミュニーケーションも何もあったものではない。大失態だ。先ほどから何もかもが裏目に出ているような気がする。

「本当に危なっかしくて。深見さんもボディーガードならこいつのそういうとこも、ちゃんと見といてやってくれませんかね」

成一は勝ちを確信したのか下品に笑った。南雲は赤くなったまま黙って俯いていた。

「夜までにはベッドも用意させます。よかったなあ、陽司。縁遠いお前に春が来た。同棲相手ができたぞ。ごつい髭の大男だけどな。ははは。仲良くしてやってください。なんなら深見さんが手取り足取り、いろいろ教えてやってくださいよ」

話し合いが終わって成一は研究室を去った。南雲と二人きりだ。

「南雲さん」

南雲は怯《おび》えたようにきょろきょろと落ち着きなく部屋を見回した後、机の紙の束に目を留めた。助けを求めるように飛びつき、それを一心不乱に読み耽《ふけ》り始めた。

まずいぞ。

南雲の態度は出会ったばかりの頃よりも、さらに頑《かたく》なになってしまっている。

「あの、南雲さん」

めげずに机に向かう南雲に声をかける。

彼はほんの少しだけ顔を上げた。だが覗き込まれると慌てたように顔を背《そむ》けた。豊かな黒いくせ毛がつむじのあたりで逆立っている。白い首筋が見えた。耳は少し赤いような気がする。

拒まれているのはよく分かるが、いくつか質問しないことには仕事が始められない。

「これからこの部屋の電源を調べさせていただきたいんですが、抜かれては困るプラグなどを教えてくださると……」

もごもごと声が聞こえる。よく聞き取れない。

「え？　すみません、もう一度」

南雲は困ったように黙り込んだ。真っ赤になって苦しそうに顔を上げ、口を開けたり閉じたりを繰り返し、その後また俯いてしまう。

「ああー、ええと」

どうしたもんかな。

こちらが言葉を選んで逡巡《しゅんじゅん》している隙《すき》に、南雲は立ち上がった。黒板に駆け寄り、強張った表情で数式を書き殴り始める。当然、何を意味するものなのか、さっぱり分からない。南雲は一切こちらを見てくれない。途方に暮れながら、ぼんやりとそれを眺めた。

楽譜みたいだな。

そう似ているわけでもないが、どちらも自分には全く理解できないという点は同じだ。忙しなくチョークを動かす白衣姿の南雲の背中を眺めていると、次第に気分が萎《な》えていく。

話しかけられるものならやってみろ、ってことかよ。

数学の世界に逃げ込まれてしまえば、数学のすの字も知らない野蛮人であるところの自分は、もう彼に手出しはできない。

いや、穿《うが》ち過ぎだ。何をいじけている。

軽く頭を振って卑屈《ひくつ》な考えを追い払う。思ったよりも成一の発言がこたえているらしい。南雲は会って早々、身内にこれでもかとこき下ろされたのだ。しかも去り際には童貞だの、同棲相手だのなんだのと。さすがにこの屈強なボディーガードに襲われるのではないかと警戒しているわけではあるまいが、気まずいのだろう。無理にこちらから話しかけるのはやめた。

外界を遮断して黙々と仕事をする南雲の横で研究室内の盗聴の有無をチェックして、地図を確認しながら窓の外を見渡す。狙撃の危険性はさほど高くはなさそうだ。一通りの確認作業が終わる頃には外は暗くなっていた。

その後、南雲と一緒に大学構内の食堂で夕食を取った。食卓を共にしてもほとんど会話はできなかった。食事の間はずっと一人で「アジの南蛮漬け、好きなんですよ。久しぶりです」だとか「ご飯はおかわり自由なんですね。助かるなあ」などと阿呆のように言い続ける羽目になった。南雲は居心地悪そうに肩を縮《ちぢ》め、無言で小さく頷きながら肉じゃがをつついていた。

食事を終えて外へ出る。実験棟や学生寮の間を通り、研究所の駐車場へとやってきた。南雲の使っている車はすぐに分かった。ひときわ目立つ車高、大きなタイヤ、車体をチェックして南雲を後部座席に乗せた。

「気分が悪くなったら、すぐに言ってください」

運転席から振り返って声をかけると南雲は頷いた。手にはビニール袋が握られている。すでに顔が青い。これで南雲が吐きでもしたら、決定的な亀裂《きれつ》が生じてしまうような気がした。

所詮《しょせん》はお飾りのボディーガードかもしれないのに、自分が南雲をこんなにも苦しめる権利はあるのだろうか。しかし南雲の希望を際限なく聞いてしまったら、それはもはやボディーガードではない。ただの付き人だ。もしかしてそれでもいいのか。

くそ、いつもと違い過ぎて勝手が分からん。誰か正解を教えてくれ。

そんな迷いも手伝って、内心冷や汗をかきながら慎重にアクセルを踏み込む。

幸いにも南雲は移動中に嘔吐したりはしなかった。運転手としては合格らしい。腰が抜けそうなほど安堵した。

マンションに着くと南雲はぎこちないながらも部屋を案内してくれた。

「合鍵、後で渡します。どこの部屋に入ってもらっても、大丈夫……です」

「はい、ありがとうございます」

ありがたいことに、なんとか会話が成立している。一歩前進だ。車中で嘔吐せずに済んで南雲もいくらかほっとしたのかもしれない。

「あ、シャワー、こっちです。冷蔵庫の中の飲み物とか勝手に飲んでいいです、それと」

しかし、寝室に案内されたところで、南雲の身体が突然硬直した。後ろから覗き込むとシンプルな木製のベッドとパイプベッドがぴたりとくっついて並んでいた。

夫婦の主寝室のように。

「う……あ……これはっ！　……その」

南雲は真っ赤になって汗をかきながら後ずさりした。そして後ろに控えていたボディーガードの分厚い胸板にぶつかって飛びのく。

「わっ!?　す、すす、すみませ……」

「あ、いえ、大丈夫です」

ベッドはおそらく成一の仕業だろう。子供じみた嫌がらせだ。だが本音を言えばこちらとしてはありがたい。護衛対象と同じ部屋で寝起きした方が仕事は楽だ。

けどなあ。

南雲の様子を見ると到底受け入れてもらえそうにない。

「南雲さん、私と同じ部屋ではゆっくり休めないでしょう。向こうに空き部屋があるようですね。あちらを使わせていただきたいのですが、よろしいですか？」

怯えさせないよう努めて優しく、ゆっくりと言う。

「あ、……はい」

南雲は気が抜けたように頷いた。安心したのか心なしか肩が下がっている。あまりにもあからさまな反応に、苦笑したくなるのをどうにか堪える。

俺と同室はそんなに嫌か。……まあ、嫌だろうな。こんな厳つい大男は。

「お疲れでしょう？　ベッドはこちらで移動しておきますから、休んでください」

「ぼ、僕は……別に」

また目を逸らされた。けれど南雲は続けた。

「あの、僕よりもずっと疲れてるんじゃや？　飛行機、今日着いたばかりだと」

「ありがとうございます。大丈夫ですよ。慣れてますから」

気遣われていると分かって、思わず頬が緩んだ。だが南雲はぎょっとしたように身を引いて踵《きびす》を返す。廊下を早足で歩き出した南雲は何もないところで躓《つまず》いた。

「うわ！」

「おっと」

咄嗟に支える。二回目だ。まさか南雲が転ぶのは日常茶飯事なのだろうか。

「大丈夫ですか？」

肩に手を添えたまま覗き込むと、音がしそうなほどの勢いで顔を背けられる。

「だだ、だ、大丈夫です！」

消え入りそうな小さな声で南雲は付け足した。

「あ、ありがとうございます」

「いいえ」

ベッドの移動が終われば本来の仕事が待っている。研究室でしたのと同じ確認作業だ。研究室とは違い、近所にはマンションが多い。基本的にカーテンは閉めたままにしておくよう南雲に頼んだ。

南雲の部屋は広くて殺風景だった。インテリアと呼べそうなものはソファと観葉植物ぐらいのものだ。それから数学の専門書ばかり並んだ巨大な本棚。

見上げて驚いた。本当に数学以外の本は一冊もないのではあるまいか。

部屋の掃除は行き届いている。ハウスキーパーを雇《やと》っているそうだ。警備上の問題があるので解約させてもらうことにした。南雲は特に渋らなかった。

シャワーを浴び、Tシャツ姿で浴室を出る。トイレを借りようと廊下を歩いていると、南雲がドタドタと部屋に駆け込むところに出くわした。

もしかして今、自分は南雲に逃げられたのか。

何かまずい事でもしただろうか。いくら考えても思い当たる節がない。困惑しながらなんとなく項《うなじ》を掻《か》く。

軍にいた頃、兄の成一のような人間は山ほど相手にしてきたが、南雲のような人間は今まで自分の周りにはいなかった。判断材料となるようなモデルケースがない。

まいったな。

部屋に戻り鞄にしまい込んだ名札を探す。研究所に入る時に渡されたものだ。急いでいたせいもあり、結局今日は身に着けずに過ごしていた。

明日の朝、起きたらまずこれを着けよう。

スーツのハンガーに名札をぶら下げながら一人頷いた。今日南雲に出会ってから、そういえば一度も彼に名前を呼ばれていないことに気が付いたからだ。

南雲は研究室が隣同士の数学者すら覚えていなかった。ボディーガードの名前など覚えるわけがない。覚えてもらえなかったとしても、別にどうということはないが、南雲の方は気にするかもしれない。南雲は引け目を感じるとさらに距離を取ろうとする性質のように思える。それは避けたかった。一挙手一投足に気が抜けない。思ったよりもずっと南雲と関わるのは難しい。

まあいい。そのうち慣れるだろう。まだ初日だ。まずはこの生活に慣れることだ。彼にも慣れてもらうことだ。

翌朝、南雲は部屋着のまま朝の支度をしていた。眠そうだ。

「おはようございます」

声をかけると南雲が振り返る。一瞬だけ顔から胸元に視線が下がった気がした。

「お、おはようございます、深見さん」

研究所の敷地内でもないのに名札を下げている自分を訝《いぶか》ったのだろうか、それとも本当に名前を忘れてしまって名札の助けを借りたのだろうか。鞄に書類を詰め込んでいる彼の後ろ姿からは何の感情も読み取れなかった。

どちらにせよこれでいい。南雲は気まずい思いをしなくて済む。

こうして南雲との共同生活が始まった。

南雲の生活は静かだった。全てが数学を中心に無駄なく整頓されていた。彼の部屋のあの巨大な本棚のように。

部屋にはテレビがあるが、つけているのを見たことはない。巷《ちまた》を騒がせている大きなニュースについても彼はほとんど知らないようだ。興味がないのだろう。

研究所と家との往復、日用品の買い出し以外にどこかへ行こうとするそぶりもない。これについてはボディーガードの手前、遠慮しているだけかもしれない。

朝起きて家を出る。車のチェックを一通り行ってから南雲を乗せ、研究室まで送り届ける。用事で南雲の傍を離れる時は守衛に連絡し、それ以外はずっと朝から晩まで、初日に与えられたパイプ椅子に座って、彼の傍に控えている。

その繰り返しで二週間ほどが過ぎたある日のことだ。研究室の本棚の裏手にある炊事場から何かが割れる音と南雲の押し殺した悲鳴が聞こえてきた。

「っつ!」

「どうしました!?」

「う……うん、な、なんでもな……」

慌てて駆けつけると、床にコーヒーが零れており、南雲が流しで指を冷やしていた。またか。

南雲はあまり手先が器用ではないらしい。特に考えに夢中になっている時などは酷い。インスタントコーヒーの瓶《びん》を落としたり、カップに湯を注ぎ過ぎて火傷《やけど》したりと、見ていられない。こうして南雲が怪我をするのは何回目だろうか。

何にせよ大した怪我でなくてよかった。手当てをしてやると小さな声で礼を言われた。

「す、すみません、ありがとうございます」

「いいえ」

相変わらず視線は合わない。必要最低限の会話があるだけだ。

南雲に代わって割れたカップを片付けていた時に、食器棚の奥に埃《ほこり》をかぶったコーヒーメーカーを見つけた。未開封の豆の袋まであった。特にすることもなかったので、綺麗に洗って使えるようにした。これで少しは南雲の怪我が減るといいのだが。

コーヒーを淹《い》れて部屋へ戻りぎょっとした。

南雲の様子がおかしい。

南雲は椅子に腰掛け、鼻から口のあたりを両の手の平で挟むようにして、肘を自分の膝の上に乗せ、両足で貧乏揺すりをしていた。身体ごと揺れるような激しい動きだ。長い手足のせいもあって、その様子はかなり異様だった。

「南雲さん！」

駆け寄って声をかけても返事がない。慌ててカップをテーブルに置き、肩を揺すっても同じだった。

「大丈夫ですか!?」

いつもは隠れている目元が、その時は長い前髪の間から透けて見えた。真昼の強い光を浴びているというのに、南雲の瞳孔は開き切り、虚空を見据えたまま瞬きもしない。

耳を澄《す》ますと小さな呟きが聞こえた。南雲が何か言っている。

「え、なに？　なんですか南雲さん」

聞き取ろうと耳を寄せた。

「……、……」

大部分は意味不明だが断片的に聞こえてくる言葉から察するに、これは数式だ。

南雲は目の前で彼を心配して取り乱しているボディーガードの大声も、肩に添えられた手も何もかもを無視して数に語りかけているのだった。

呟きの後ろでテーブルに置かれたカップがカタカタと虚しく小さな音を立てていた。

南雲はこちらを見ない。

自分が酷くちっぽけで、つまらないものになってしまった気がした。

南雲は今ここにはいない。決して手の届かない遠いところ、この世のどこにもない場所で景

色を眺めている。数学の概念としての平面や空間、次元、一般人には思い浮かべることすら難しい、そういった場所にいるのだ。

それを見て自分はあの真っ赤な海に浮かぶサメの虚ろな目を思い出していた。

ああ、そうか、サメか……あいつらが言ってたのはこういうことか。この異質さ。

しばらくして発作のようなそれは止んだ。南雲は夢から醒《さ》めたような顔でこちらを見上げた。

「コーヒー……」

南雲の呟きではっと我に返る。阿呆のように突っ立っていた。

「あ……は、はい。淹れました。よかったらどうぞ」

「ど、どうも」

「あの、大丈夫ですか?」

「え……? あ、ああ、はい、なんでもないです。すみません……」

南雲は気まずそうに目を逸らした。今はすっかり落ち着いている。呼吸の乱れもない。これ以上踏み込んでくれるなと意思表示するように背を向け、机に向かって何かを書き始めた。

たぶん心配ないだろう。

南雲は天才数学者なのだから、これしきの奇行で騒ぎ立てるべきじゃない。

後から冷静に考えれば、全く理屈に合わない納得の仕方だった。けれどその時はもうこの件について、これ以上考える気が起きなかった。南雲を問い詰めることで南雲を煩《わずら》わせるのも気が引ける。疎《うと》ましげな顔をされるのは嫌だった。

聞くだけ無駄だ。南雲さんが何か答えてくれたとしても、俺にはどうせ理解できない。

その日はそれから何事もなく過ぎ、南雲は帰り支度を始めた。自分もそれにならう。

南雲の部屋に帰ると、数学の専門書ばかり並んだ本棚が出迎えてくれる。どこまでも数学一色の生活だ。部屋での南雲の態度も初日からほとんど変わらない。

「南雲さん、お風呂沸かしました。よかったら先にどうぞ」

捲《まく》り上げた裾《すそ》を戻しながら濡《ぬ》れた足をバスマットの上で拭いた。風呂場からひょいと顔を出して呼びかける。南雲は後ろ姿でもそれと分かるほど身体をびくつかせた。

「あ、は、はい！」

声が裏返っている。南雲は目が合ってしまうのを恐れるように、ぎくしゃくと早足で歩き始めた。万事がこの調子だ。近くに行けば逃げられる。笑顔を向けても顔を伏せられる。特に、くつろいだ格好をしている時は自分が怪物にでもなったかのように感じるほどだ。同じ部屋にすらいてくれない。自室へ逃げ込まれてしまう。

確かに自分の身体は顔同様にかなり迫力があるだろう。筋肉でできた二の腕は南雲の腿より太い。体中にいくつも傷がある。部隊のなかではこれでもまだ綺麗な方だったが、ここはそういった特殊な環境ではない。

風呂上がりに暑くてタンクトップ姿でいた時などは、肩の大きな傷が露《あら》わになっていた。こちらを凝視する南雲の様子に、怖がらせたかと思い、すぐにシャツを羽織ったが遅かったかもしれない。

しばらく一緒に過ごせば南雲はやがて打ち解けるはずだ、と軽く考えていたが、とんだ見込み違いだったようだ。

南雲と交替で風呂へ入り、全裸のまま鏡の前に立った。

洗面台を両手で摑むようにして寄りかかり鏡に顔を近付ける。みしりと音がしたので慌てて力を緩めた。危うく破壊するところだ。筋肉馬鹿と言われてもこれでは反論できない。

自分の身体ながら、実戦のために無駄なく鍛えられた巨体には凄まじい威圧感がある。筋肉がしなるたびに水滴を弾いて日焼けした浅黒い肌がかすかに光った。

顔もなあ。

上がり気味の眉と重たい瞼、垂れ気味のくせに鋭く見える目。顎の線はくっきりしているし、頬はシャープだ。目鼻立ちは整っている方だろう。しかし抜き身の暴力性が滲み出てしまうのかどうにも凄味ばかりが目立つ。

自分の日に焼けた頬を、顎に生えた髭をぐいぐいと雑に撫《な》でる。当たり前だが撫でても特に変わりはしない。なぜか成一のいけ好かない髭面を思い出した。彼は外見だけ見て、すぐにボディーガードを自分の同類だと判断した。

溜息を吐いて項垂《うなだ》れる。

ここまで南雲に避けられている現状を鑑《かんが》みると、自分はただ単に強面の大男というだけでなく、成一と同じようなタイプの人間として警戒されているのではなかろうか。

冗談じゃない。

シェービングフォームを顎に塗り付け髭を剃った。

成一を思い起こさせる要素は極力排除するのだ。本当はスーツ姿もやめたいが、他に適当な服がない。せめてネクタイは外すか。そんなことを考えながら泡を流す。少しだけ鏡の中の顔が若返った。

鏡に向かって笑いかけてみた。さっきまでと比べるといくらか印象がやわらいだ気がする。

風呂場を出て、居間のソファに座った。髪を拭きながらテレビをつける。明日の天気は晴れだそうだ。

ドアの開く音がした。南雲だ。髭を剃った自分を南雲はどう思うだろう。少しは驚いた顔をするだろうか。それをきっかけに会話が始まったりしないだろうか。

「風呂、お借りしました」

南雲を見つめて笑顔を作る。何気ないふうを装って南雲の長い前髪の向こうを窺う。必死で拒絶以外の感情を探した。彼が数学に注ぐ百分の一でもいい、自分への興味や親しみを抱いてくれないだろうか。

「は、はい」

だがその榛色の目が覗く前に南雲は顔を背けた。このまま引き下がってはいつもと同じだ。

「明日はいい天気みたいですね」

「え、ええ」

「このところ雨がちだったから嬉しいなあ。久しぶりに洗濯日和ですね」

「あ、はい」

「シーツ洗っちゃいましょうか」

「は、はあ……」

粘ってみたが、南雲は居心地悪そうに肘のあたりを摩《さす》りながら床を見るだけで、こちらを見ようとはしない。迷惑そうな南雲の様子に結局耐え切れずに折れた。

「……シーツ交換しときますね」

部屋に戻りドアを閉めて嘆息する。こちらが逃げ出してどうする。

仕方がないので宣言通りにシーツを洗濯かごへ持っていく。ちらりと見ると南雲は居間の本棚の前で、立ったまま分厚い数学の本を読み耽っていた。こちらに気付くと、きまり悪そうに本を閉じて自室へ引っ込んでしまった。また邪魔をされては敵《かな》わないと思ったのかもしれない。

南雲の態度は特に変わらないばかりか、髭について言及もされなかった。それが存外こたえていた。冷静に考えてみれば、あの南雲が「髭、剃ったんですね」なんて話しかけてくれるはずがない。

一体何を期待してたんだ、俺は。

無理にでも会話を弾ませたいわけではないのだ。自分といて不安を感じて欲しくない。できれば安心して欲しい。それだけだ。そうでなければ、どうして有事の際に自分を頼ってもらえるというのか。護衛対象から信頼されないことほど、仕事の邪魔になるものはない。

しかし、これぱかりはどうしようもなかった。下手に距離を詰めても逆効果だろう。できることからやるしかない。

翌日から、菓子折りと名刺を持って守衛や事務方への挨拶回りを始めた。不足している監視カメラも追加することにした。

設置にあたって、同じフロアの研究室を使っている数学者達を訪ねた。大掛かりではないが、多少の工事が必要となる。監視カメラが増えればプライバシーの問題も出てくる。許可は得ているとはいえ、何の断りもなく事を始めると軋轢《あつれき》を生む可能性がある。これをきっかけに南雲と彼らの間に溝ができてはいけない。

数学者達の対応は多少素っ気なくはあるものの、表面上はごく普通に見えた。

「工事なんか別にどうでもいいですよ。でも、こういっちゃ悪いですけど、テロリストに狙われる可能性があるなら研究所に来ないで、どっかに籠《こ》もってて欲しいな。迷惑ですよ」

だが、談話スペースから話し声が聞こえてきて思わず足を止めた。

「南雲先生、ここに来てる意味あります？　研究会とか以外で喋ってるの聞いたことない。あの人マジで変わってるよなあ」

この声はおそらく、南雲の隣の部屋の川口という数学者だ。

「僕はあるよ。突然訪ねてきて、論文訂正してくれた。ありがたいけど、感じはよくないよね」

「しかしテロリストか……全然実感わかないけど、もしも研究所に爆弾でも仕掛けられたら何もかも全部中断するよな」

「さすがにそれはないだろ。そんなことが起きたら大事件だよ」

笑い声がする。

「まあでも、僕ならとっとと共同研究者のところへ行くかな。気兼ねするのも嫌だしね」

「海外は駄目なんだっけ？　他の人なら喜んで行くようなポスト、いくつも断ってるって」

誰も下品な悪口は言っていないが、言葉の端々に悪意が滲んでいる。居た堪れなくなってきた。踵を返そうとしたその時だ。

「聞いたことあるよ。トランス状態？　そんなのになるらしいじゃない、あの人」

思わず足を止めた。まさかあの異様な貧乏揺すりのことか。南雲のあれは常習的なものなのだろうか。

「虚ろな目でガクガク身体揺すって不気味だよなあ。うちの秘書さんも前に見たって言ってた。怖がってたよ」

間違いない。確かに見た人間が怯えるのも頷ける。

「へえ、恐山のイタコみたいな？　もしかしてなんかの病気ですか？」

「知らないが、研究室でしかやらないらしいよ。とにかく環境を変えたくないんだとさ」

「確かに、そんな特別な理由でもなけりゃ、ここにいる意味ないな。南雲先生は天羽先生とかまともにお話しになりませんからね」

「天才は天才同士、僕ら凡人《ぼんじん》は視界に入ってすらないんだろ。ああいうお願いもさ、普通ならボディーガードと一緒に来るよね。どんだけ僕らのこと、どうでもいいのよ」

「ここの研究所もよく許可出しましたよね」

「あの人、ここに所属している間に賞取ってるし、広告塔になってもらってるから多少の不利益は我慢しろってことじゃない？」

「あと、南雲先生のお兄さんでしたっけ？　どっかの社長さんらしいじゃないですか」

「この間、部下連れてきてたな。すごい額を寄付してくれてるんだってよ。所長が言ってた」

「結局、金か。過保護な兄ちゃんだな。うちの弟よろしくねってこと？　南雲先生もいい大人でしょうに、普通そこまでしますかね？」

「心配なのも分かりますけどね。南雲先生、数学以外で生きてくの絶対無理だろ」

「この研究所に入る時の面接に、お兄さんがついてきたって噂も聞きましたよ」

笑い声から逃げるように、その場を離れた。

残念ながら、南雲と彼らの間には溝も軋轢もすでに十分にあった。

普通ならボディーガードと一緒に来る、か。

自分も南雲を一緒に連れてくることを検討しないわけではなかった。だが結局、監視カメラを増やすことを伝えたのみで、具体的な実務については南雲に言っていない。興味がないだろうと思ったのだ。

もっといえば、数学以外のことに時間を使わせるのを躊躇させるような雰囲気が、南雲にはあった。余計な雑務を持ってきた自分に迷惑そうな目を向けるのではないかと、想像しただけで口にする気が失せてしまった。

数の楽土《らくど》というものがあるとするならば、数学者は多かれ少なかれ脳の一部がその場所へとたどり着くようにできているのかもしれない。だが南雲は時折まるごとその場所へ行ってしまうようだった。

というより、南雲の一部はすでにその場所へ永遠に捧げられてしまっていて、もう彼自身も取り戻すことができないのではないか。日常生活を送っている時ですら、魂は高度に抽象化された清らかな彼岸におり、凡人たちは俗世に取り残された憐《あわ》れな生身の部分だけを南雲陽司という男として認識する。

数学は信仰よりも純度の高い何かを南雲から絞り取って、それを常に独り占めにしているのだ。同じ数学者ですら容易には南雲のテリトリーに入れない。ボディーガードに過ぎない自分など入れてもらえるわけがない。

認めたくはないが、南雲に対する苦手意識が自分には確かにある。そして、それはどういう訳か自分を酷く卑屈な気持ちにさせる。

だが立ち止まっていても仕方ない。やるべきことはまだまだあった。

敷地内をとにかく歩き回り、土地勘を養った。隣の国立大学へも挨拶へ向かった。地元警察や研究所の警備会社とも連絡を取った。事情を説明し、理解を求めた。

今のところは、不安になるほど平穏だった。不審者の目撃情報一つない。

ふと我に返ると、もしかして今自分はとてつもなく滑稽《こっけい》なことをしているのではないか、という気がしてくる。昔、仲間が待機中に見ていたアニメにこういう話があった。戦場から帰ってきた男が、平和な国での些細《ささい》な出来事を敵からの攻撃の予兆と勘違いして騒ぎを起こすドタバタコメディ、平和ボケの逆……。

いやいやいや。馬鹿な。仕事だ。ルーチンの一環だ。

そしていよいよやることが尽きた。一つを除いては。気が重いがもう逃げる口実もなくなってしまった。数学、南雲の研究内容について調べなければならない。

雇い主の企業に問い合わせたところ、散々たらい回しにされた挙句、情報提供を断られた。社外秘であるというのが理由のようだ。

そんなことは気にしてくれるな、お前はとにかく最大限の警護をしていればいいのだ、と言われて途方に暮れた。それならば少なくとも、あと三人は人手が必要だ。それから武器も、機材も。最大限の警護はしなくても構わない、ということの最低限の言い訳が欲しい。

「ああ、くそ……」

研究室での定位置となったパイプ椅子に座って溜息を吐いた。雇い主からのメールを開いたままのタブレットで肩を叩きながら項垂れる。

ちらりと南雲を見ると、彼は頭を掻きながら夢中で黒板に向かって複雑な数式を書きつけていた。チョークで汚れた手で頭を掻くものだから髪にも頬にもピンクや黄色の筋が付いている。

こっちの苦労も知らないで、無邪気なもんだ。

外見や仕草だけ見れば、いたいけとすら表現したくなるような南雲。彼の綺麗な形をした薄い唇から飛び出す難解な専門用語を思い出して、何とも言えない気分になる。

あの気まずい時間を繰り返すのは嫌だった。

このままこの部屋にいたら、南雲に対する鬱憤《うっぷん》ばかり溜まっていくような気がする。護衛対象に、これ以上マイナス感情を抱くのは避けたいところだ。

外の空気でも吸うか。

「ちょっと出てきますね」

階段を駆け下りて研究所を出た。初夏の緑が目に眩しい。駐車場の傍の自動販売機で缶コーヒーを買った。一気に呷《あお》って息を吐く。

「あれえ？」

すると不愉快な声が聞こえてきた。

貼り付けたような笑みを浮かべたスーツ姿の男がこちらへ近付いてくる。成一だ。今日は一人らしい。そういえば、あれから姿を見ていなかった。弟の様子を見るためにこちらに寄ったのだろうか。過保護なことだ。

成一の背後には、今朝がた南雲と一緒に乗ってきた車がある。

「深見さんじゃないですか」

「どうも」

「へえ、髭剃ったんだ。こんなとこで何してんですか。朝から晩まで陽司にべったりじゃないんですか？　もしかして、もう弟に嫌気が差しました？」

こういった絡まれ方は予想の範囲だったが、今は受け流すことができない。

そうだ。自分は南雲と二人きりの部屋が耐えられなくて外へ逃げ出してきた。

「それとも、逆かな？　すみませんねえ、傲慢《ごうまん》な奴なんです。気にすることないですよ。みんなそうだ。陽司は身内と数学以外には興味ないからな」

成一は笑った。

「車の中で吐いたりはしてなさそうだけど、深見さんの方がこんなに早く音を上げるんじゃなあ、ちょっとどうなの？」

まさか、それを確認するために車の中をチェックしていたのか。弟に対する成一の異常な執《しゅう》着《ちゃく》にぞっとする。テロリストより性質が悪いのではなかろうか。

「大丈夫？　念のための護衛っていっても、一応守りに来たわけでしょう、あの欠陥人間を」

そこで成一は何かに気が付いたのか、わざとらしく声を上げた。

「あ！」

にやにやと笑いながら近付いてきて、こちらの胸のあたりを指差す。

「律義ですねえ！　ネームカード、みんなすぐ外しちゃうのにちゃんと着けて！　なんで？　この間は着けてなかっただろ？」

思わず舌打ちしそうになった。

くそ。よく覚えているものだ。

「そうだった、陽司の奴、深見さんの名前覚えました？　なあなあ、どうだった？」

答えられなかった。答えないことが答えになった。

「覚えないと思ってるから着けてるに決まってるよな。ははは、そうだよな、信じられないよな、あんな奴。でも問題あるんじゃない？　そんなんで、本当にいざという時に身体張ってうちの弟守れんの？　自分のことを名前のある一個人として見てもくれない奴をさあ」

成一の言葉はある意味真実を言い当てている。けれど今はこの男に好きに言わせておこうという気にはなれない。

ここは研究所の裏手だ。人通りも少ない。南雲に見られる心配はない。この兄にはうんざりしていた。南雲の手前、礼節を弁《わきま》えて接してきたが、もうその必要はないわけだ。

何より今の機嫌は最悪だ。

「困りましたね」

成一は驚いたようにこちらを見上げる。目の前のウドの大木が反論するとは思ってもいなかったに違いない。きっと自分の顔には加虐の喜びを予感した何の陰りもない笑みが浮かんでいることだろう。視線が合った途端に成一の目に怯えが走る。

「お兄さんは私のボディーガードとしての能力に不安を感じてらっしゃる」

確かに自分は南雲と上手くコミュニケーションを取ることができていない。しかし成一のような人間の相手は得意中の得意だ。

「大切な弟さんをお預かりしたのに、ご心配をおかけして申し訳ありません」

口説くように優しく言う。さっきまで手の中で弄《もてあそ》んでいたスチール缶を成一の前に差し出し、ゆっくりと力をこめた。

ミリッと親指が缶の表面に沈む。成一がぎょっとしたように立ち竦んだ。

こういった類《たぐい》の男が最も弱いもの、それは単純な暴力だ。

「仰る通り、私は筋肉馬鹿でして、どう言ったら安心していただけるのか分からないんですよ」

困ったように笑いながら、あくまで穏やかに話し続ける。その間にも手の中でスチール缶はどんどん変形していく。腕相撲にハンドナイフトリック、そしてスチール缶潰し、軍にいた頃のお遊びも、たまには役に立つ。

「その場で部下の一人を倒してみせろ、なんて言ってくださる方は簡単でいい。すぐに信用してくださいますから」

ガキッと手の中で缶が音を立てた。成一がその音に肩を揺らす。顔が真っ青だ。

「ひっ」

「ああ、待って、待ってください。酷いな、話の途中ですよ」

逃げようとする成一の腕を摑んだ。振り払おうともがいても放してやらない。いくら引いてもびくともしない腕に、成一は愕然《がくぜん》としたようにこちらを見上げた。それに笑みで応え、ぐしゃぐしゃに潰れてゴルフボール大になったスチール缶を握らせる。成一の手は汗でびっしょりだ。にっこりと笑って少し屈み、顔を近付ける。

「もちろん誠心誠意、弟さんをお守りしますよ。弟さんが私をどう認識していようと関係ありません。それより護衛対象が理不尽に罵倒される方が気になりますね。名誉を守ることも時にはボディーガードの仕事に含まれますし。分かっていただけたら嬉しいのですが」

肩を摑んで覗き込む。成一は恐怖に凍《こお》り付き、息もしていない。歯が鳴っている。

まあ、こんなもんだろ。

ぽんぽんと軽く肩を叩いてから手を放してやった。

「な……なっ……」

成一の顔に血の気が戻ってくる。屈辱に唇を震わせているが、何も言ってこない。転びそうになりながら逃げていく。手を振って見送った。

「お仕事頑張ってください」

本当に単純にできている。こういう人間の相手は楽でいい。

腹立ちまぎれにやってしまってから自己嫌悪に陥《おちい》った。完全な八つ当たりである。鬱屈《うっくつ》した成一の敵意が南雲に向かったらどうするつもりだ。

つい舌打ちが出た。がしがしと頭を搔く。苛立っている。よくない傾向だ。少しもリフレッシュできないまま南雲の研究室に戻ってきてしまった。

「ただいま戻りました」

南雲は本棚を背にして机に向かっていた。こちらに気付いて一瞬顔を上げる。

「あ、う、うん……」

顔を背けてから返事をされた。自分になど声をかけてくれるな、煩わせるな、と言わんばか

りの態度だ。考え過ぎなのだろうか。何を考えているのかまるで分からない。兄と比べて弟はなんと難しいことか。

下手にあがいても溝が深まるだけだ。話しかけて仕事の邪魔をしても仕方がない。そう考え、大人しくタブレットを弄《いじ》りながら座っていると、天羽が訪ねてきた。

「あらどうも、深見さんでしたっけ？」

「おはようございます、天羽先生。この間はすみませんでした」

意図したわけではないが、結果的には成一と一緒になって天羽を追い返すような恰好になってしまった。天羽はからからと笑う。

「深見さんのせいじゃないでしょ。それよりさっそくお仕事ですか。ずっとここにいるの？」

「ええ、基本的には」

「髭剃ったのね。それにノーネクタイになってる……ふうん？」

興味深げな視線が痛い。

「あのむかつく部外者は来てないよね？」

「南雲さんのお兄さんなら、ここには来てませんよ」

返事を聞いた天羽は美しい顔を思い切り崩して顔中で笑った。

「いいね、深見さん。気に入った。でも意外。あのクソ兄、絶対今日あたり来ると思ったけど」

天羽が首を傾《かし》げる。ぎくりとした。信じられないような勘のよさだ。

駐車場には来ていたのだが、先ほどえげつない方法で撃退したのだ。この様子だと自分が何を考えて髭を剃り、ネクタイを外したのか、天羽には全て見抜かれているのではあるまいか。

つい視線が泳ぐ。幸い天羽は深く追及してこなかった。

「ま、いいや。南雲くんは？　って、あ……」

「一歩遅かったですね」

南雲はラップトップに向かって喋っている。共同研究をしている企業との会議中だった。

「あーもー、また……何なの？　タイミング悪いなあ。仕方ない、待つか。また出直すのも面倒臭いし。ところで深見さんは何を見てるの？　暇つぶしでも探してる？」

天羽にタブレットを覗き込まれて思わず俯く。通販サイトで書籍を漁《あさ》っていたのだ。

「いいえ、その」

少々恥ずかしいが、打ち明けてみることにした。南雲は今こちらに意識を向けていない。こうなったら相談に乗ってもらおうではないか。

「天羽先生」

座ったまま姿勢を正す。

「はいはい、なんでしょう？」

「私に、ど素人でも分かるような数学の本を教えてくれませんか？」

天羽が驚いたように目を見開く。

「そんなに分厚くなくて、できればそれ一冊読めば南雲さんが何の研究をしてるか筋道立ててだいたい理解できる……みたいなのがいいんですが」

「深見さん……」

天羽は慈母《じぼ》の笑みを浮かべた。

「そんなものは、ない」

「ないですか」

うすうす分かってはいたが。

スーツの背を丸めて項垂れる。少しばかり肩がきつい。既製品はこれだから困る。

「ないねえ、そんな都合のいいものは。今から数学科に入る？　隣の大学で私も講義の枠持ってるよ」

大学か。

天羽の言葉に成一とのやりとりを思い出してしまった。

「もしかして、あのクソ野郎になんか言われた？」

鋭い指摘に黙るしかない。だが理由はそれだけではないのだ。

通常ＶＩＰの警護をする場合には、だいたいの仕事内容を把握しておくものだ。リスク評価に必要というのももちろんだが、会話から不穏さを察知し、先手を打って動かなければならないし、効率よく警護を行うにはクライアントが次に何をしようとしているか、どこへ行こうとしているか予測することが重要になってくる。南雲の仕事はそういったアクティブなものではないのは分かっているが、仕事内容が全くの不明では座りが悪い。

「ちょっとかじっただけで専門的なことをちゃんと理解できるようになれるって思ってるわけ

じゃないんです。けど、このままじゃあまりにも」

「ふーん、真面目じゃん。えらいんだ」

当たり前のことだ。

「天羽先生、図々しいお願いで恐縮ですが、南雲さんの研究内容についてレクチャーしていただけないでしょうか。初日に南雲さんに説明してもらったんですけど、さっぱりで」

「それはちょっと……」

天羽は渋った。天羽に甘え過ぎなのは自分でも分かっていた。

「すみませんでした。忘れてください」

「違うんだよ、知らないの。企業が関わる仕事だし、下手に首突っ込むのもよくないでしょ。だから相談されるまでこっちからは聞かないことにしてるんだ」

「そうだったんですか、じゃあ南雲さんのお兄さんにでも聞いてみるしかないかな」

ものすごく嫌だが仕方ない。しまった、こうなる可能性は考えておくべきだったのに軽々しく南雲の兄と敵対してしまった。もっとも成一の説明も自分には理解できるのか怪しいものだが。

「やめときなよ。あのおっさんも南雲くんの仕事のことは分かってないから」

「え、そうなんですか？」

それなのにあの発言、成一は一体何を考えているのか。

「ははは、見たら分かるじゃない。あんなのはったりだよ。南雲くんの説明聞いてすぐ分かる人なんて同じ分野を研究してる数学者と私ぐらいのもんだから」

数学者から見れば自分も成一もたいして変わらない、ということか。

「南雲くんはいい奴だから、いつも私のことあのクソ野郎からちゃんと庇ってくれるんだよね。その時ついつい数学の専門用語羅列しちゃって、あのおっさんは南雲くんの言ってること半分も理解できないんでしょ。途端に機嫌悪くなるんだもん。分かりやす過ぎ」

そういえばそんな場面があった気がする。数学が分からないことにコンプレックスを感じているのは自分だけではないらしい。天羽は笑うが、自分は気付けなかった。心理戦は得意だったはずなのに自信がなくなってくる。

「ところで、南雲さんのお兄さんは天羽先生に対していつもああなんですか?」

「ああって?」

言葉にするのも憚《はばか》られる。口籠もっていると天羽は苦笑した。

「はいはい、あれね、慣れてるよ。どこの国にもいるんだ、ああいうクズ。『いい女だな、一発ヤリてえ、お前は?』『あいつ女のくせに生意気だと思わないか?』『どうせ身体使って教授に取り入ったんだろ? 下品な尻軽』、どれだって意味は同じ。私みたいな美人で有能な女は男同士でわいわい楽しくやるために、ボールの代わりに蹴っ飛ばされるってわけ」

天羽は滑らかに言い放つ。

「一緒に私のこと蹴って遊びましょ、ってクソ野郎に誘われなかった?」

誘われた。露骨《ろこつ》に。

「棒立ちで私を見下してるつもりの奴らを蹴散らして、お前らはフットボールのプレーヤーじゃなくて、ボウリングのピンだぞ、って分からせてやるのが私の趣味。まあ、そうじゃない男の人もいるけど。南雲くんとかね」

天羽は明るく言った。

「今のところ深見さんもボウリングのピンじゃないみたい。実を言うとね、ボディーガードが来るって聞いてちょっと南雲くんが心配だったんだ。ホモソーシャルにどっぷりのマッチョ野郎が多そうじゃない？　でも深見さん、外見はマッチョだけど中身は違うね。ねえ、深見さんってどういう人？」

「自己紹介は苦手で」

苦笑で答える。マッチョ野郎、違うのかどうなのか実は自分でもよく分からない。とりあえず天羽には違って見えるらしい。南雲もそう思っていてくれればよいのだが。

「もしかして、すっごく悪い人？」

天羽は何もかも見透かすような目で笑いながら覗き込んでくる。

悪い人、それはたぶん間違いない。だが天羽はさして興味もなさそうだ。

「ま、いいや。悪い人でもなんでも、南雲くんの味方なら。それよりどう？　私と一緒にあのおっさん蹴って遊ばない？　南雲くん、なかなか乗ってくれないからさあ、つまんない」

南雲の性格ではそうだろう。つい笑ってしまう。

そこで視線に気付いた。いつの間にかウェブ会議は終わっており、南雲がこちらを凝視していた。笑みを浮かべて会釈をすると視線が逸らされる。相変わらずガードが堅い。

「おはよ！　ようやく南雲くんと喋れるよ。出張やらなんやらですごい間が空いちゃった」

天羽は手を振りながら南雲に駆け寄る。

「天羽さん、久しぶり……何、話してたの？」

「ああ、まあ雑談？　待つのも退屈だったしね」

さすがの天羽も、お前の兄の悪口で盛り上がっていたのだ、とは言わなかった。ありがたいことに部屋の隅で小さくなっているボディーガードが、数学を勉強しようと無駄なあがきをしているということも黙っていてくれた。

「ご、ごめんね……この間からタイミング、悪くて」

南雲はごく自然に天羽と会話している。自分に対するような余所余所《よそよそ》しさは見せない。

「それより……の話」

「ああ、やっぱりその件か」

明るい朝日の中で、テーブルを挟んで二人の数学者が話し合っている。論文のコピーを片手に黒板に数式を書きつけ、指で叩く。二人に笑顔はない。それなのにどうしてだろう、これ以上ないほどに彼らは楽しそうだった。眩しいぐらいだ。

あの中に自分は決して入れないのだ。何をそんなに楽しそうにしているのか理解する日は一生やってこないのだ。

彼らを見て、今それがはっきりと分かった。頭の作りが違うのだ。南雲や天羽に対する成一の態度は度が過ぎているが、少しだけ彼の気持ちが分かるような気がした。

言葉の壁、か。

グラハムの台詞を思い出す。ウェブ会議の様子を見る限り、南雲は仕事においては会話するのに特に不自由を感じていないようだった。壁は全く別のところにあった。

こんなことならこの国の言葉が話せる人間ではなく、数学に造詣《ぞうけい》の深い人間を送り込むべきだったのではないか。自分のようながちがちの戦闘員ではなくて、たとえば友人のブーンのように大学で数学を学んで情報機関で働いた経験があり、多少の荒事もこなせる人間などいくらでもいるではないか。

数学のこととなると南雲は普段とは別人のように饒舌《じょうぜつ》になる。

「天羽さんが前に書いてた論文に……に関しての記載があっただろ。あれの元の式は幾島《いくしま》先生とマッキーン先生が昔……」

なるほど、南雲が興味のある数学者の名前だけは、よく覚えているというのは本当らしい。熱い議論を交わす二人の数学者を眺めながら、名札を弄ってそっと溜息を吐いた。とりあえず、しばらくはこの名札は外さない方がよさそうだ。

そういえば天羽も成一も自分の髭について言及してきたが、南雲は未だに何も言ってこない。

空回りだな。

ぎしぎしと音を立てて、パイプ椅子に座りなおす。硬い椅子には慣れているのだが、いかんせんサイズが小さい。この椅子よりも自分の臀部《でんぶ》の方がやや大きいのだ。奥まで腰掛けることができない。肩を縮めて小さくなっていることはできても尻のサイズはどうにもならない。

肉体の不快感には慣れている。そう訓練されてきた。椅子があるだけでもありがたい。今までこなしてきた仕事の環境を考えれば天国だ。屋根があり、凍《こご》えることもない。

深く考えないことだ。痛みに敏感になっても、いいことは何もないのだから。


天羽には言外《げんがい》に諦めろと言われてしまったが、やはり南雲の研究内容が全く分からないまま、というのはまずい。困り果てて友人に連絡した。貸し与えられた部屋の中、ベッドの上で胡坐《あぐら》をかいてラップトップを開く。南雲は先ほど風呂に入った。喋るなら今のうちだ。

「というわけでな。全然、歯が立たない」

「おお、グラハムから聞いてるよ。お前、本当に今、あのアモウとナグモのとこにいるのかよ。いいなあ。すげえなあ！」

画面の中では太った白人男性が缶ビールを片手にスマートフォンを弄っていた。笑うと彼の突き出た腹が揺れる。友人のブーンだ。

ブーンとはまだ軍人だった頃に仕事で知り合った。当時彼は政府の情報機関に所属していた。お互い共通点はまるでないが、なぜか馬が合い、以来こうしてずっと連絡を取り合っている。思えば長い付き合いだ。ブーンは今退職してフリーとなっていた。機密情報をあっさりと教えてくれたりするわりに、自分の仕事については頑なに口を噤《つぐ》んでいる。

「やっぱり二人とも有名なのか」

「ああ、分野は多少違うけどな。二人とも天才っていわれてる。まあ、数学に興味がなけりゃ知らねえか。いや、そうでもないな、アモウはすげえんだぞ」

去年、南雲が取った賞を天羽はなんと二十代の頃に受賞していた。この賞を二十代で受賞している人間は天羽が世界で三人目だそうだ。

「一昨年までこっちの大学にいたし、たしか動画が……ああ、あった。これこれ」

そう言いながらブーンはスマートフォンの画面をパソコンのカメラに近付けた。

世界的に有名な非営利団体のウェブサイトだ。質の高い講演を提供するために設立された組織で、各界の著名人が数多く講演者として参加しており、講演を生で聴くには目玉が飛び出るほど高い年会費を払う必要がある。

十年ほど前からその講演はウェブ上で動画として配信されるようになった。天羽は何年か前にそこで話しているらしい。彼女は見栄えもよく、話しぶりも明晰《めいせき》だ。こういった場に引っ張り出すには、もってこいの人物といえるだろう。

「にしてもすごいアクセス数だな」

並んでいる中では、天羽の動画がダントツではないか。

「話がすげえ分かりやすいんだ。地の頭の出来がめちゃめちゃいいんだって一発で分かる」

確かにな。天羽を思い出して心の中で首肯《しゅこう》する。切れ者過ぎて怖いぐらいだ。

「それに顔も可愛《かわい》いよな」

ブーンはふへへと笑った。

「率直な意見を聞かせてくれ。数学者が仕事のせいで命狙われるなんてあると思うか？」

「あるよ。十分ありうる」

ブーンがあっさりと言ったので驚いた。思わず身を乗り出す。

「今回、その可能性がどのくらいあるか知りたい。場合によっては増員要求を出さなきゃいかん。一人じゃろくな警護はできないからな。俺はサングラスでもかけて黒スーツの用心棒をやってりゃそれでいいのか？　どうなんだ？」

「お前が用心棒ならナグモはマフィアのボスか？　ははは、似合わねえ」

げらげら笑うブーンを睨みつける。

「どうなんだって言われてもよ、それこそ仕事の内容によるぜ。一体何の研究だ？」

画面の向こうの情けない顔に気が付いたのだろう。ブーンは慰《なぐさ》めるように言った。

「ああ、分かってるよ。そこがお前じゃどうにもならなかったんだよな。それはこっちで調べてやる。よし、会社の名前は？」

話が早くて助かる。

「悪いな。恩に着るよ」

ブーンはにやっと笑った。

「ずいぶん参ってるな、色男が台無しだ。知ってるぞ、お前ハニートラップの達人なんだろ？　護衛対象がなかなか打ち解けてくれないの、数学のこともよく分からないし、じゃねえだろ。なに甘っちょろいこと言ってんだ。お勉強なんかできなくたって、ちょっと本気出しゃ、お前なら誰でも落とせるだろうが」

　ブーンはグラハムと違って躊躇しなかった。

「やめろ。人聞きの悪い。大げさに言われてるだけだ」

　ブーンは腹を揺らしてげらげら笑う。

「謙遜《けんそん》すんなよ！　人は見かけによらねえよなあ。こんなクソ真面目な堅物ゴリラが魔性の男、海軍が誇る無敵のセイレーン！　信じらんねえ。背も俺よりでけえしさ。そりゃ不細工とはいわないけど。うん、つか、正直言って俺でもお前がモテるのなんとなく分かるわ。けどよ、老若男女問わずだろ？　どうなってんの、お前」

　ハニートラップという言葉だけ聞くと、なるほど自分はセイレーンなのかもしれない。しかし口説くのも、脅すのも、宥《なだ》めすかすのも、説き伏せるのも、実はそうたいした違いはない。

　こんななりをしているせいで、そちらの方面での成功ばかり面白おかしく吹聴されてしまうのだ。それから、ただ単にその種の任務を割り当てられることが多かったというだけだ。

「そういう仕事だったからな」

「色事関係だけじゃないだろ。同期で入隊した奴らから、めちゃくちゃ恐れられてるじゃねえか。一体なんなんだよ。アキラ・フカミって名前出しただけで震え上がる奴もいるって……同期の奴だけじゃねえ、教官も」

「ブーン、お前は本当にいつもどこで調べてくるんだ」

　ここまでくると、もはやこちらも笑うしかない。

入隊したての頃に軍で酷い嫌がらせを受けていた。たどたどしい言葉遣いの黄色人種が、他を差し置いて抜群の成績で訓練を終えるのを、黙って見ていられなかった奴らが大勢いたらしい。次第にエスカレートする虐めに、まともな食事もできなくなって、ふっきれた。その時、心の尊い部分を目的のために売り飛ばすことに決めた。

それからは何でもやった。力の差を見せつけて黙らせることはもちろん、皆の前で性的なコンプレックスをあげつらうことも、家族を侮辱《ぶじょく》することも、もっと酷いことも平気でやった。あの頃の自分と比べれば南雲への成一の態度など、まだ可愛い方だ。

一旦開き直ってしまえば、人の心を弄ぶのはびっくりするほど簡単だった。

考えてみれば当たり前だ。

上空五千メートルからのダイブに怖気《おじけ》づけばその後百年揶揄《からか》われ続けて、着衣で潜水したまま五十メートルを泳ぎ切るタイムが速ければ一瞬で誰よりも尊敬される。

そこはそういう単純な世界だった。

皮肉なことに、良心を捨てれば捨てるほど「お前はいい奴だ」と言われた。あっという間に集団に受け入れられた。

「その傷を付けた奴、訓練も終わらねえうちに除隊したらしいじゃねえか。その頃はお前、まだティーンか？　全く怖ええことするよな」

ブーンは画面越しに指差した。左眉の傷のことだろう。

「そういえばそうだっけな」

この傷は実戦で付いたものではない。訓練中のものだ。

ある日、自分に対して執拗に嫌がらせを繰り返していた相手を観察していて気が付いた。

こいつ片親だ。母親は父親とは別の男と暮らしてるな。それでそれを隠したがってる。

自分も親戚の家に預けられることが多かったせいか、すぐにぴんときた。

資材置き場で二人っきりになったところで、母親について尋ねてみた。思った通り、すぐに激昂《げっこう》し、角材を振り上げて殴りかかってきた。勢いを殺しつつ殴られてやった。派手に顔から血を流しながら走って逃げ出し、顔見知りの教官に泣きついた。その教官はゲイだった。そして自分に気があるのも知っていた。知っていてそれを助長した。利用するために。

その後、虐めの主犯はあっという間に除隊になった。もともと軍の生活が肌に合わなかったようだ。

自分に肩入れするゲイの教官には僻地《へきち》へ異動していただいた。のぼせ上がってまとわりついてくるのが面倒になったので、その教官が過去に部下と起こした恋愛がらみのいざこざを蒸し返してやったのだ。彼には人望がなかったのだろう。これも拍子抜けするほど簡単だった。

この目立つ眉の傷は、ゲームに勝つために付いたものだ。最も醜《みにく》いものが最も有利になるルールの、下らないゲーム。もしもこの傷が南雲を怯えさせているのだとしたら、傷の形が問題なのではない。人を大勢殺しているというのも、おそらく本質的な問題ではない。

目的のためなら、どんなことでもする人間なのだ。自分ですら自分を信用できないほどに。

「まあ、なんでもいいけどよ。お前にしてはずいぶんお行儀よくしてるじゃねえかって話」

ブーンはそう言って鼻を鳴らした。

そういえば仕事で培《つちか》った技術を使って南雲に取り入ろうとは少しも考えなかった。南雲がそちらの方面にあまりにも免疫がなさそうだからだろうか。人並みに罪悪感を抱いているのか。この自分が。

考えてから否定する。何を馬鹿な。まだ状況がそこまで切迫していないから、それだけだ。

それに「ハニートラップ」とブーンは軽く言ってくれるが、ああいった仕事は決して気分のいいものではない。生理的嫌悪感を無理やり抑え込んでする仕事だ。

相手の態度が次第に粘ついたものに変わり、食事に誘う言葉に湿《しめ》った吐息が混じり始め、むせ返るような獣欲に肌が粟立ちそうになっても、腕を開いて誘うのだ。自分でそう仕向けたのだろうと叱咤して、まるでそれを待ち望んでいたかのように受け入れる。

過去のターゲットに無遠慮に浴びせられてきた性的な欲望に塗れた視線が、粘液のようにまだ身体に纏わりついているような気がする。この何ともいえない「獲物」扱いされる不快な感覚は、どんなに身体を鍛えても決して消えないのだと知った。

必要に迫られない限りはやりたくない。気まぐれに人の心を弄ぶ趣味もない。

いや、そうでもないか。

嫌なのは色仕掛けだけだ。成一を脅すのに自分は躊躇しなかった。楽しんですらいた。

だが、たとえ本気で自分が南雲に仕掛けたところで通用する気が全くしない。転びそうになっても、慌てて自分から逃げていこうとする南雲の後ろ姿を思い出してしまい、頭を振った。

「あのな、今回はそういう仕事じゃない」

「照れるなって！　あだ名とかコミックみたいだよな。セイレーンの他にはジェダイのサメ男なんてのもあったか？　かっこいいじゃねえか」

サメ……か。

「ジェダイはやめろ。恥ずかしい」

「って、そっちかよ、サメはいいのか」

ブーンは拍子抜けしたようだ。

「まあ、冗談はさておき、アキラ」

さっきまで軽口を叩いていたのが嘘のように、神妙な声を出されて面食らう。珍しいこともあるものだ。

「なんだよ」

「お前、仕事にはすっげえ真面目だし、こんなちゃらんぽらんの俺に頼まれる筋合いじゃないだろうけどな、ヨウジ・ナグモのこと、よろしく頼むぜ。俺も協力するからさ」

本当に柄にもないことを言う。

「知り合いだったか？」

「いいや、会ったこともねえよ」

「なら、なんで」

「俺はしがない半端者だけど、数学がちょっと好きな人間なら、俺と同じように考えたことある奴、結構いるんじゃねえかな。もしもこの若者が決闘で命を落とさなかったら……。最近だとあれだ、もしもこの女性が癌《がん》にならずに済んだなら……」

ブーンは少し遠い目をして指折り数えた。一体何の話だ。

「お前の国にもいたぞ。ずいぶん前だが、素晴らしい数学者が若いうちに自殺した」

そこまで聞いてようやく分かった。ブーンは夭逝《ようせい》した歴史上の偉大な数学者達について話していたのだ。

「彼らがもっと長生きしたとしたら一体どんな偉業を成し遂げただろうってな。新しい世界が見えたんじゃないかって」

南雲陽司や天羽恵は新しい世界を切り開く人間だと言いたいらしい。

「そういうわけだからさ。俺としちゃナグモに長生きしてほしいわけ。頼んだぜ」

そう言ったブーンの灰色の目は澄んでいた。この目は南雲や天羽が見ている世界を見たことがあるのだ。自分や成一とは違って。

そこまで考えて苦笑した。この仕事を引き受けてから、どうも調子が狂う。変に卑屈になっている。振り払うように目を瞑った。

「ああ、分かった。約束する」

とはいえ、ブーンの調査結果が来るまでは、することは特に変わらない。

廊下では業者が監視カメラの取り付け工事を始めていた。明後日からは監視システムが動きだす。自分はそれを横目に例の小さなパイプ椅子に座ってタブレットを眺めているだけだ。一通りの備えを済ませてしまうと、あとは退屈との戦いだ。我々の仕事ではいつものことだが。

幸いなことに暇つぶしのネタは腐るほどあった。

電子書籍アプリには、まだ読んでいない本がずらりと並んでいる。今読んでいるのは『数列なんて何に使うのかさっぱり分からないあなたへ』という題名のごく軽い内容の新書だ。まさに自分のことだと思ったので、まんまとつられて買ってしまった。

線形代数の教科書もあれば、高校数学を一通り網羅した数学入門もある。未解決問題に関する伝記、ノンフィクション、それから量子コンピューターに関する本まである。悩んだ末に、結局、数学の本を読み漁ることにしたのだった。

理由は二つある。ブーンとの会話で自分が数学に関する一般的な事柄についてすら、あまりにも無知だったと思い知らされたから、もう一つは南雲とのコミュニケーションにいまだに難渋していたからだ。

被害者が転んだだけで済んだ事故でも南雲はそれを思い出して震えていた。そして今でも自分ではハンドルを握らない。人が死のうが何をしようが、どうでもいいと思っているわけではないだろう。

しかし南雲の普段の振る舞いや、この研究所の他の数学者達の南雲に対する態度を見ると、南雲が数学にしか興味が持てない、というのは疑いようのない事実であるという気がしてくる。ならばせめて数学に慣れ親しむ努力をすべきだ。

そう思うのだが、さっきからちっともページが進んでいない。

南雲の警護に自分のような人間が本当に必要なのか、まだよく分からない。だが気を抜くことは許されない。そうした漠然《ばくぜん》とした心もとなさが憂鬱《ゆううつ》な気分に拍車をかけている。

この仕事を紹介してきた元教官に心の中で悪態を吐く。

何が、バカンスみたいな仕事、だ。戦場の方がよっぽど気楽じゃないか。

そこでは少なくとも自分が必要とされている理由は明白だ。

気晴らしに、このところ何度もお世話になっている大手通販サイトを開く。購入履歴からのおすすめの中に毛色の違った本が紛れ込んでいた。小説だ。数学者をテーマにしたもので、映画化もされている。

気になってレビューを読み漁っていると、おそらく数学に詳しい者からであろう厳しい意見を見つけた。特に「数学の分からない文系の素人はこれを持てはやすだろうが」というフレーズが胸に突き刺さった。南雲にとっての自分も似たようなものなのかもしれない。

そこまで考えて我に返る。いくらなんでもナーバスになり過ぎだ。その理由も本当は分かっていた。打ち解けられない原因が数学に明るくないことや自分の外見だけにあるのなら、まだ諦めもつく。だが、おそらくそうではない。

以前、紛争地帯の国境付近で若い外交官を護衛する羽目になったことがあった。少し変わった男だった。いつ襲撃を受けてもおかしくない現場で紅茶に入れるミルクの銘柄を気にして、ただでさえ気が立っている現地住民をさらに苛立たせていた。こいつと一緒に死ぬのはごめんだと、早々に彼を心の中で切り捨てた。言い訳をするなら、あの頃は自分もまだ若かったのだ。だが嘔吐するのが嫌だからと車を替えるのを渋る南雲を見て、自分はどう思っただろう。あの外交官に対するものと同じ蔑《さげす》みを南雲に対して抱いたのではないか。

その外交官にした仕打ちを思い出す。彼が言うことを聞かないのに業を煮やした自分は、一芝居打ったのだ。彼が桟橋の腐った部分を踏もうとしても注意せず、川に落ちるに任せた。そして彼を助け上げ、そのために怪我を負ったふりをした。

結果、彼は極端なほど従順になった。痛みに呻《うめ》く演技をする護衛を死にそうな顔で心配していた。自分の不注意のせいで護衛を危険に晒したことを悔やんでいた。そしてそれは彼が無事に帰国するまで変わらなかった。

演技は得意だ。まず自分を騙《だま》すのだ。怪我をしたふりをするなら怪我をしたと思い込むこと。色仕掛けならば、ターゲットに恋焦がれてみること。任務の最中はこれが自分の本心なのではないかと錯覚するほど、いつの間にか上手に自分を騙せるようになっていた。

南雲が自分を警戒しているとするなら正しい。そうされるだけの理由が自分にはある。

自分の仕草や雰囲気からはそうした下衆《げす》な人間性が滲み出ているのだろう。それはおそらく、南雲の前でどんなに真っ当な人間を装っても消えはしないのだ。

そして自分もまた南雲に対して及び腰になっている。南雲はどうせ俗世に興味はないだろうと、研究の邪魔になってはいけないと言い訳して、ろくに事情も説明していない。南雲を軽んじているつもりはないが、対話を諦めているのなら切り捨てているのと同じだ。

だけど、他にどうすりゃよかったっていうんだ？　向こうだって俺と話す気はないだろ。通販サイトを閉じれば、電子書籍の素っ気ない画面が目の前に戻ってくる。

こんなもの読んで何になるんだ。馬鹿馬鹿しい。

見るのも嫌になってタブレットをテーブルの上に置いた。自然と肩が落ちる。息苦しい気がして上着を脱ごうとすると、首に掛けた名札の紐《ひも》が引っかかった。舌打ちし、名札も外した。

忌々《いまいま》しい。何もかもうんざりだ。

どうしても余計なことばかり考えてしまう。妙に余裕があるのが悪い。

ブーンの奴一体何をしてるんだ。遅いぞ。

南雲の仕事が、どうあがいてもテロリストなどに狙われるはずがないものだと分かれば、この息の詰まるような密着警護も終わる。その方が南雲にとっても幸せだろう。

ふいに人の気配がして、慌ててタブレットを裏返した。

「ちわっす」

見上げると大きな段ボール箱を抱えた制服姿の若い男が立っていた。開いているドアをコンコンとノックして伝票を読み上げている。宅配業者だ。

「ええと、南雲陽司さん、お届け物です」

聞いてないぞ。

油断した。工事の音のせいもあり気付くのが遅れた。咄嗟に険しい表情で立ちはだかって若い男の腕を摑む。虫の居所も悪かった。

少しでも妙な真似をしてみろ。

ポケットの中で消しゴムを握りしめた。これだけで人を殴る際に拳への負担が軽減する。

ただならぬ気配に男が慌てた。

「……って、え？　わ、荷物が……な、なんすか？　なんなんすか？」

「あんた、ちょっと」

その時、後ろから南雲の能天気な声がした。

「あ、通販……もう来た。い、印鑑……ないや……あの」

宅配業者の男は目に見えてほっとしていた。

「サインでいっすよ！」

唖然としているうちに、南雲はサインを済ませた。どうやら本当にただの宅配業者だったようだ。安堵すると同時に怒りが込み上げる。

これは一言いっておかねば。

眉間を指で揉んだ。

「南雲さん」

「は、はい、なんですか？」

南雲は大きな箱を抱えたまま、珍しくどこか浮かれた様子で返事をする。よほど楽しみにしているものが届いたのか。

「初日にお伝えしたと思いますが、宅配便を頼む時は必ず私にも相談してください。業者を装って入ってくる犯罪者もいますから」

抑えたつもりだったが、口調に苛立ちが滲んでしまう。

「あ……」

南雲の声が震えた。虐めているような気分になる。

「す、すみませんでした……ごめんなさい」

南雲の表情がみるみるうちに沈んでいく。

「これから気を付けていただければ大丈夫です。あの時はいっぺんにたくさんお願いしましたしね。仕方ないです」

「本当にすみませんでした。忘れてて……」

南雲はすっかりしょげてしまっている。

馬鹿か俺は。

成一や配達員だけでなく南雲まで怯えさせて。こんなことでは打ち解けるなど夢のまた夢だ。

「もういいですから。お、ずいぶん大きな荷物ですね。重そうだ。手伝いますよ」

挽回しようと無理やり笑った。南雲の手から荷物を受け取る。何気なく伝票に書いてある文字を読んだ。

「椅子ですか」

「あ……あ、あああ、あの！」

素《す》っ頓狂《とんきょう》な声に振り返る。南雲は真っ赤になっていた。

「き、聞かないで勝手に買っちゃってすみません。……あ、気にしないで欲しいんですけど、聞いたら気にするかなって……こういうのに使えるお金、余ってるから……椅子なら深見さんが使わなくなっても他にいくらでも使い道はあるし……その」

　あわあわと手を振り回しながら南雲は言い募る。話が見えない。

「ひ、酷い椅子、使わせてるから……」

　先ほどまで腰掛けていたパイプ椅子に南雲は目をやった。少しひしゃげている。

「よかったら、そ、それ、深見さんに、つ、使って欲しい……」

「……は？」

　思わず口が開いた。

「い、嫌だったら！　無理に使えとは……い、言わないけど」

　なんだろう、これは。

「その、僕……買い物とかあんまりしないから、どれがいいのかよく分からなくて……いつもは本しか買わないし」

　南雲は呆けている大男を前にまた俯いた。

　この荷物の中身はどうやら椅子で、南雲は自分にそれを使えと言っているようだ。

　そこで気が付いた。自分は今、名札を着けていない。それなのに南雲はごく自然に自分を「深見さん」と呼んだ。

「あ……」

理解した瞬間に、身の内の深い部分から何かが湧き上がってきた。

この天才数学者にとっての自分はその辺の机と同じようなものだろうと思っていた。それでも構わない、ただ仕事の支障になるのだけは困る、と無表情に片付けてきたつもりだった。

「もしかして、俺に？」

自分でも笑ってしまうぐらい甘い声が出た。誓って今はハニートラップなど使おうとしてはいない。自然と出たものだ。さっきまでが嘘のように心が軽い。

南雲は俯いたまま頷く。

「ありがとうございます」

礼を言うと南雲は顔を上げて目を見開いた。まっすぐにこちらを見ている。サメのようだと感じたこともある目だ。なぜそんなことを思ってしまったのか今では全然分からない。

「すごく嬉しいです。ははは、恥ずかしいな。ばれてましたか。そうなんですよ。実は尻が痛くて……つらかったんです」

そうだ、痛かった。つらかった。そしてずっと南雲にこっちを向いて欲しかった。この綺麗な榛色の目を見たかったのだ。今は素直にそう思える。

答えると南雲の表情がぱあっと明るくなった。

「大事に使いますね」

南雲は真っ赤になってさっと目を逸らし、逃げるように部屋の奥へ駆け出す。

「あ、これ、組み立て式だから、ド、ドライバー」

案の定転びそうになる。

「おっと」

支えてやってから、無性に楽しくなって声を上げて笑った。

「ふっ、あはは！」

南雲の身体は細いが意外にしっかりしている。もう何度も南雲を支えてやっているのに、そんな単純な事実すら、今ようやく確かな実感をもって知った気がした。

南雲を馬鹿にして笑っていると勘違いさせるかもしれない、と思ったが、抑えられなかった。見ると南雲も笑っている。

なんだ、そうか。

相手への気遣いや配慮、人と関わる上では大切なことだが、委縮《いしゅく》して笑えなくなるぐらいなら意味がない。誤解させたら謝ればいいのだ。ベースに相手への敬意さえあれば、取り返しのつかないことなんて滅多にない。

「大丈夫ですか？」

「あ、ありがとう、大丈夫。ははは、いつもすみません」

声を上げて笑っている南雲など初めて見た気がする。そばかすの散った白い鼻筋に皺を寄せ、口を大きく開けて笑う南雲。気持ちのいい笑顔だった。笑いながら、今までの自分の行動を思い出していた。

壁を作っていたのは南雲ではなくて自分の方だったのかもしれない。

南雲は自分の名前など覚えないだろうと決めつけて名札を手放さなかった。そのくせ名札を着けている自分を憐れんで心の底では被害者意識に浸っていた。

南雲は自分の運転する車の中で吐いたことはない。吐き気すら訴《うった》えない。名前も覚えてくれていた。思えば自分は、よく躓く南雲をここに来てから一度も転ばせずにいるではないか。

簡単なことだった。

椅子の組み立てに四苦八苦する南雲に代わってドライバーを握った。

「立てて、ここに刺せばいいんですかね？」

椅子の背の部分を持って立ち上がると、尻がテーブルにぶつかり、タブレットが床に落ちた。

「わ……っと！」

壊したか、と慌てて作動を確認し、ほっとしたのもつかの間、電子書籍アプリの画面が開きっ放しだ。よりにもよって素人向け丸出しの題名がでかでかと書いてあるではないか。

「な……これ……？」

南雲はそれを見て唖然としていた。どうやら読まれてしまったようだ。

「あー、その、俺は数学が全然分からなくて」

恥ずかしい。頭を掻きながら、今更ではあるが急いでアプリを閉じる。

「勉強しようかと」

黙ったままの南雲に焦った。

「いや、えっと、警護をするのに普通はある程度その方の仕事内容を分かってなくちゃいけないんです。もちろん、そう簡単に理解できるものじゃないってのは知ってます。でも、まあ、時間だけはありますし、せっかくだから」

南雲はまだ黙っている。つられてなんとなく声が小さくなる。ばつが悪い。何が、せっかくだから、だ。意味が分からない。

「南雲さんは数学が好きなんですよね」

南雲が戸惑ったように頷いた。

「俺は……」

南雲さんの言っていることを少しでもいいから理解できるようになりたくて、とか、数学が分かるようになったら俺とも話してくれるようになるんじゃないか、とか、数学の何がそんなにあなたを惹《ひ》きつけるのか知りたい、とか、俺の友人は分かってるみたいで悔《くや》しい、南雲さんのボディーガードは俺なのに、だとか、そんな言葉が浮かんでは消えた。

なんだかあまりにも素朴《そぼく》で、恥ずかしくなるぐらい好意に満ちていて、自分の考えたことだとは到底信じられない。けれど、どう考えてもこれらは全て自分の本音なのだ。その事実にさらに動揺する。

「だ、だから」

続く言葉が出てこない。すると、南雲はきゅっと口を閉じた。見たことのない表情だ。よく見るとむずむずと口角が上がろうとしている。

どうした？

「うん……僕、数学……好きなんだ」

南雲は俯いて両の手の平で顔を隠してしまった。耳が赤い。耳どころか首筋まで真っ赤だ。

これは、まさか。

「……っ、ちゃんと全部読みます！」

気が付いたら口が動いていた。

「理解できるかは、分かりませんが」

絶対に読まなければ、いや読みたい。つい先ほどまで、厭《いと》わしくて堪《たま》らなかったはずなのに。

南雲は自分が数学の本を読もうとしていることを喜んでいる。それも、ものすごく。

南雲もこのボディーガードが少し本を読んだだけで急に数学の専門家になれるわけがないと分かっているだろう。しかも怪しげな題名のいかにも不真面目な本だ。それでも喜んでいる。

そのことが震えるほどに嬉しかった。


現金なもので、南雲が椅子を買ってくれてからは数学の本を読むのが苦ではなくなった。

南雲は本を読んでいるボディーガードを盗み見ては酷く嬉しそうにしていた。しかも喜びを顔に出すのを必死で抑えているようなのがまる分かりだ。こんなふうに素直に反応されてしまっては途中で投げ出すことなどできない。

数学は美しい、というフレーズを本の中で何度も目にした。それはおそらく事実なのだろう。しかし数学について知識を得るにつれ、自分のような者は軽々しく「数学は美しい」などと口にすべきでない、と思うようになった。

読書を始めたばかりの頃に、数学者を題材にした小説を批判するレビューを見て、心がささくれ立った。馬鹿にするような書き方は問題であろうし、肯定したいとは思わない。けれど、あのレビュー投稿者は感じたままを素直に述べたに過ぎないのだと今ならなんとなく分かる。

専門的な数学に慣れ親しむということが、いかに得難い才能と努力に支えられたものであるか、数学における無限の概念にも大小があるように、知れば知るほどその途方もなさの度合いが増していった。

だが不思議なことにもう南雲が異質な人間だという気はしない。

今はただ、南雲や天羽をはじめとした数学者達に純粋な畏敬《いけい》の念を抱くだけだ。

南雲は人類がその叡智《えいち》でもって証明という敷石を一枚ずつ置いて作った道を歩き、はるか遠くその道の先端まで行くことができる。行くだけではなく、その敷石の何枚かは南雲が置いたもので、さらに先へと道を作ろうとさえしている。

その南雲は邪道だと非難されてもおかしくないような本を読んでいた自分を、一度だって馬鹿にしたりはしなかった。それどころか喜んでいた。

数学について学ぶうちに、暴力の世界で生きてきたことに対する後ろめたさや、学歴コンプレックスと表裏一体の学者への偏見、そんなちんけなものからいつの間にか自由になっていた。学ぶということの本来の意義を体感できたような気がした。

南雲が時折、数の楽土へ旅立ってしまうのは異端の証《あかし》ではない。自分ができないことを、いとも容易く成し遂げる人間に対して異質さや欠落を見出そうというのは、あまりに貧しい考え方だった。南雲のくせ毛で覆われた形のよい小さな頭の中には人類の宝が詰まっている。ブーンの言っていたことがほんの少しだけ分かったような気がした。

時折読書を休んで、真新しい黒い椅子に触れてみる。南雲の買ってくれた椅子はかなりしっかりしたものだった。この体格の自分が身体を預けてもびくともしない。機能美を重視したデザインだが見た目も悪くない。何より抜群に座り心地がいい。

深見さんに使って欲しい、か。

自分は場違いな置物のように立っているしかない、ひしゃげたパイプ椅子だって、あるだけましだと思っていたのに。

すぐ傍には例の異様な貧乏揺すりをする南雲がいる。何か思いついたのか南雲は目を輝かせて椅子から立ち上がった。黒板に向かう南雲の顔は笑っていた。楽しそうだ。

少し前までは数式を書く南雲の背中に拒絶されている気がしていた。相変わらず書かれた数式は何一つ理解できない。それなのに今は、黒板が数式で埋められていくのを見ると、どうしてか自分まで嬉しくなる。

数学者ばかりの研究所の中、白い部屋には目立つ黒い椅子、それに座って人殺しの自分は銃創のある大きな肩を縮めて数学の本を読んでいる。外は穏やかに晴れ、鳥の声がする。今の状況は笑ってしまうほどちぐはぐだ。

だが、悪くない。悪いことなど何もないのだ。

それから少しずつだが、南雲と会話が成立するようになった。家での南雲の態度も次第に軟化した。部屋に帰ってラフな格好になった自分を前ほどは避けなくなった。こちらを意識して居心地悪そうに、もじもじしていたりすることもあるが、もう逃げていったりはしない。

風呂上がりにテーブルを挟んで向かい合い、ソファに座ったりもする。今もTシャツ姿の自分の前でくつろいで論文を眺めている。大きな動きで驚かせたら逃げてしまうのではないかと思うと動けない。すると突然、南雲が話し始めた。

「は、歯磨き粉とコーヒーって……似てると思いませんか」

あまりにも唐突《とうとつ》で、すぐには反応できなかった。戸惑っている間にも、南雲の顔がどんどん暗くなり下を向いていく。無言だが「勇気を出して話しかけてみたが、やっぱりやめればよかった」と南雲は全身で叫んでいた。

「と、いいますと？」

南雲がぱっと顔を上げた。こんなにも分かりやすい男のことを、何を考えているのか分からない人間だと感じていたのだと思うと、なんだか可笑《おか》しい。

「歯磨き粉なくなっちゃって、今日新しいのを開けたんだ」

そういえばそうだった。自分も先ほど同じものを使わせていただいた。

「変えたばっかりの時って……前の方がよかったって思わない？」

「あ、ああ、違和感ありますよね」

大げさに何度も頷いてしまう。南雲と同じように自分も緊張しているのかもしれない。

「でもしばらくすると慣れちゃって、また新しいのに変えた時にはやっぱり『前の方がよかった』って思う」

その気持ちは分かる。だが、まだよく分からない。この話は一体どこに着地するのか。

「ふ、深見さんが、コーヒー淹れてくれるようになったでしょ？」

南雲はまた俯いた。

「ええ」

正確に言うとコーヒーメーカーが、だが。

「さ、最初は、なんか変で……あんまり美味しいとか分からなかったんだけど、今は美味しいって思う」

南雲は意を決したように顔を上げた。

「あの、ありがとうございます。ずっと、きちんとお礼を言わなくちゃ、って思ってた……」

思わず天を仰ぎそうになる。そうきたか。やめてくれ。ものすごく美味しいコーヒーを淹れてやらねば、という気になってしまうではないか。自分の仕事を忘れそうだ。

「暇でしたから。たいしたことじゃないですよ」

「他にもたくさん深見さんにお礼言ったり、謝ったりしなきゃならないこと……あるんだ。最初の頃、酷い態度で……すみません」

「全然そんなことは」

「あ、ありますよ。ろくに……返事も……僕はもともと喋るのが上手くなくて……黙ってたらどんどん話しかけにくくなっちゃって、話しかける口実を探してたんだ。椅子、喜んでもらえるか自信なかったけど話しかけたくて、そういう下心で買いました」

南雲は照れたように笑った。

下心、この国の言葉から、しばらく遠ざかっていた自分でも分かる。おそらく南雲は使い方を少し間違っている。けれど意図するところは分かった。

「思いついた時、すごくいい考えだと思ったんだ。浮かれちゃって最初に注意されたこと、すっかり忘れてた……すみませんでした」

「いや、気にしないでください。ありがとうございます。嬉しかったです。助かりました」

椅子も嬉しかったが、南雲もまた自分との会話を求めてくれていたことが本当に嬉しい。

南雲は膝の上で拳を握りしめる。

「び、びっくりするぐらい、かっこいい人が来たから……き、緊張してて」

心底意外だった。かっこいいとは誰のことだ。もしかしなくても自分のことか。怖い、の間違いではないのか。訝っているのが分かったのだろう。南雲は恨みがましく言った。

「びっくりしたって……言ったじゃないですか、僕。深見さんと初めて会った時に……」

そうだったろうか。

「あ、聞いてなかったんだね……そうだよね、天羽さんもいたし」

暗い響きの声だ。そしてなぜ天羽の話が出てくる。

「ぼ、僕よりも天羽さんと……よく喋ってるもんね」

それを聞いてなんとなく南雲の考えていることが分かった。天羽は南雲にとって気を許せる数少ない友人である。しかもあれだけ美しい異性だ。南雲に嫉妬《しっと》されているのだろう。だが自分と天羽の間には誓って何もない。というか今まで考えつきもしなかった。

「ほとんど南雲さんのことしか喋ってませんよ」

安心させるために笑って答えてやりながらも、妙に白けた気分になる。今は天羽ではなくてお互いの話がしたかった。

「数学の本、何読んだらいいか分からなくて、それを聞いていたんです」

「ええ!? そ、そうだったの!?」

ずいぶんな驚きようだ。

「天羽先生には、素人が何読んだって、すぐには南雲さんの仕事を理解できるようにはならないぞ、って言われたんですけど」

実際その通りだった。しかし諦めずに本を読もうとして本当によかった。

「でも俺は南雲さんのことが知りたかったので」

「そ、そ……そうだったんだ……」

南雲は真っ赤になってあちこち掻いたり、視線を明後日の方向へ飛ばしたりしていた。見当違いな嫉妬をしていたと照れているのか。微笑ましいが、少し寂しい。自分は南雲のことが知りたいと言ったのに。

「ま、まあ、それはそれとして」

咳払いをして南雲は話を戻した。

「緊張してたところに、兄さんが……いろいろ……あの、兄さんが失礼なことを言って申し訳ありませんでした」

南雲は頭を下げた。

「小学生の子、死んでもいいなんて思ってない」

「分かってます」

「でも、それ以外の僕の昔話は全部、本当のことです」

南雲は重々しく言った。

「兄さんに頼り切ってちゃいけないと思って車の免許を取ったら……あの事故が」

南雲の肩が震える。

「深見さんはせっかく僕にも優しくしてくれたのに、絶対変な奴だって思われてるだろうなって、じ、実際、僕は変な奴だし、ど、童貞だしね」

南雲は声を裏返らせた。おどけようとして失敗したのだろう。悲しい響きだった。

「本当は全部深見さんの言う通りにしたかったんだ。でも吐いたらどうしよう。もっと迷惑かけるかもしれない。嫌われたくなくて、車替えてもいいよって言う勇気が出なかった」

南雲は項垂れた。

「そしたら深見さんは、次の日から、うちの研究所でもらった名札を着け始めた。朝起きた時からずっと、家の中でも」

やはり気付いていたのか。

「名前が覚えられないって兄さんに聞いて、僕に気を使ってくれたんですよね。分かってます……でも、深見さんは僕が深見さんの名前すら覚えないって思ってるんだな、そう思ったら何もかもが怖くなった」

兄と同類だと思われてはいなかったようだが、やはり自分は南雲に信頼されてはいなかった。しかし、それはこちらも同じだ。なかなか名札を外せなかった。

「僕も深見さんと話したかった。話しかけてくれて嬉しかったんだ。本当だ。だけど、ぼ、僕、数学しかできないんだ。他のことは全然上手く話せない。今もね。はは、全然駄目だ」

南雲の声がまた甲高くなる。

「なのに深見さんは数学が分からないっていうし」

会話を避けられていたのは、ボディーガードを疎んじてのことではなかった。南雲は本当に数学以外のことに何一つ自信がなかったのだ。

「警備のことを考えるなら、深見さんの言う通りにした方がいいって分かってたけど、僕、昔から考えに没頭すると周りが見えなくなっちゃうところあるから」

例のトランス状態のことか。

南雲によれば、あの異様な貧乏揺すりは、苦労して編み出した安全策なのだという。

以前は数学のアイディアに頭の中を占拠されてしまうと、何の前触れもなく目が虚ろになり、外界の情報がシャットアウトされる状態に陥っていたのだそうだ。目の前にいる人間を邪魔な柱のように扱ってしまって怒らせたのは、この頃の話らしい。

南雲の事情はお構いなしに突然起こるそれは、まるで発作のようなものだった。子供を轢きそうになった時は、運転中にその状態になってしまったらしく、南雲は危機感を抱いた。

いつか大変なことになるのではないか。

このままではまずいと思っていた時に、研究室で何気なく貧乏揺すりをしてみたところ、上手く集中状態に入ることができた。南雲は動作と状況で集中状態の条件付けが可能なのではないかと考えた。研究室で例の貧乏揺すりをしている最中にそれが起きるよう習慣付け、訓練した結果、今では道端で意識が飛ぶような状況はほとんどなくなったらしい。

「みんな、あれを見ると怖がる。あんまりよくない癖なのは分かってた……でも人に迷惑かけるよりましだ。ちゃんと説明した方がいいんだろうな、って思ったこともあったけど、説明も難しいし……」

あのトランス状態を見て自分はただ南雲の異様さに慄《おのの》いていたが、あれは彼なりの努力の結果だったのだ。

「だから環境を変えるのが怖かった」

せっかく苦労して作り上げた条件付けが崩れれば、また道端で考え込むようになってしまうのでは。自分が危険な目に遭《あ》うだけならいいが、他人を巻き込んでしまったら。

海外行きはなんとか免《まぬが》れたが、ボディーガードが来れば、それだけで生活が変わってしまう。

なので、変化は最小限に留めたかったのだそうだ。護衛の人数を一人に絞ったのも同じ理由からだという。

「研究所の人達のためにも本当は自分の家に籠もってる方がいいんだろうと僕も思った。だけど襲われる可能性は低そうだって言われた。深見さんを雇ってる人達は、なるべく早く仕上げてくれって言う」

そのためにはやはり研究室であの集中状態に頼った方がいい。

「正直言って何が一番人に迷惑をかけないで済む道なのかよく分からなかったんだ……我儘《わがまま》言って本当にすみません」

南雲は自分の身の安全については一言も言わなかった。仮にもテロリストに狙われて身辺警護されている人間としては少しばかり奇異な印象を受ける。

「そんな、謝ることなんか何も」

そう言ってやっても、南雲は頭を下げたままだ。

「南雲さんは最初の日、俺のために椅子を探してくれましたよね」

「う、うん……？」

恐る恐る顔を上げた南雲は戸惑っている。いきなり何を言い出したのだ、と言いたげだ。

「それに、南雲さんのお兄さんが筋肉馬鹿って言ったら怒ってくれたじゃないですか」

南雲は目を見開いてぽかんとしている。そんなことは初めて言われた、という顔だった。

ああ、そうか。

こうやって南雲の行いを肯定してやる人間は、南雲の近くにはいないのだろう。天羽は南雲を認めているようだが、対等だと思っているからこそ一線を引いているような節がある。

「天羽先生も、南雲さんはお兄さんが天羽先生に対して何か言った時には、絶対に反論してくれる、って言ってましたよ。いい奴だって」

本当は自分などでなく、天羽が言ってやった方が喜ぶのかもしれない。

「吐いたり、ちょっと我儘言ったぐらいで嫌いになったりなんかしませんよ」

というか我儘ですらない。

「まあ、いきなり転ばれた時はさすがに驚きましたが」

自分でもよく分からない天羽に対する妬《ねた》ましさを隠すように、冗談めかして言う。

「見ての通り、俺は筋肉馬鹿ですが、はっきり言われると傷つきますからね。似合わないお勉強なんか始めるぐらい」

「深見さんは馬鹿じゃないです」

南雲は真顔で律義に言った。こういうところだ。思わず笑う。

「南雲さんが庇ってくれて、俺は嬉しかった」

南雲は意識もしていなかったのかもしれないが。

「それと、名札の件はすみませんでした」

「あ……ち、違う！　詰《なじ》るつもりで言ったんじゃゃ……」

「最初から南雲さんを信じればよかったのに、怖かったんです」

「怖かった？」

この厳ついボディーガードに怖いものがあるとは到底信じられないという顔だ。しかし自分も南雲に見つめられて初めて気が付いた。自然に出た言葉だが、そうだ、怖かったのだ。どういうこともない、と思い込もうとしていたが、南雲にまるで知らない人間のように、人間どころか柱か何かのように接せられるのが。

「俺も怖かったんです。南雲さんに忘れられてたらどうしようって」

南雲の長い前髪の間から覗く色の薄い瞳には、苦笑する自分が映っている。

「でも、今は怖くないな。南雲さんはどうです？　今も怖いですか？　何かしたら俺に嫌われそうな気がします？」

座ったまま片方の肘を膝に置いて頬杖を突き、南雲に近付く。間には小さなテーブルがあるが、体格のいい自分が少し乗り出せば、南雲と自分の間には何もないのと同じだ。南雲を下から覗き込み、にやっと笑う。

「え、わ、わわ、分からない……です！」

南雲が慌ててのけ反ったので、手にしていた論文が散った。

距離を取りたいのだろうが、南雲の後ろはソファの背。

いい気味だ。今まで散々寂しい思いをさせられている。少しぐらい困ればいい。

南雲はいつもすぐ後ろを向くか俯いてしまうかなので、後ろ頭ばかり見ているが、今は正面、やや下から南雲の作りの整った顔が真っ赤になって盛大に引き攣っているのを見放題。なかな

か贅沢《ぜいたく》な眺めだ。

「嫌いになんかなりませんよ。自由にしててください。それから俺は南雲さんともっと話したいです。さすがにまだ全然勉強が進んでないから、できれば数学以外の話題がいいな」

淡《あわ》く微笑む。南雲と間近で接して、彼を嫌いになれる人間などいるのだろうか、そんな気がしてくる。あんなにも苛烈《かれつ》な言葉を兄から浴びせられ続けていたにもかかわらず、こんなにも正直で無防備で、それなのに優しさを知っている、並外れた頭脳を持った天才。

自分とは違い、誰も蔑まず、心のどこも売り飛ばさずに生きてきた男。

「怖かったら試してみてもいいですよ」

首を傾けてさらに南雲に近付く。

「俺に嫌われそうなこと、してみても」

きっと自分は南雲がすることなら何でも許してしまう。

「したいこと、何でも」

南雲が自分の前でも天羽に対してそうするように、委縮せず自然体のままでいてくれたらどんなに嬉しいだろう。

出会った時のことをふと思い出す。南雲はボディーガードとの顔合わせの際に、天羽がその場で待つと言い出したのを聞いて安堵の表情を見せていた。天羽のことだ。不安そうな友人を屈強なボディーガードといきなり二人きりにさせないよう気を使ったに違いない。

もしも俺が天羽先生なら……。

どんなに成一に邪険にされようと意地でもあの場に残っただろう。自分がいることで少しでも南雲が安心するのなら、いくらでも南雲の傍にいる。絶対に置いていったりはしない。

その時、凄まじい音がしてソファが揺れた。はっと我に返る。

南雲がいない。

立ち上がってソファの後ろを覗き込むと南雲が床で四つん這いになっている。

「……ったっ」

「だ、大丈夫ですか!?」

なんと南雲はソファの背を乗り越えて逃げ出したのだ。そんなに近付かれるのが嫌だったのだろうか。手を貸そうとする暇もなく南雲は素早く立ち上がり脇をすり抜けて駆け出した。

「うわっ」

そのまま自室へとすっ飛んでいく。面食らったが、怪我をしている動きではないのに少しほっとする。

調子に乗り過ぎた。自分が天羽であれば、などと大それた妄想をしている場合ではなかった。現状としては天羽のようにどころか、気軽に近付くことさえも許されてはいないのだ。

「南雲さん？　すみませんでした。平気ですか？」

口元に浮かんでしまった苦い笑みを隠しながら、部屋の入り口まで行き声をかけた。ドアは開いている。

「……へ、平気……」

消え入りそうな声がベッドの上の布団の塊から聞こえてきた。よかった、心を閉ざされてしまったわけではないらしい。しばらくそっとしておこうと立ち去ろうとした時だ。

「ふ、深見さんに、嫌われそうなことなんて……したくない」

足を止めて振り返る。

「好きになってくれそうなことを……したい……です」

思わず目を見開いた。

ああ。この男は本当に。

「それは……楽しみです」


それからしばらく経っても、南雲の周辺では特に何も起こらなかった。護衛などやはり必要ないのではと思うほどに。

成一はあれ以来姿を現さない。脅しがよほど効いたのだろう。

今まで毎日のように会っていた肉親がぱったり顔を見せなくなって、いくらつらく当たられているとはいえ、南雲は寂しい思いをしているのではないかと思ったが、観察する限り南雲は至極快適そうに過ごしている。兄のことを話題にも出さない。心なしか口調も明るくなり顔色もよくなったようだ。

共依存ってわけじゃないのか。

思い返せば南雲は驚くほどあっさりと運転手の交代を許した。南雲の方は特に兄に精神的に頼っているわけではないらしい。執着しているのは、むしろ兄の方なのだろう。

　相変わらず仕事をする南雲を眺めながら本を読むだけの毎日が続いている。定期的に状況を報告しているが、そのまま専属ボディーガードをしていろと言われた。クライアントの意向だそうだ。

　自分のボディーガードとしての立ち位置はあやふやなままだ。ブーンから何か連絡があるまでは、とりあえずこの状態でいるしかない。宙ぶらりんなのは変わらないが、この奇妙な共同生活を続けるのも悪くないと思い始めていた。

　南雲との会話は急速に増えた。壁を感じていたのが嘘のようだった。

　風呂上がりに何気なく南雲の家の本棚を眺めていた時に、一冊だけ学術書以外の本があるのを発見した。SF小説だった。ファーストコンタクトものの金字塔といわれている作品だ。

「南雲さん、これ、この本、俺も読んだことあります」

　嬉しくなって指差すと、ソファに座って洗濯物を畳んでいた南雲は気まずそうに頭を掻いた。

「あ……まだ、あったんだね」

　南雲は手にしていた靴下を置いて歩いてきた。ひょいと覗き込まれる。黒いくせ毛が鼻先を擽《くすぐ》る。シャンプーのいい香りがした。最初の頃と比べると、ずいぶんと肩の力を抜いて自分と接してくれるようになった。

「読んだんですか？」

　数学以外には興味はないと思っていた。

そして最後に数学者がこう言った。「あの羊の毛は黒い。少なくともこちら側の一面だけは」。

こんな小話がある。異国で黒い羊を見た天文学者が言った。「この国の羊は黒いのか」。それを聞いた物理学者はこう言った。「この国には黒い羊もいる、というだけだ」。そして最後に数学者がこう言った。「あの羊の毛は黒い。少なくともこちら側の一面だけは」。

「その頃もう僕は大学で数学を勉強していて」

他のどの学問よりも厳密性を重んじる数学にどっぷり浸かっているお前が、こんなファジーなものを楽しめるものか、些細な整合性が気になって先に進めないのではないか、兄に笑い交じりに言われたそうだ。

「めんどくせえなお前らは。可哀想に、楽しむのも一苦労だろ？　って」

南雲は少し笑った。

「面白いと思って読んでたんだ、その時までは。確かに引っかかるところもあったけど、続きが知りたくて……だけど、そう言われて分からなくなった」

南雲は本を取り出して表紙を眺めた。

「数学者だからって、考え方がみんなと違うってことはないはずだ。だけど兄さんは僕を変だと言う。研究所の人達も僕を人とは違うと思ってる。僕が今感じている楽しさはもしかしたら、人とは全然違うのかな」

南雲はぱらぱらと本をめくる。

「そもそも本を読んでいるだけで、こんなことを言われること自体、他の人ならありえない。普通は、どうだった？　面白かった？　って言われるだけだろ。なんだかそれだけで読むのがつらくなって……」

南雲は本を閉じ、諦めたように溜息を吐いた。

「いいや、もう、別に本一冊読むのをやめたって誰にも迷惑かけないじゃないか。兄さんの言う通り数学は、みんながどう感じるか、なんて考えなくていい。ただ誰が見ても絶対に変わらない事実があるだけだ。そこにいれば僕は悩まない」

南雲は乾いた口調で言った。

「昔から僕は人付き合いが苦手で、運動も駄目。兄さんは何でもできた。人気者だったよ。子供の頃は兄さんの真似ばかりしてたな。それで失敗して、よく叱られた。お父さんからもお母さんからも、お前にはまだ早い、危ないからやめなさい、っていつも言われてた」

南雲は笑う。

「中学生になって、僕は数学にのめり込むようになった。いつの間にか兄さんの真似もしなくなってた。こんなに面白いものがあるなんて驚いた……嬉しかったな。僕にも得意なものがあるんだ！　って。でもそのせいで前よりもっと兄さんに迷惑をかけるようになったからかな。兄さんは、変わった……小さい頃は一緒に遊んだりもしたんだけど」

南雲は言葉を選ぶように間を置いて、悲しそうに俯いた。

「一度、兄さんに言ってみたことがあるんだ。もう僕の尻拭いなんかしなくていい、今までごめんって」

意外だった。

「どうなったんです？」

「怒られた。こっちだって好きでやってるわけじゃない、身内が他人様に迷惑をかけないようにするのも肉親の務《つと》めだってさ……人殺しの兄にはなりたくないって」

高圧的に言い放つ南雲の兄が目に浮かぶようだ。

「僕が駄目なんだ……駄目なのは兄さんじゃなくて僕だ。兄さんが僕の周りの人に失礼なことを言うのは本当にやめて欲しいと思ってる。でも、兄さんの言う事を聞いて自分はおかしい人間なんだって絶望してれば……」

南雲の口が彼らしくない形に歪《ゆが》んで皮肉な笑みを作る。

「楽なんだ」

こうしていると南雲の顔立ちは彼の兄とよく似ていた。

「希望を抱かなくていい。自分が取り逃がしたかもしれないものを想像して、つらい思いをしなくていい。それに兄さんは本当に何でもできるから……僕がこんなふうに数学に没頭して生きていられるのは全部兄さんのおかげだ」

数学の研究所でポストを得るため、面接にまで兄が付いてきたという話をちらりと思い出す。

南雲はぼんやりとこちらを見上げた。

「そう思ってたはずなのに、深見さんが来て兄さんと会わなくなって、ほっとしてる。自分がおかしいってことを忘れられるから。僕は酷い弟だ。兄さんに何もかも押し付けてきたくせに」

南雲ははっとしたように口を噤んだ。

「ご、ごめん、どうでもいいことを……」

「あー、面白かったですよ、この本」

息を吸い込んで少し大きめの声で言う。

「そう、なんだ」

南雲は頭を掻いて目を逸らした。違う。普通を押し付けたいわけではない。南雲の過去の話を無視したいわけでもない。

「続き、気にならないんですか？」

回り込んで視線を合わせ、南雲の榛色の目をじっと見つめる。

「俺はお兄さんとは逆のことを考えてました。俺なんか学がないからＳＦを読んでると、しょっちゅう分からないところが出てくるんですよ」

もちろん南雲とは全く逆の意味で。

「ちゃんと勉強してたら、もっと楽しめるんだろうなあ、と思いながらも先が気になってつい流しちまう。調べてもどうせ分からないし。分からなくてもまあ、それなりに楽しいし。でも俺は主人公が何に感心して膝を打ったんだか分からないまま読み終わるんですよ。悲しいことに」

楽しいという感情を否定する権利は誰にもない。楽しみ方が人それぞれなのも当たり前だ。だが、その当たり前のことも、自己肯定感が薄れると分からなくなる。研究所以外のどこへも行きたがらない南雲、テレビを見ない南雲、数学にしか興味がないように見える南雲、それは南雲が持って生まれた性質だと思っていた。

でも、そうではないのかもしれない。

SF小説だけではなく、南雲はこうして様々なことへ向けられる自然な欲求や関心を兄に潰されてきたのではないか。お前には数学しかないのだと。南雲はこの本を捨てずに取っておいた。それは南雲自身も数学以外のものをまだ捨てたくないと思っているということではないのか。

南雲は兄と離れた今、「忘れて」しまっているのではない。「思い出して」いるのだ。欲しい物や希望、不幸の元なのかもしれなくても、誰にだって持つ権利のある厄介でも大切なものを。

「南雲さんが読んだら、この本はもっと面白いのかもしれないなって」

どうか分かって欲しい。

待ってるんだ、俺は。南雲さん、あなたがこっちへ来るのを。俺があなたを拒む理由は何もないんだ。俺はあなたと話がしたい。

「俺も南雲さんは数学以外には興味がないんだと思ってました。だから、これを見つけて意外だったけど嬉しかった。やった、この本について、俺は南雲さんと話せるじゃないか！　って」

少しでも愛嬌を見せたくて無駄に厳つい肩を竦めてみせる。南雲はぼうっと口を開けてこちらを見上げていた。

「まさか途中までしか読んでないとはね。ネタバレになるからうかつに話せないな」

南雲の手の中の本を指でとんとんと叩く。

「嫌じゃなかったら最後まで読んでください。そしたら俺、分からなかったところを聞くから教えてください。俺は南雲さんに言おうとしてました。どうだった？　面白かった？　って。なのに読んでないとか……」

大げさに溜息を吐き、肩を落としてみせてから、下手糞なウインクをして、にやっと笑う。

「南雲さんは俺が数学の本読んでるの、実はすごく嬉しい、そうでしょ？」

南雲はのけ反って真っ赤になった。まさか、ばれていないとでも思っていたのか。

「ははは、南雲さんが喜んでるのを見て俺も嬉しかった」

南雲はさらに赤くなる。

「俺が南雲さんを好きになるようなことをしてくれるって、前に言ってましたよね？　ならこれ読んでくださいよ。何してくれるのかなって、俺、ずっと待ってたんですよ」

南雲はがくがくと頷いた。


いつ南雲に吐かれるかと、びくびくしていた車での帰り道も、今ではだいぶ様変わりした。毎日決まった時間に同じ経路で帰るのは防犯上も好ましくない、という理由から、たまに南雲を乗せてドライブをするようになったのだ。

嘘ではないが、半分は口実のようなものだ。いかに南雲といえども、仕事に行き詰まることはある。これだけ一緒にいれば、だんだんとその気配も分かってくる。そんな日は南雲を遠くへ連れ出した。はじめは戸惑い、警護の都合上という言葉に説得されてしぶしぶといった様子だった南雲も、今では夜のドライブを楽しみにしてくれているようだ。

研究所から海側へ出ると海岸線に沿って走るバイパスがある。海浜公園まで走り、少し休んでUターン、たったそれだけのものだが、たまには広い場所に出るのもいいものだ。

海沿いの駐車場の柵に二人で腰掛けた。初夏の夜風が海を渡って頬を撫でる。

まっすぐな道路の見晴らしはよく、人の気配はしない。背後には車がある。襲撃されたとしても南雲を守るぐらいはできるか、どうだろう。癖でついついそんなことを考えてしまってから我に返る。まあ、神経質になり過ぎてもよくない。気晴らしも必要だ。

するとと南雲が話し始めた。

「そういえば、本、読み終わりました」

「お、どうでした？　面白かったですか？」

尋ねると、南雲の顔がほころんだ。

「すごくよかった。面白かった」

二人で笑う。こんな会話を南雲はずっと求めてきたのかもしれなかった。おそらく南雲だけでなく自分も。

「どこが面白かったですか？」

南雲が口籠もった。南雲は数学以外について話すのが苦手だ。そういえば自分は、分からなかった部分を南雲に解説して欲しい、とせがんだのだった。保険のつもりはなかったが、南雲に自由に話させるのではなく、質問するべきだったかもしれない。記憶力を総動員して例のSF小説について詳細を思い出そうとする。

しかし南雲は続けた。

「主人公が一生懸命、人類とは全然違う知生体の意図を推し量ろうとするでしょう？　いろんな学者を集めて」

「あ、は、はい」

「はじめは上手くいかない。でも、努力が実って段々と謎の知生体の意図が見えてくる」

南雲はじっとこちらを見ていた。

「それで、分かるんだ。向こうもこっちを知ろうとしてたんだって」

ああ。

「それが分かった瞬間の、そこのところで、終わっちゃう」

そうだった。

あの話は途方もない無駄が前半にあり、それがなぜ無駄だったかを論理的に説明するのにかなりの頁を費やす。結局、異質な存在とは分かり合えないのかもしれないと思いかけたその時に、かすかな可能性が示される。無駄だと思っていた過程の中に意味を見出す。その先の密なコミュニケーションは描かれず、物語は終わるのだ。

細かなSF的な記述は忘れたが、その一筋の光を見た瞬間の感情の昂《たか》ぶりは今でも鮮明に覚えている。

「上手く言えないけど、よかった」

南雲は頷いた。

「すごく、よかったんだ」

科学的考察について質問しなければ、などと小難しく考える必要はなかった。

「俺も……たぶん、南雲さんと同じことを」

そう言うと南雲は瞠目《どうもく》した。戸惑ったように瞬きを繰り返している。

「そっか……」

南雲の長い睫がわずかに光った。

「そうなんだ……あの本を読んで本当によかった。薦めてくれてありがとう」

偉そうに薦めたくせに、気の利いたことは何も言えなかった。南雲はしばらく黙っていたが、おもむろに口を開いた。

「兄さんは……」

「え？」

「いや、兄さんもあの本を読んだんだよなって今……思って」

「そういえばそうですね」

成一がどういう感想を抱くか、など自分には想像もつかない。せいぜいシングルマザーである主人公が若い研究者に言い寄られる場面に対して「こんなことあるわけねえだろ、ばばあだぞ？」などと言うのではないか、そんなことを思う程度だ。

南雲は静かな表情で海を見ていた。兄がどう思うか、思いを巡らせているのかもしれない。悪くない傾向だ。兄と自我の分離ができてきた証拠だろう。

「今度、お兄さんに聞いてみたらいいんじゃないですか？」

南雲が驚いたようにこちらを見た。口に出してみると、それはとてもいいアイディアであるような気がした。そうだ。兄の前で南雲がいつまでも這いつくばったままでいなければならないという決まりはない。

「……そうか……そうだね」

「そうですよ」

「今度会ったら聞けるかな……でも、兄さん忙しいからな」

南雲は曖昧な笑みを浮かべた。

「あの本、すごく気に入って、実は読み終わった後も他の本を読みながら読み返してたんだ」

「へえ、他の本？」

「何の本ですか？」

聞き捨てならない。数学以外の本だろうか、そうだとしたら非常に気になる。

食いつかれて南雲はまずいことを言ってしまった、というふうに視線を彷徨《さまよ》わせた。

「あ……う、うん」

「数学の本ですか？」

南雲は答えない。これは数学以外の本だ。間違いない。

「気になるな、教えてくださいよ」

「あ……う……えっと」

にじり寄ると南雲は視線を避けるように俯いた。

「な……内緒……です」

内緒、なんて可愛いらしい言葉を使われてしまうと、なんとなく逆らえない。

「残念」

「すみません……」

「やっぱり知りたいなあ、どうしても駄目ですか？」

「だ、ダメダメダメ！」

南雲はぶんぶんと首を振る。思い切り拒絶されているはずなのに、不思議と拒まれている気がしない。出会ったばかりの頃は、そもそも南雲が隠したがっていることに対して食い下がってみる、などという選択肢は自分になかったのだ。

南雲の仕草に声を上げて笑ってから気が付いた。嘘みたいに息がしやすい。

名札のない首元を心地良い海風が通り抜けていった。

それからコーヒーを淹れることに加えて、もう一つ仕事が増えた。南雲の髭を剃ることだ。

「髭、ずいぶん伸びましたね」

いつものように研究室で机に向かう南雲を眺めながら声をかけた。南雲は手を止めて顔を上げる。目を逸らされるのもほとんどなくなった。南雲は恥ずかしそうに髭の生えた頬に触れる。

「う、うん……実は、いつもはこんな感じなんだ」

初めて会った時には剃っていた気がするが。

「髭剃るの、下手糞で……」

そういえば頬が傷だらけだった。インスタントコーヒーを淹れるだけで怪我をする南雲の様子を思い出す。むしろ、よく自分で髭など剃ろうと思ったものだ。

「本当は毎日剃りたいんだけど……」

南雲は情けない顔になる。食事の汚れが付くのが気になるのだと頭を掻きながら言った。

「深見さんが来る前の日に、ちゃんとしたくて久しぶりに剃ったんだ」

身だしなみを整えるつもりが、頬を切ってしまい余計に惨めな様子になったので、今はまた伸びるにまかせているのだという。

「深見さんも最初に会った時は髭生やしてたよね」

「そうでしたね」

覚えていたのか。南雲は案外しっかりと自分を見ている。今はもう髭を生やしたところで南雲に怖がられるとは思わないが、なんとなく剃り続けていた。

「あ、あの時は緊張してて聞けなかったんだけど……どうして剃ったの？」

あなたのために剃ったのだ、と言ってみたら南雲はどんな顔をするだろうか。

「どっちがよかったですか？　髭の俺と、髭のない俺」

質問に答える代わりに、笑いながら聞いてみる。悲壮な気持ちで髭を剃ったのに、あの時には南雲から感想をもらえなかった。南雲がもしも髭面の方が好きだと言ったらまた伸ばそう。それが答えになるだろう。

南雲は真っ赤になってしばらく、あ、だとか、う、だとか呻きながら狼狽えていたが、やがて小さな声で言った。

「ど……どっちも素敵で、選べないよ……ふ、深見さんはかっこいいから。かっこいい人はどういうふうにしてもかっこいいんだなあって思った」

へえ。

意外だが、この言い方からすると、おそらく南雲は髭面の方を気に入っている。

かっこいい、か。そういや、前にも言われたな。

南雲に言われると気分がいい。椅子から立ち上がり、南雲へ近付いていく。

「嬉しいな」

座っている南雲の間近で丈夫なスチールの机に腰を預けた。重みでぎしりと音がする。南雲は彼の胴ほどもありそうな太い腿に目を見張りながらも、ボディーガードの無礼な振る舞いを咎《とが》めない。戸惑った様子でこちらを見上げるだけだ。

まだ、いける。

南雲の椅子の背もたれに手を突き、覆いかぶさるようにして、ゆっくりと手を近付ける。

どこまで近付いてもいいのだろうか。

ふと、そんなことを思う。そして、そのどこまで、に自分の側にはまるで上限がないことに気が付いた。

どこまででも、だ。南雲さえ許してくれるのなら。

そっと手の甲で南雲の頬の髭に触れる。柔らかい。こんなにも近付くことをいつの間にか許されていた。したいことをそのままして咎められないので、逆にいけないことをしている気分になる。

「頬の傷、治りましたね」

痛々しいので気になっていた。

「う、うん」

頬を触らせたまま南雲が頷く。その動きで柔らかな髭が指の背を撫でた。ぞくぞくする。指を見ると黄色い粉が付いていた。見れば南雲の顎も同じ色だ。

「チョークの粉、付いちゃってますね」

「え？　ごめん、あ、深見さんの指が黄色く……ふ、拭くもの！」

許可なく勝手に触れたのはこちらの方だというのに、指を汚して申し訳ないと、南雲は慌てて机の上のティッシュペーパーに手を伸ばそうとする。笑って南雲の肩を押し、背もたれに戻す。

「わ……と、な、なに？」

南雲は目尻を赤く染めて戸惑っている。

「まあまあ、座って」

安心させるように肩を叩いてやってから、ボディーガードの意図をはかりかねている南雲の顎を二本の指で掬《すく》い上げた。少し距離感を間違えば一気に警戒されてしまう恐れのある行為だというのはもちろん知っているが、南雲に嫌がられていないのは分かっている。そのあたりを察するのは得意だ。これでもハニートラップの達人で鳴らしていた。

「はは、下の方は真っ黄色じゃないですか。自分の顎を黒板消しにでもしたんですか？」

覗き込んで笑う。ひよこのようで可愛らしい。

「だ、だから、い、今……拭こうと」

南雲は立ち上がろうとする。だが、それを猫をおびき寄せる時のように喉の奥で軽く舌を鳴らしながら止めた。南雲の唇が触れるか触れないかの距離で人差し指を立てる。

「いいから」

南雲は指一本で面白いように硬直し、寄り目になっている。

「鏡がないと自分じゃ難しいですよ。俺が」

笑いかけ、真正面から覗き込む。腕を伸ばしてティッシュペーパーを取った。

「じっとして」

顎を上げさせ、南雲の髭を拭う。鼻先が南雲の白い首に触れそうなほど近付く。喉仏が間近で大きく上下する。

「よし、綺麗になりました」

「あ……う、あ、ありが……と」

真っ赤になって口を開けたり閉じたりした後で南雲は律義に言った。それだけのことで、どうしてこんなにも心が沸き立つのか。南雲は人に世話を焼かれる天才なのではなかろうか。

もっと、いくらでもしてやりたくなる。

「もしよかったら俺が剃りましょうか？　南雲さんの髭を」

「へ？」

「こう見えて器用なんです。上手いですよ？」

南雲のぽかんとした顔で我に返り、すぐに後悔した。

俺はいきなり何を言い出したんだ。

踏み込み過ぎだ。心の中で冷や汗をかくが、動揺を隠してにっこりと笑う。こうなったら当たり前の顔をして押し通すしかない。

「あなたに怪我をさせないようにと言われています」

断られるだろうと思ったが、南雲は頷いた。

「お、お、お願いします」

「え、いいんですか？」

つい間抜けな声が出た。驚いた。本当にやらせてもらえるとは。

南雲は赤くなったまままもう一度頷く。

「じゃあ、はい。ええと、お任せください」

しかし、せっかく承諾してもらったのだ。冗談にしてやることもなかろう。次の日の朝から南雲の髭を剃るのが日課となった。


今日も今日とて飽きもせず、南雲の研究室で座って本を読んでいると、久しぶりに天羽が訪ねてきた。

「あれ？　深見さん、もしかして数学の本読んでるの？　諦めてないんだ。えらいね」

「天羽先生、こんにちは。どうしたんです？」

タブレットを置いて天羽を見上げる。

「今日はマジで遊びにきただけ！　お邪魔しまーす」

天羽は悪びれもせず笑いながら宣言する。

「休憩しよう、南雲くん。私が来たからね！　はいはい、休憩！　お茶にしよーぜ！」

「南雲さん、俺がやりますよ。座ってて」

「う、うん、ありがと……」

天羽がボディーガードと南雲のやり取りに目を剝く。

「へえ、ずいぶん仲良くなったね」

南雲はそれを聞いて照れたように下を向いた。

そうだろう、そうだろう。ここまで打ち解けるには苦労した。

「で、深見さん、数学分かるようになった？」

天羽がにこにこしながら聞いてくる。

「いや全然。でも少しは進歩しましたよ。俺は非ユークリッド幾何学《きかがく》は全然分かりません、ユークリッド幾何学もごく一部しか分かりません、って自己紹介できるようになりました。アイキャントスピークイングリッシュみたいなもんですか」

「卑屈な自己紹介だなあ」

天羽は爆笑している。南雲はそんな天羽を咎めるように横目で見た。前髪でほとんど隠された南雲の表情も、今ではだいぶ分かるようになってきた。

「天羽さん……」

南雲の声に諫める響きが混じる。

「あれ？」

そこで天羽は南雲を見て、ぎょっとしたように身を引いた。

「南雲くん、髭がない！」

「う、うん」

「ほっぺた切ってない！」

南雲がまた照れたように俯く。

「ふ、深見さんにやってもらった……」

天羽はそれを聞くやいなや、うわあ、なんなのこいつら、という顔をした。

「うわあ、なんなのあんたら、いつの間にそんなに仲良しになったの」

そして実際に言った。

「南雲さんに怪我をさせないようにと言われてますから」

笑って言い添えると、天羽は顔を引き攣らせた。

「っていってもさあ、ボディーガードってそこまでやる？」

「必要とあらば」

少しおどけて言えば、天羽は笑った。

「よかったね、南雲くん」

天羽はそこで何かを思い出したのか、身体ごと南雲に向き直る。

「あ、そうそう。そろそろ返事聞かせてよ」

「え？　何の？」

南雲は怪訝な顔だ。

「ほら、私が前に出たやつ、講演。ネットで配信されたりするやつだよ！　出て喋って欲しいって頼まれてたでしょう？　全然返信がないって先方から私の方に催促が来たよ」

ブーンが以前見せてくれた天羽の動画を思い出した。南雲にも依頼が来ていたのか。

「……ああ、あれか」

南雲は面倒くさそうに溜息を吐いた。

「思いっきり忘れてたでしょ。どうするの？　向こう相当乗り気だよ」

「……あんまり、僕は……」

「オファー来るのも今だけだって。一生に何回もないことだと思うしさ。名誉なことだよ」

「し、知ってるだろ……僕はそういうの……得意じゃない」

「得意じゃないから勧めてんだってば。私、話すの得意なつもりだったけど、その道のエキスパートはやっぱり違うわ。喋り方とかちゃんと指導してくれるし、何より絶対に講師をかっこよく見せてくれるんだよ。変なドキュメンタリーに出て、やっすいコンテンツとして消費されるよりいいじゃない。ねえ、深見さんは知ってるかな？　これなんだけど……」

スマートフォンを取り出した天羽を手で制する。

「あ、知ってます。この間、天羽先生のも観ましたよ。素敵でした」

「そうなんだ。わあ、ありがとう。頑張って喋ったんだ」

「俺みたいな素人にも分かり易くて面白かったです」

観ておいてよかった。ブーンに感謝だ。笑顔で天羽を褒め称えていると、それを聞いていた南雲の顔が徐々に強張り、表情が消えていく。何かまずい事を言っただろうか。

すると振動音が聞こえてきた。南雲のスマートフォンだ。

「あ、電話……ごめん……取るね」

仕事の話らしい。スマートフォンを持ってデスクトップの前へ移動する南雲には、もう特に変わった様子は見られなかった。南雲を見送った後、天羽は溜息を吐いた。

「やっぱ駄目か。南雲くん、そういうの、ほんと苦手みたいだし」

南雲らしい。

「実を言うと俺も講演には反対です」

「えー、なんでよ？」

「南雲さんが評価されるのは喜ばしいことですが、警備上、顔出しはやめて欲しいですね。授賞式の写真がネットに公開されてるのだって本当はよくないんです。厳重に警護するなら、って話ですけど」

「ああ、一応ボディーガードなんだっけ」

「危険が去ったらいくらでもどうぞ。俺も南雲さんが話すところを見てみたいです」

「ふーん……そっか。まあ、今回はタイミング悪かったってことかな……ねえ、ところで深見さんは普段、南雲くんと何話すの？」

「何って、普通のことですよ」

「例えば？」

「飯のこと、天気のこと、読んだ本のこと、子供の頃の話に、コーヒーのこととか」

天羽は真顔になった。

「さすがにまだ数学の話はできませんね」

冗談めかして言ってみたが、天羽は笑わなかった。

「私は南雲くんと、ほとんど数学の話しかしてないよ。学生時代からずっと」

天羽はきっぱりと言った。

南雲は昔からあの調子で親しく話す人間はほとんどいなかったらしい。

「お世話になってた教授に『南雲くんに進路の希望を聞いてみてくれないか？』って言われたことがあるんだ」

天羽は訝ったそうだ。どうして自分に、と。

「君が南雲くんと一番親しいだろう？　って」

冗談かと思った、と天羽は笑った。

「だって、私は数学のこと以外は何一つ南雲くんと話してなかったんだよ？　もっと親しい友達とか身内とかとは他のことも話すんだろうなって思ってたから、自分が南雲くんと親しいと思われてるなんて思いもしなかった」

そこで天羽は気が付いた。南雲と数学以外の話をしている人間など、この大学には一人もいないということを。

「しかも近くにいる唯一の身内の兄はあれでしょ？」

天羽は皮肉っぽく言う。

「南雲くんはいい奴だよ。絶対に人を悪く言ったりしない。陥れたりもしない。けど、この人は他人と何かを共有する気はないんだな、って思ってた。それならそれでいい、面倒がなくて楽だよ。数学だけでドライに付き合える相手は貴重だし」

天羽はうんざりしたように溜息を吐く。美しいせいで、いらぬ苦労もしているのだろう。

「だから深見さんが数学の本を読もうとしてた時にも、無理でしょ、って思った。あ、もちろん能力的に絶対無理って意味じゃないよ？　現実問題として、どんなに素晴らしい学習能力の持ち主でも、本気で数学勉強したって何年もかかるし、ボディーガードやってる間に南雲くんの数学の話についていけるようには、たぶんならないじゃない」

頭の出来について天羽に気を使われると居た堪れなくなる。

「そうじゃなくてさ、そもそも数学者だからって南雲くんと親しく会話できるかっていうと全然そんなことないんだよね、っていうこと。南雲くん、人と喋りたくないのを拗《こじ》らせて、本当に必要がある時にしか自分からは話しかけに行かないし」

それについては以前この研究所の数学者達も言っていた。

「特に数学の専門家じゃない人と話す時は酷いね。相手のレベルに合わせて分かりやすく話したら死ぬ病気？　あのクソ兄が悔しそうにしてんのは私も楽しいからいいけど」

南雲の話が理解できないのは自分が門外漢であるせいだと思っていたが、どうやら天羽から見ても南雲は配慮に欠ける話し方をしているらしい。

「私とだって私から話しかけなかったら、ほとんど話さないもん。南雲くんは誰とだって必要最低限の数学の話しかしないと思ってた……でも」

天羽は心底嬉しそうだった。

「数学以外の話をする親しい人ができたね。ほんと深見さん面白い。昔軍人、今傭兵、そんな感じ？　普段はこんなたるい仕事してる人じゃないでしょ？　たぶん人も大勢殺してる」

言い当てられて肩を竦める。嘘を吐いても仕方ない。

「本当にどういう人なの？　コミュ力が異常に高い天性の人たらし？　でもそれにしちゃ全然、南雲くんのこと馬鹿にしてる感じしないよね。ほとんどの人は南雲くんを見くびるよ。コミュニケーション強者の男ならなおさら。いまだに私、深見さんのことよく分かんないや。でもよかった」

天羽はうんうん、と頷く。

「深見さんが南雲くんのところに来てくれてよかったよ」

大仰に感心されて気後れした。心を許されているかどうかという話なら、天羽の方がまだまだ上だろう。

「南雲さんは天羽先生と一緒の時は自然体でいるように見えます」

天羽は驚いたように目を見開く。

「俺はずっと、俺といる時にも南雲さんが緊張せず、天羽先生といる時のように、くつろいでくれたらいいのに、と思ってました」

南雲は天羽にもっと近付きたいのではないか。南雲は踏み込むのが下手で、天羽は南雲に一線を引いているから、この状態が維持されているのだと思っていた。天羽の方がそんなふうに考えていたとは。

「へえ……そっかあ。ああ、だからか。分からんなあと思ってたけど、そういうことか」

天羽は先ほどまでの真摯《しんし》さが嘘のように意地悪く笑った。

「安心しなよ、南雲くんは心もバージンだから」

「……っ!?」

天羽が急に成一のようなことを言い出したのでぎょっとした。しかし成一の時とは違い、今、確かに自分は喜んだ。硬直していると通話を終えた南雲が帰ってきた。

「ご、ごめんね……お待たせ」

「いーよ」

「何……話してたの？」

こちらを窺う南雲を見て天羽は機嫌よく笑っている。なぜだろう。天羽の笑顔が恐ろしい。

「深見さんは全然数学が分からないって話」

「……天羽さん、本当にそういうのやめなよ……」

南雲は渋面を作る。

「あと、みんなの前で喋ってる私が、いかにかっこよくて素晴らしかったかって話」

天羽が振り返る。

「ね、深見さん」

その一言で金縛《かなしば》りが解けた。反射的に返事をする。

「は、はい」

南雲はそんな自分をじっと見ていた。

「やば、ミーティング始まる。お茶、ご馳走さま。今度ケーキでも買ってくるよ」

「あ、うん……いつもありがとう」

「深見さん、いつまでいるの？」

「まだ決まってません」

「じゃ、決まるまではずっといる？」

「そうなりますね」

何が嬉しいのか天羽は顔中で笑った。

「南雲くんをよろしくね」

天羽が去ると、南雲は真剣な顔でスマートフォンを弄りだした。天羽の出ている動画を探しているのだ。動画を見ながら南雲らしからぬ忌々しげな表情で「こんなの聴衆に媚《こ》びてるだけじゃないか」とか「笑わせればいいってもんじゃないだろ」だとかぶつぶつと文句を言っていた。よほどこの手の仕事が嫌いらしい。

自分はといえば、それをぼんやりと眺めながら呆けていた。読書に戻ろうとしても文字が頭に入ってこない。天羽の言葉が耳から離れない。

視線を上げると南雲はもう、いつも通り論文を読み耽り、黒板に数式を書きつけていた。

相変わらず髪はぼさぼさ、よれよれのパーカーを着ている。しかしそれを好ましくないと思ったことは、そういえば一度もない。

肉親を除けば南雲と最も親しい人間は自分なのか。しかも天羽の認識が正しければ、おそらく初めての、そして唯一の相手ということになる。

もしも、南雲さんが俺を――。

思わず顔を手の平で覆う。ほんの少し想像しただけなのに、情けないぐらいに頬が熱くなっている。誤魔化しようもない甘い痛みに耐えかねて目を閉じた。

なんということだ。何が心理戦は得意だ。何が人の心を操《あやつ》るのは容易いだ。

仕事だろうが。俺は何をやってるんだ。

思い返せば、得意なはずのそれを南雲に対して行ったとしても、自分は南雲の心を手に入れられないのではないかと、そんなことすら考えていた。自分に背を向ける南雲を思い浮かべて傷ついていた。どう考えてもいつもの自分ではない。

同性に対して性的な関係を仄《ほの》めかすようなことは仕事では何度もしてきた。同性との性的接触それ自体には、あまり抵抗がない。だが、プライベートでは皆無だ。

噂のせいで軽く見られるのか、男に迫られたことは何度もある。私刑の一環として大勢に襲われそうになったこともある。真剣に関係を迫ってきた男達の中にはそれなりに親しい間柄の者もいたが、その気にはなれず全て断った。

単純に好みではなかった、というのもあるが、彼らの目の奥にある性欲と一体化した支配欲に萎えさせられた。セックスにまで男性社会の序列を持ち込まれるのは勘弁して欲しい。

このじゃじゃ馬を俺の下でひいひい言わせてやる、と鼻息荒く圧し掛かられれば、嬉々として返り討ちにしてきた。腕力や脅しで屈服させ、二度とそんな気を起こさないよう、身の程を弁えさせてやった。相手のルールに従ったまでだ。弱ければ負ける。隙を見せれば喰われる。

そういう世界が好きなのだろうから、それに応えてやったのだ。決して触れさせなかった。

なぜ南雲なのか。

南雲が仕事を終え、家に帰ってからも考え続けた。答えは出ないまま朝になった。

混乱していても朝の時間は待ったなしだ。今日も南雲の髭を剃らなければならない。

閉じたカーテンの隙間から漏れる朝日の中で、南雲は無防備に咽喉を晒している。

「深見さん、お願いします」

最近では自分で首にタオルを巻いて椅子に座り、準備万端で待っているようになった。張り切っているようにすら見えるのが微笑ましい。しかし気持ちを自覚してしまった今では、妙に後ろめたい。

近付いて南雲の量の多いくせ毛を指で梳《す》く。シェービングフォームが付いてしまわないように、丁寧に耳にかけてやる。いつもは隠れている南雲の目元が露わになり、はっきりした二重の目が眩しそうに細められる。

目が合うと南雲はそばかすの散った繊細に整った顔で照れ臭そうに微笑んだ。無意識なのだろうが、触れると手に頬を摺《す》り寄せてくる。もっと撫でてくれ、とでもいうように、うっとりと目を閉じる。これから他人に刃物を当てられるというのに安心しきっている。

熱いタオルを絞って、南雲の形のいい頭をかき抱くようにして顔を温めてやり、うっすら青い顎と首に泡を載せた。

「じゃあ、剃りますよ」

喉元に刃を滑らせる。

南雲は完全に肩の力を抜いて自分に身を任せていた。目を閉じた南雲の穏やかな顔を見ていると、なぜ南雲なのかと悩むことすら馬鹿らしく思えた。

簡単な話だ。自分もまた安らいでいる。

今まで恐怖や暴力で他人を支配し、弱みを握り、ねじ伏せることを要求され続けてきた。いつの間にか、力関係を基盤に置いた考え方をすることが当たり前になっていた。弱みを見せることは罪であり、罰を受けて当然の行いだった。

目的のために誰かを欺《あざむ》くことや貶《おとし》めることは、ひとまず考える必要がなく、南雲の前でただ誠実であるだけで南雲に触れることを許されている。

相手が怖いというのなら、優しくすればいい。手を差し伸べて助けてやればいい。ただ、それだけのことが、こんなにも心地よい。

少し前までは硝煙の中で駆けずり回っている方がましだ、と思っていたはずなのに。

ずっと深海で生きてきて、生まれて初めて日の光を浴びたかのように、今自分は人生で一番幸せだった。

髭を剃り終え、南雲の整った顔をそっと拭ってやりながら微笑んだ。傷一つない滑らかな頬。タオルを握る南雲の指も今は綺麗なものだ。

思わず触れそうになって苦笑した。その時、南雲がゆっくりと目を開けた。長い睫が瞬く。美しい榛色の瞳が光を弾く。

「ありがとう」

「どういたしまして」

南雲は前髪を上げた状態で屈託なく笑った。たったそれだけで、身体が溶けていきそうなほどの幸福感に包まれる。鏡を見なくても分かる。自分は今、どんな相手を誑《たぶら》かす時にも、一度もしたことがないような甘い顔で微笑んでいる。

成一には、いざという時に本当に弟のために身体を張れるのか、と疑われたが今思うと笑ってしまう。南雲のためならば、自分はいつでも喜んで死ぬだろう。

だが、おそらく自分がそうやって死ぬことはない。南雲と二人きりでぬるま湯に浸かるような日々はそのうち終わる。喜ばしいはずのそれが、つらい。

こんなのはままごとと同じだ。自分がずっと傍にいられるわけではない。こうして南雲を甘やかして自分に依存させることが健全であるはずもない。南雲が自分に抱く可能性のある感情はよくて保護者だ。兄よりも優しく、決して南雲を傷つけない男。

南雲は言っていた。コーヒーや歯磨き粉が変わるとはじめは違和感があっても、そのうちに慣れ、今度はそれを好ましく思うようになると。つまり裏を返せば、どんなにいいものだと思っても、元に戻ればまた元の状態に慣れてしまうということだ。

南雲にとっての自分はコーヒーと同じなのではないか。自分がいなくなれば少しの間は寂しいと思ってくれるかもしれないが、世話焼きのボディーガードがいない生活にも、彼はやがて慣れる。南雲が買ってくれたあの黒い椅子は、きっと天羽あたりが使うことになるのだ。研究室を訪ねてきた天羽が、やった、いい椅子だ、と無邪気に笑う様が目に浮かぶようだ。

「そういえば、深見さんはまた髭伸ばすことにしたの？」

「はい」

「そうなんだ……あ、よ、よくお似合いです……」

南雲は照れ臭そうに褒めてくれた。桃色の目尻が可愛かった。やはり髭面の方が好みらしい。嬉しいはずなのに、素直に喜べない自分がつらかった。

南雲は目の前のボディーガードが今までにどんな仕事をしてきたか知らないのだろう。いざとなれば、何のためらいもなく相手の頸動脈《けいどうみゃく》を掻っ切る人間に、刃物を当てられていたと知ったらどう思うだろうか。きっとこんなふうに笑いかけてはもらえない。

自分が南雲に触れたいと思っているその同じ情熱で、南雲が自分に触れたいと思う日はやってこない。分かっている。

それでも。

今だけはその全てを忘れたかった。南雲に傅《かしず》いて全てを委ね、無害な優しい生き物のふりをしていたかった。

南雲への気持ちを自覚して、しばらく経ったある日、成一が研究室にやってきた。今日も部下は連れずに一人だ。

「久しぶりだな、陽司。しっかりやってんのか？　へえ、なにこれ、カメラ増えてんの？

はー、わりと本気で警護されてんのな、お前」

相変わらず騒がしい。成一は座って仕事をしていた南雲のくせ毛を掻き回している。南雲の頭を上から押さえ付けるような例のやり方だ。

しかし成一は、岩のような大男が気配を消して後ろからじっと自分を見ているのに気が付くと、途端に身体を硬直させ、南雲の頭から手を離した。脅しがよほどこたえているらしい。

「な、んだよ、そこにいたのか。驚かせやがって」

「どうも」

けれど成一はすぐに馬鹿にしたような笑みを浮かべる。

「偉そうな椅子に座ってるじゃねえか、どっちが雇い主だか分かんねえな」

虚勢を張る余裕があるとは意外だ。彼を調子付かせる要因が気になった。睨み合っていると、南雲が割って入る。

「兄さん……急にどうしたの？」

「ん？　ああ、様子見だよ。来ちゃいけないのか？　可愛い可愛い弟がヤクザなボディーガードに虐められて泣いてねえか心配して見にきてやったんだよ」

「深見さんはヤクザじゃないよ。すごく優しい人だ」

「はあ？」

成一は心底驚いた顔で弟と部屋の隅に座るボディーガードの顔を見比べた。眉を上げて視線に応えてやる。

「ふん、猫かぶってるってわけか、さすがだな」

何とでも言え。

「弟が騙されやすくて兄ちゃんは心配だ……それよりお前、髭ねえじゃん。いっつも剃刀負けで傷だらけになるくせに、どうしたよ」

「う、うん……」

南雲は顔を赤くして俯き、自分の頬にそっと指で触れた。

「ふ、深見さんにやってもらってるんだ……」

嬉しそうな南雲を見て居た堪れなくなる。きっと成一は散々に弟を馬鹿にするだろう。

「へえ！」

だが成一はそれを聞いて目を輝かせた。それどころかいいことを聞いたとでも言わんばかりに、うんうん、と何度も頷いてさえいる。

今度こそ絶対におかしい。背後で訝るボディーガードの視線に気が付いた成一は、取り繕うように言った。

「はは、仲良くやってるみたいで何よりだな。心配したけど大丈夫そうじゃねえか」

すると南雲のスマートフォンが鳴った。研究も大詰めに差し掛かっているのか、このところ頻繁に共同研究者から連絡が入る。弟がデスクトップに向かいながら話し始めたのを見届けて、成一が近付いてくる。真横で止まった。

「あんまり俺を舐《な》めるんじゃねえぞ、サイコパスの人殺しが」

こちらに顔を向けず南雲に聞こえないよう声を落としている。南雲のいるこの場では、こちらが手を出せないと分かっているのだろう。

いい度胸だ。

「まだ俺を信用してもらえませんか。次は何を潰しましょう。それとも俺ともう一度握手でもしてみます？　なんならハグでも」

「ははは、だからさあ、深見さん。マジでそういうとこがヤクザだっつってんだ」

思わず眉根が寄る。だが相手のペースに乗るつもりはなかった。

「ヤクザで結構。一体何を企んでる？」

凄んでも成一は動じない。こちらの質問を無視して、成一はちらりと下に目をやる。膝の上に置いていたタブレットを見られた。

「数学の未解決問題ねえ……健気にお勉強ってわけかよ。飼い犬ごっこは楽しいか？」

成一は下手糞な犬の鳴き真似をしてみせる。

「それとも逆か？　初心な陽司を犬みたいに懐かせて悦《えつ》に入ってんのか？　気持ち悪りいな」

気持ち悪いのはお前だろうが。いい年こいて弟に妙に執着しやがって。

喉元まで出かかる。

成一はひょいとタブレットを取り上げるとページを捲《めく》り始めた。

「ははは！　くっだらねえ。金出してこんな低級なもん読むぐらいなら、まとめサイトでも読んでろよ。こんなんじゃ分かんねえだろ、数学の美しさなんてよ」

成一はいつにもまして饒舌だった。

「数学に一番重要なのは役に立つかどうかじゃない。美しさだからな」

どこかで聞いたようなことをよく恥ずかしげもなく言えるものだ。

「深見さんみたいな低学歴の殺人マシーンに本当の美しさなんてさあ、分かんないでしょ」

お前にだって分からないだろ。

タブレットを取り返そうと立ち上がったその時だ。よく通る声が会話を遮った。

「数学の美しさ？　なになに、何の話？」

見るとショートカットの美女がピンヒールで廊下に仁王立ちしている。

「その話、私にも詳しく聞かせてくれません？」

天羽だ。満面の笑みを浮かべ、片手は腰、もう片方の手には袋を持って肩に引っかけている。

抜群のスタイルを見せつけるようなポーズだった。

「何がどう具体的に数学は美しいの？　深見さんには分からないってどうしてですか？」

天羽の目は全く笑っていない。さすがの成一も世界トップレベルの数学者の前で数学を語る気にはなれなかったらしい。引き攣った笑みを浮かべた。

「あ……あ、天羽先生、また来たんですか？　本当に暇なんですね。残念、もう帰るところですよ、俺は。美人が怒ると怖いなあ、ヒールに踏まれないうちに退散しますか」

成一はこちらにタブレットを押し付けると、早口で言い捨てて逃げるように去って行った。

「ヒールだあ？　見てんじゃねえよ。つか、暇なのあっちじゃんね。部外者が」

天羽は腹を抱えて笑い出した。

「さっきのクソ兄、深見さんあれ見た？　こけそうになってんの。まじダセエ！　メンタル弱過ぎじゃない？」

もう一緒に笑うしかない。さすがだ。南雲が惹かれるのも分かる。

「あ、そうそう、弱いおっさんをいたぶって遊ぶために来たんじゃないんだ。ケーキ買ってきた。明後日から出張だから、その前にと思って。これ美味しいんだよ」

天羽は持っていた袋を差し出して得意げに笑う。そういえば以前、今度はケーキを買って来ると言っていたような気がする。意外と律義だ。

そこへ南雲がひょいと顔を出した。電話は終わったようだ。

「あれ、兄さんは？　もういない……あ、天羽さん、いらっしゃい」

「お茶しよう、南雲くん！　ケーキだよ！　一緒に食べよ」

「わ、ありがと」

「どういたしまして」

「兄さん、なんだって？　深見さん何か酷いこと……言われなかった？」

南雲が気遣わしげに覗き込んでくる。心配してくれているようなのが、擽ったい。

飼い犬か。上等じゃないか。

南雲に撫でてもらえたら、間違いなく自分は有頂天になって尻尾を振るだろう。叶うならこのまま南雲に飼われたいぐらいだ。

「大丈夫です」

「ならいいけど……」

「天羽先生が来てくれましたしね」

安心させるように笑ってみせると、南雲はすっと表情を消した。

「私、紅茶がいいな。ねー、深見さん、このポット使っていい？」

「はい、洗ってあります」

炊事場の天羽に呼ばれて返事をしてから、再び南雲を見ると、もういつも通りの彼だ。テーブルの上を片付けている。見間違いだったかもしれない。

そう、大丈夫だ。

どんなことをしても必ず南雲を守ると決めた。

脅迫まがいのことまでして遠ざけはしたが、あれほど南雲に執着している男がこのまま引き下がるとは思っていなかった。必ずこうして現れると、どこかで分かっていた。ついに、その時がやってきたのだ。


それから三日と経たないうちに成一はまた研究室へやってきた。今度はお供の部下と一緒だ。

それだけではない。成一は研究所の所長と共に見慣れない男を連れてきた。

その男は、テレビ局のディレクターだと名乗った。成一の高校の同級生だそうだ。これがあるから妙に強気だったわけか。しかし成一の具体的な狙いが何なのかはよく分からない。

「ぜひ我が国が誇る数学者、南雲陽司先生を番組にさせていただけたらと」

成一とどことなく似た雰囲気のその男は、にこやかに笑って名刺を差し出した。

「南雲先生のボディーガードの深見さんですね、どうぞよろしく」

局名ぐらいは知っているが、番組名を聞いてもいまいちぴんとこない。

第一線で活躍する各界の著名人や知る人ぞ知るその道の達人、海外で活躍する邦人などの仕事に密着するドキュメンタリー番組で、仕事に対する情熱やひたむきさがテーマだそうだ。毎回、かなりの高視聴率を誇っているという。

成一や研究所の所長の口ぶりからすると、名の通った長寿番組らしい。放送開始年を聞いて納得した。その頃、自分はすでにこの国にいなかった。

話だけ聞くと、さほど有害な番組には思えない。多少の俗っぽさは仕方ないだろう。だが成一の口利きで、さらにディレクターが友人となれば話は別だ。聞けば天羽は若い頃にこの番組に出演したことがあるらしい。いわゆる「天才数学少女」として。

——変なドキュメンタリーに出て、やっすいコンテンツとして消費されるよりいいじゃない。もしかするとあれはこの番組を指していたのではなかろうか。胡散臭い。はっきり言って気に入らない。

「失礼かとは思いましたが、お兄さんに頼み込んで、こうして紹介していただきました」

「南雲先生、いいお話じゃないですか。僕からも頼みますよ。この研究所も名誉だけじゃ立ち行かない。協力させていただきますから」

所長も乗り気だ。事前に成一に丸め込まれたのだろうか。研究所の運営は楽ではない。知名度も大切だ。

「お前が頑張ってるとこ、みんなに知ってもらういい機会じゃないか。な、俺の顔を立てると思って、所長さんもこう言ってくださってるし。それに、こいつはかなりの敏腕ディレクターだぞ。俺が保証する」

成一は普段の高圧的な態度が嘘のような猫なで声を出す。南雲の仕事を道楽だと軽んじる発言を散々していたくせに、どの口が言うのだ。

この兄が、弟や研究所の評判を純粋に思いやるとは考えにくい。そこまで友情に篤《あつ》い男にも見えない。絶対に何か目的があるはずだ。

警備上も、もちろん問題がある。可能性は低いとはいえ、狙われているかもしれない人物が公共の電波でわざわざ顔を晒すなど、もってのほかだ。

取材されるとなれば、恐ろしい数の人間が番組のスタッフとしてこの研究所に出入りすることになる。不審者が紛れ込むには、もってこいの状況だ。一体何のためにこの研究室の周囲の監視カメラを増やしたのか分からないではないか。また、知名度が増せば重要人物として注目度も上がってしまう。いいことは何もない。

だが実を言えば、それほど心配しているわけではなかった。南雲はこの手の仕事が苦手だ。天羽の講演の動画を視聴していた時の様子を見る限り、毛嫌いしているとさえ言える。

「え……きゅ、急に言われても……」

現に南雲は兄とディレクターに迫られ、戸惑いを隠せないでいる。

「先生は普段通りにお仕事をしてくださってるだけで大丈夫です。インタビューはしますが、事前に質問はお伝えしますし、先生がカメラに向かって何か話すのは、ほんの十分程度です」

「部屋に大勢で来られるのは、こ、困ります……」

「撮影スタッフだけに限ります。人数も絞ります」

「今は企業と一緒に仕事をしてるんです。遅れたら僕だけじゃなくて先方にも迷惑が」

「何言ってるんだ。共同研究っていっても、所詮お前の発想頼みじゃないか」

「そういう問題じゃ……社外秘の事柄もあるし」

当然断るだろう、そう思った時だった。

「残念ですねえ。きっといい番組になると思ったんだが」

ディレクターが悲しそうに首を振る。

「天羽先生の時と同じ、いやそれ以上の」

天羽の名前が出た瞬間、南雲がぴくりと反応した。

「陽司、難しく考えることなんてない。そのままのお前でいいんだ」

思わず目を剝いて成一を見た。あまりのしらじらしさに鳥肌が立ちそうだ。

「そうです。ありのままの姿を我々は求めている。上手く話そうなんて考えなくていい」

今度はディレクターが畳み掛ける。

「南雲先生、これはあなただけのためじゃない。研究所のみなさんが望んでいることです。有名になればこの研究所も潤《うるお》う。大勢の人があなたに感謝する。尊敬もするかもしれない」

背後で所長が大げさに頷いていた。成一は嫌な笑みを浮かべて黙っている。

「テレビだからってね、毎回、早熟だから、とか、美人だから、とかそんな理由で取材対象を選んでるわけじゃないんですよ」

ディレクターはそれとなく天羽を思い起こさせるようなことを言う。まずい、彼はさっきの一瞬で、南雲の天羽に対する好意とないまぜになったコンプレックスを見抜いたようだ。

「我々が先生に目を付けた理由は、その素晴らしい業績です。評価されるために話し方や立ち回りまで上手くならなきゃいけないなんてこと、ないでしょう。数学者は数学が仕事だ。本来あなたはその仕事だけで評価される価値がある」

思わず舌打ちしそうになった。このディレクターは自分と同じ人種だ。目的のために相手の欲しがっているものを、そっくりそのままなぞることができる。

「そこの彼」

ディレクターは顎をしゃくって南雲の背後に立っているボディーガードに注意を向けさせた。

「さっきから南雲先生のことが心配で心配でたまらない、って顔してますね」

その言葉に南雲が振り返る。身構える余裕もなかった。南雲と目が合う。

「……っ」

やられた。

「し、心配……？」

「あなたがヘマして恥かくんじゃないか、って思ってるんじゃないですか？」

「違う！」

思ったよりも大きな声が出てしまって自分でも驚いた。急いで付け足す。

「違います。俺の仕事は南雲さんの身辺警護です。テレビ取材なんてとんでもない。心配というのならそういう意味です」

しかし南雲の目を見られなかった。嘘は言っていないが、心配の大部分は南雲が兄とその友人に酷い目に遭わされるのでは、ということだった。決して南雲を侮って過保護になっているわけではない、と言いたいところだが、その境目は曖昧だという気がした。

ディレクターはそんな自分を嘲笑《あざわら》った。

「本当に真面目なんだなあ。南雲先生のボディーガードは」

お前の気持ちなどお見通しだ、と言わんばかりだ。

「でも狙われてるっていうのも、かなり眉唾ものらしいじゃないですか。念のため、の警護でしょう。聞いてますよ、夜に二人で海までドライブしたりするって。なのに取材はNG？　おかしな話だ」

まさか成一は自分達を監視していたのだろうか。隠していたわけではないとはいえ、いい気分ではない。

「陽司、よく考えろよ。変な意地張ってもしょうがねえぞ。お前の共同研究者だって民間企業だろ。先立つもんがなけりゃどうにもならねえ、ってことぐらい分かるさ。取材を禁止する権利はあちらさんにもねえよ。そこのボディーガードにもな」

成一はにやりと笑った。悔しいが事実だ。南雲は迷っているようだ。

振り返る南雲に視線で訴えた。お願いだからやめてくれ。

成一の狙いが何なのかは分からないが、どうせろくでもないことに決まっている。みすみす罠に嵌《はま》りに行かなくてもいいではないか。しかし、南雲はこちらをじっと見つめた後、さっと前を向いて言った。

「分かりました……やります」

嘘だろう。なぜだ。

「おお！　南雲先生、やってくれますか！　ありがたい」

所長が手を叩いて喜んでいる。

どうして。

「よし、よく言った。陽司」

「南雲先生よろしくお願いします」

「こ、こちらこそ」

唖然としているボディーガードに気が付いたのだろう。南雲は出会った頃のように俯いたまま言った。

「深見さん……あの、僕……」

その時、どんなに南雲を責めたかったか分からない。なぜこんな馬鹿な真似を、と。

しかし自分が憤《いきどお》りを口に出してしまえば、あのディレクターの思惑通り南雲に「自分はボディーガードに侮られている」と感じさせてしまうだけのような気がした。自分が南雲に取材を受けさせたくない理由は、成一が信用ならない、ということに尽きる。南雲自身が引き受けたがっている仕事をやめさせるほどの正当性はない。

それに。

ディレクターの言葉で南雲が振り返った時、自分は動揺してしまった。その後ろめたさが尾を引いていた。

「ごめん、僕、みんなの役に……立ちたいし……研究所にいろいろ迷惑かけてるし」

もごもごと言い訳のように言う南雲に苦笑する。

「いいえ、謝っていただくようなことは何も。ただ、一応上に報告させていただきますね。もしもあちらから物言いが付いたら、話し合いをさせていただくことになるかもしれません」

「うん、分かった。僕、頑張るね」

そう言って南雲は笑った。頬を上気させ、すっかりやる気になっている。一体何が南雲を心変わりさせたのだろう。

やはり天羽か。天羽なのか。

忘れていた無力感が蘇る。セイレーンが聞いて呆れる。完全にあのディレクターにしてやられた。

俺はただ、南雲さんが傷つくところを見たくないだけだ。

ついそんなことを思ってしまって唇を噛んだ。

馬鹿か、だからだ。サメ野郎のくせに慣れないことをするからだ。

あれよあれよという間に取材が始まった。

雇い主へ取材の件を報告したが、南雲の所属する研究所との関係を慮《おもんぱか》ってか口を出す気はないようだ。テレビ取材が入ろうとお前の仕事は変わらない、南雲の安全のために最大限の努力を続行せよ、と言われてしまえば、もう自分には何も言う事ができない。

初日にテレビ局のスタッフ達が挨拶に来た。

大勢に話しかけられて、南雲は目を白黒させていた。自分から取材を受けるとは言ったものの、やはり緊張しているらしい。ぼそぼそと何か言いながら俯いている。差し出された名刺にも気が付いていないようだ。彼らは南雲の態度に鼻白んだようだが、すぐにまた作り笑いを浮かべ、機材の設置を開始した。

あの黒縁眼鏡のディレクターは嘘吐きではなかったようで、撮影スタッフの数は少なかった。彼らはまるで野生動物の撮影でもしているかのように気配を消している。

正直言って意外だった。テレビ取材に詳しいわけではないが「ミーティングで丁々発止《ちょうちょうはっし》のやり取りをしているところを撮らせろ」だとか「黒板に凄まじい勢いで数式を書き殴ってみてくれ」だとか、南雲をうんざりさせるような要求をしてくるはずだと思っていた。

いくら事前にディレクターが「ありのままの姿を求めている」と言っていたとはいえ、行儀が良過ぎて不気味だ。しかし南雲がこの取材に乗り気である以上、神経質に騒ぎ立てて南雲の不興を買えば成一の思うつぼという気もした。粛々《しゅくしゅく》と自分の仕事をする以外になかった。

南雲のためにコーヒーを淹れ、南雲がコーヒーを零せば床を拭いた。慌てて挙動不審になる南雲にカメラを向けられた時には頭に血が上ったが、ここで下手に彼らに凄んでみせると、かえって南雲に恥ずかしい思いをさせるかもしれない。苛立ちを堪え、どうにか平静を装う。

南雲が研究に没頭して時間を忘れていれば、帰宅を促《うなが》した。転ばないよう肩に手を添えて部屋を出た。成人男性に対する振る舞いとしては過保護だということは重々承知している。撮影されていることが気になったが、そんなものに気を取られて南雲に怪我をさせては本末転倒だ。苦々しく思いながら駐車場へと向かった。

南雲が車に乗り込む時も、いつも通り後ろに控えて南雲が無事に座るのを見届けた。なんとなく嫌な予感がして振り返り、驚いた。なんと彼らは、まだカメラを回していた。これにはさすがに抗議した。取材は許可したが護衛されていることに変わりはない。南雲の車の映像を絶対に放映しないよう約束させた。

抜けてるのか？　それともただ単に無神経なだけか？

数学とは無関係の場面を撮影され過ぎている気がした。この手の番組の取材はこんなものなのだろうか。

そして、ずっと感じていた嫌な予感の正体は次第に明らかになっていった。

取材が始まって一週間ほど経った頃だろうか。はじめは緊張していた南雲も、静かに部屋の隅でカメラを回しているテレビ局の人間に慣れたようだ。今は意識もしていない。置物か何かのように無視している。

　南雲は例の異様な貧乏揺すりを始めた。

　その瞬間に撮影スタッフ達の空気が変わった。それを見て全ての違和感が繋がった。

　彼らはこれを待っていたのだ。

　馬鹿だった。安全上、絶対に許容できないと嘘を吐いてでも、なんとしてもこの取材を突っぱねるべきだった。ありのままの姿なんて生易しいものではない。

　彼らが求めているのは「紙一重」だ。

　考えてみれば、大衆が好みそうな絶好の題材ではないか。人として生きるのに必要なものを捨ててしまっている孤高の天才、一歩間違えば狂人。才能と引き換えに犠牲にしているものが多ければ多いほど尊ばれる風潮。

　どうして思いつかなかったのだろう。

　南雲は浮世離れした天才学者そのものの外見だ。外見だけではない、行動もまさにその通り。自分はすでに南雲が印象通りの人間ではないと知っている。けれどその自分も始めは南雲を学問一筋の変わり者だとしか思っていなかった。同業者であるこの研究所の数学者達でさえ南雲を理解不能の変人として認識している。

　南雲の普段の姿をそのまま撮影すれば、視聴者がどういう印象を抱くか容易に想像がつく。意図をもって編集すればなおさらだ。

成一は弟を優れた研究者としてディレクターに紹介したのではない。成一は弟のことを人間としては欠陥品だと言っていた。その通りの「良い」画が撮れると吹き込んだに違いない。それを裏付けるように、その後から撮影スタッフ達の態度がおざなりになり、我が物顔で研究所内を走り回り始めた。もういつ追い出されても構わないのだろう。

取材の最終日に南雲に対して行われたインタビューの前半は型通りのものだった。仕事についての簡単な説明を求められ、意気込みを尋ねられていた。

南雲はひどく緊張していた。俯きがちで早口だ。いつも以上に専門用語が多い。南雲はそんな自分を恥じていた。

「……なんか、かっこつかなくて……も、申し訳ありません」

「いいえ、これで大丈夫です」

スタッフ達はにこやかに南雲を労った。南雲は恐縮している。分かりにくく要領を得ない説明、挙動不審な態度、それこそが彼らの求めるものだとも知らずに。

「忙しい先生のお時間をこれ以上奪うわけには」

「……すみません」

南雲さん、違うんだ。こんな奴らに謝らなくていい。くそったれ。これでいいんだ、大成功なんだ。最初から南雲さんを道化にするつもりでこいつらは……。

自分はそれをただ眺めていることしかできなかった。すでに撮影はほとんど終わっている。今さら本当のことを言ってもどうしようもない。南雲はこの取材を受けた時、張り切っていた。

それがこんな酷いショーになろうとは。

項垂れていると、ディレクターが「そういえば」と切り出した。すっかり気を緩めてしまっている南雲は無防備にディレクターの方へ顔を向けた。

「南雲先生、授賞式の時は頬が傷だらけでしたよね」

「あ……そ、そうなんです……僕は不器用で、髭剃りも下手で」

「撮影中もコーヒー零したりしてましたもんね」

スタッフ達が笑う。南雲はわざわざこれに悪意を見出したりはしないだろうが、どこか馬鹿にするような響きがあった。

「髭剃りの練習でもされたんですか？　今はとても上手に剃られてますが」

その質問で南雲の表情が和らいだ。

いつかの成一の、妙に明るい笑みが脳裏をよぎる。見ると、カメラはまだ回っている。

駄目だ、言うな。

「こ、これは……その」

南雲は気が付いていない。嬉しそうに顔を赤らめて自分の頬にそっと触れる。髭について兄に質問されたあの時のように。

椅子から立ち上がった。

「毎朝、深見さんに剃ってもらってるんです」

遅かった。

スタッフ達がにやにやしながら頷き合う。

「えっと、深見さんってボディーガードの？　コーヒー淹れてくれてるあの人ですよね？」

ディレクターだけは今初めて知ったかのように驚いてみせる。白々しい。どうせこれも成一に事前に聞いていたに決まっている。

「はい」

「へ、へえ」

ディレクターはわざとらしく声を引き攣らせている。

どうだ、見てくれ。この紙一重の天才数学者は最低限の身の回りのことですら他人に頼っている。これが天賦《てんぷ》の才の代償だ！

そう言わんばかりに。

完成だ。青写真通りのぶっ飛んだ天才ってわけだ。

力なく椅子に戻り、再び項垂れる。

そうだ。分かっていた。髭を剃るのはやり過ぎだ。だが南雲に触れさせてもらえるのが嬉しかったのだ。あまりにもささやかな悦《よろこ》びだ。しかしその隙を成一に突かれた。さすがに自分の中の南雲に対する欲望まで見抜かれているとは思わないが、お前の思慮に欠ける行動が南雲を陥れたといわれているようだった。

天羽ならば、成一の意図にすぐに気付いたろうに。

不甲斐なさで胸が軋む。

今なら分かる。天羽も南雲とは方向性は違うだろうが、同じような仕打ちを受けたのだ。型にはめられ、大衆が望む姿を演出するような場面だけを切り取られて。

思えば天羽は成一が研究所に姿を見せなかった時にも、こうなることを予想していたかのように警句《けいく》のようなものさえくれていたではないか。まさか成一は天羽の海外出張の予定まで計算していたのだろうか。

撮影を終えた南雲は慣れない緊張で疲れ果てているようだったが、すっきりとした顔をしていた。スタッフ達も満足げだった。それはそうだろう。こんなにも「キャラが立っている」学者など、そうはいない。フィクションの中の存在のような典型的な紙一重とやらを実際の映像を使って作り出せるわけだ。視聴率も高いだろう。忌々しいことだが。

敏腕ディレクターか。確かにな。

「ご協力ありがとうございました」

暗い顔で黙り込むボディーガードに向かってディレクターは目を細めてにっこりと笑った。怒りを感じる余裕もなかった。南雲が実際に放映される番組を見てどう思うのか、それだけが気掛かりでならなかった。

取材が終わった後、例のディレクターと成一は不気味なほどに静かだった。

せめて事前に放送内容を確認しようと局に連絡したが、兄が代理で済ませている、の一点張りでらちが明かない。こういった番組の場合、本人の確認なしでの放映は通常であればあり得ないのかもしれないが、それがまかり通るだけのことを成一はしてきた。これに関しては残念ながら南雲の責任も多分にある。いつだったか南雲自身も言っていた通りだ。南雲は兄に頼り切って生きてきた。

放送日にテレビの前で緊張した面持ちで座っている南雲の横で、今この瞬間に何か大事件でも起きて番組が放送中止になってくれないだろうか、などと馬鹿なことを願うしかなかった。祈りも虚《むな》しく、時間通りに番組が始まった。

冒頭は南雲の授賞式の様子だ。ぼさぼさの頭で身体に合わないスーツを身に着け、無精髭の生えた顔で俯きながら小さな声で何かを話す南雲、初めて見る映像だ。

それから廊下でスタッフにカメラを向けられて顔を背ける南雲、ぼうっと虚空を眺めながらコーヒーを零す南雲が続く。同じ研究所に所属する職員へのインタビューもあった。

『いや、僕は南雲先生とはあまり親しくないですから』

数人に質問するが、誰もが似たような言葉ですぐにインタビューを打ち切ってしまう。

そしてあの貧乏揺すりの映像が流れる。もう見慣れてしまっているはずの自分ですら、ぎょっとするほど、カメラのレンズを通して見るその光景は異様だった。

続いて成一へのインタビューが始まる。

『正直、なんで俺がこんなことまで……って思うこともありますよ』

成一は諦めたように、しかし弟への確かな愛情を感じさせる顔で笑った。役者だ。

医師として働いた後、ＡＩによる画像診断と遠隔読影《えんかくどくえい》を組み合わせた事業を成功させ、経営者として忙しく働きながら弟のために奔走《ほんそう》してきた過去が語られる。

『それでも俺の弟ですし』

酷いものだった。予想よりも遥かに酷かった。

番組としての完成度は高い。何も知らなければ自分もこれを見て、奇行ばかりする天才数学者の弟と、それに振り回される出来た兄の絆に感動したかもしれない。

番組ではかなり多くの尺が成一に使われていた。どちらがメインだか分からないぐらいだ。

成一が欲していたものが、やっと分かった気がした。

成一の弟に対する執着は異常だ。いくら性格が悪いとはいっても、弟をこき下ろすためだけに自分の時間をあれほどまで多く割《さ》く意味が分からない。

思えば成一は、誰かが南雲自身を一人の大人として尊重しようとすると、必ずそれに反応していた。兄が最も嫌がること、それは弟をエンパワーメントすることだ。

この番組は成一の考える理想の兄弟の姿をそのまま映したものなのだ。数学の才能と引き換えに大切なものを捨ててしまった弟、数学にしか興味のない人格破綻者、それを健気に支えてやる兄、突出した才能はないが処世術に秀でた有能で寛大な人格者。

彼にとって弟は「人でなし」でなければならなかった。

成一はきっと、昔は本当に弟に尊敬される兄だったのだろう。しかし南雲が数学に目覚めてからそれが変わった。どんなに努力しても決して自分には手の届かない、輝くような才能が弟に宿《やど》っていると知ってしまった。ずっと見下していたはずの弟に。

でも大丈夫、成一は思ったはずだ。弟は人間としては自分よりも下だと。そして、その「事実」を変えないために、涙ぐましい努力を重ねてきた。それが度を越した過保護と罵倒の正体だ。成一が天羽を嫌うのは天羽が正しく弟を評価する人間だから。

成一の経歴は読んだ。誰がどう見ても文句なく優秀だ。人が羨むような仕事、収入、生活。けれど弟への歪んだ劣等感のせいで彼は決して幸せになれない。

今までは人でなしの弟の世話をしてやる真っ当な兄を演じることでコンプレックスを紛らわせてきた。だがそこへ弟の世話を焼くボディーガードが現れた。焦った成一は理想像を補強するために世間を頼った。その手段がこの番組だったわけだ。

番組は終わり、エンディングテロップが流れる。南雲はしばらく動かなかった。顔は画面の方を向いていて、こちらからは見えない。

「……なんか僕、ほんとにそのまま撮られてたんだね」

南雲の声は少し震えていた。

「かっこわる……」

何と声をかければいいか分からなかった。何を言っても彼の傷に塩を塗ることにしかならないような気がした。

「そのままの僕は……本当にかっこ悪いや……」

あはははっと声を上げて笑った後、南雲は振り返った。

「深見さん、ごめん。それから……ありがとう」

南雲の顔にはいつか見たのと同じ、彼の兄とそっくりの皮肉な笑みが浮かんでいた。

皮肉で、寂しい顔だ。

「深見さんはこうなるって分かってたんだよね。止めようとしてくれてた。僕は馬鹿だった。白状するけど、うん、ちょっと浮かれてた」

そうだ、止められたはずだ。それなのに自分は何をしていた。

「あのさ……僕は馬鹿だけど、自分がなんて言われてるかぐらい知ってる」

掠《かす》れた声で南雲は続けた。

「院にいた頃、陰口を聞いちゃったことがあるんだ」

その頃の南雲は今以上に粗相《そそう》が多かったらしい。共用のパソコンに飲み物をぶちまけたり、転んで怪我をしたりは日常茶飯事で、実際かなり迷惑がられていたようだ。

「漫画とかでよくあるよね、脳と脊髄だけになって機械に繋がれて生きてる、みたいな。僕もあんなふうになっちゃえば楽でいいのに、って言われてた」

南雲が膝の上で拳を握りしめた。

「僕は……その時、その通りだな、って思ってた。僕だってなれるならそうなりたいよ、ごめんね、って。怒りも何も感じなかった。弁えてたはずなんだ僕は。ずっと気を付けて、絶対に調子に乗ったりしないようにしてきたはずなのに……」

南雲は両手で顔を覆った。

「ああ……もう、駄目だなあ、恥ずかしいなあ」

南雲は兄を責めるようなことは一つも言わなかった。全ては成一の意図した通りに運んだ。弟は自分が人でなしであることを「思い出し」た。

なんでだ、なんでここまでされなきゃならない。南雲さんが何をしたっていうんだ。

南雲は自分が危険に晒されているというのに、周りの人間の心配しかしていなかった。南雲は息をするように自分自身を軽んじる。わざわざこうして思い知らせてやる必要などないほど、南雲の中で、人間としての自分の価値はすでに低い。そんな南雲のわずかな自尊心すらも徹底的に打ち砕こうとする成一への怒りが込み上げる。

だが南雲はもう大人なのだ。現状の責任は南雲にもある。南雲は事実、周りの人間に迷惑をかけてきたのだろうし、兄に頼り切っている。

「いいよね、ひたすら数学の研究をしてる脳みそだけの、そんな存在になれたら」

血を吐くように南雲は続けた。

「コーヒーカップを割ったりしないし、手を火傷したりしない。髭も伸びないし、ご飯もいらない。車で送り迎えしてしてもらう必要もない。話し方が変だとか、気持ち悪い貧乏揺すりをするだとか言われない。恥ずかしいとか、申し訳ないとか思う必要もない。兄さんも、研究所の人達もみんな楽だ」

それ以上は言うな、頼むから。

「深見さんだって、僕を守るために海を渡ってくる必要はない」

「俺は……！」

遮られた南雲は驚いたようにこちらを見た。

「数学のことは何も分かりません。勉強はしましたが、南雲さんが途方もなくすごいってことが分かっただけだ。あなたが数学者として素晴らしい仕事をしてるのは聞いて知ってますが、いまだにちんぷんかんぷんです」

この怒りに正当性があろうがなかろうが、そんなことはどうでもよかった。

「俺が知ってるのは、あなたが今必要ないと言った南雲さんの生身の部分だけだ」

南雲さんが脳と脊髄だけになるだって？　冗談じゃない。

「正直言うと最初の頃は、こんなの俺の仕事じゃない、って思ったこともありました。だけど今は違う。今日も南雲さんの指が、頬が傷つかないでいることを、南雲さんが無事に過ごしていることを誇らしく思う。俺はこのためにここにいるんだって、毎日……」

耐え切れずに顔が歪む。南雲の前では南雲を不安がらせたり怖がらせたりしないよう、笑顔でいることを心掛けてきたが、それを守れそうになかった。

「俺にとっての南雲さんは、差し出したコーヒーを『ありがとう』と言って受け取ってくれる人です。一緒に車に乗って、飯食って、海を眺めて、他愛のない話をする、そんな……」

南雲を見ていられなくて俯いた。

「南雲さんが黒板に向かって何か書いてる時、もちろん内容なんか俺にはさっぱりだ。でも俺は南雲さんがチョークの粉で汚れた顔で笑うと、すごく嬉しくなる。何かいいことがあったんだなって思うんです」

我ながら滑稽だった。厳つい大男が項垂れて、支離滅裂な泣き言を。

「それで、今は情けなくて死にそうです。あなたを守ると決めたのに、そんな顔をさせて」

無力だった。

天羽のように先を見据えて適切に動くこともできなければ、明るい言葉で空気を変えることもできない。しかも南雲が苦しんでいるのを見ていられなくて言葉を重ねていたはずなのに、いつの間にか自分のことばかり。

自分がこんなことを言ったところで南雲にとって何の意味もないだろう。戸惑ってさえいるかもしれない。けれど他になんと言えばいいか分からない。

南雲の前での自分は、心理戦に長《た》けた海千山千の兵士ではなかった。不器用なそのままの自分しか差し出せるものは持っていないのだ。

南雲は何も言わなかった。あまりにも長い沈黙が続いたので不安になって顔を上げ、ぎょっとした。南雲は真っ赤だった。

赤面した南雲は今までに何度も見てきたが、これほど赤くなっているのは見たことがない。驚いた理由はもう一つあった。南雲の表情からは憂いが消えてなくなっていた。この数秒で一体何が起きたというのか。

「う、嬉しいの？」

「は？」

「ぼ、僕が笑うと……深見さんは」

「え？　あ、は、はい。嬉しいですよ。そりゃあ」

南雲はきゅっと口を閉じた。むずむずと口角が上がろうとしている。いつかも見た表情だ。

「ぼ、僕も！」

急に大きな声を出されてまた驚いた。

「僕も……嬉しい。深見さんが笑うと……」

そして南雲は子供のように笑った。人間を辞めてしまいたいなどと言っていたとは思えないような、きらきらした笑顔で。

さっきまでの悲壮感はどこへ行ったのだろう。こちらも後悔と怒りで圧し潰されそうになっていたというのに、だが。

「そ、そうですか」

笑うと嬉しい。その通りだ。山ほど疑問はある。成一への怒りもまだ収まらない。それなのに、南雲が目の前で笑っていると、こわばって下を向いているのが馬鹿らしくなってくる。今しがた放映された下衆な番組のことも、たいしたことではないように思えてくる。

「うん。じゃ、僕もう少し仕事してから寝るね。深見さん、よかったら先にお風呂に入って」

「あ、はい、じゃあ、お先に」

南雲はソファからさっと立ち上がると、にこにこと上機嫌で自室へと帰っていった。鼻歌でも歌い出しそうな足取りだ。ガタンと大きな音が聞こえた。見ると椅子が倒れている。南雲はつま先を抱えて片足で跳ねている。

「だ、大丈夫ですか!?」

「大丈夫大丈夫、ははは、痛い、あはは」

どっちだ。

南雲はまた上機嫌で歩き出す。

なんなんだ、さっぱり分からん。キツネにつままれたようだ。

けど……笑うと嬉しい、か。なんだか可愛い告白みたいじゃないか。

もちろん、あの南雲がそんなつもりで言ったとは、まさか思っていないし、自分のそれも、そう受け取られたのではないと分かっている。しかし、悪くない気分だ。

「ははっ」

自分も少し笑ってから南雲と同じように上機嫌で風呂場へと向かった。


翌日、ネット上では南雲のことが話題になっていた。例の貧乏揺すりの動画は思いつく限りの下品な方法で加工し尽くされ、暇人達の餌食になっていた。南雲もこれを目にしているのかもしれないが、特に気に病んでいる様子はないようだ。

南雲が落ち込むのではないかと心配していたのだが、全くの杞憂《きゆう》だった。南雲は本当に昨日一日で見事に復活していた。時折ぼんやりと物思いに耽ることはあるが、もともと物思いに耽るのは南雲の仕事のようなものだ。

海外出張から戻った天羽は、番組のことを知って少しだけ眉を顰めた。けれど何も言わなかった。それ見たことかと責められるかと思ったので拍子抜けした。

「そうだったんだ。お疲れさま」

「おかえり、天羽さん」

南雲の衒《てら》いのない表情を見て天羽もほっとしたように笑顔を返す。

「おう！　今帰ったぞ！　お土産買ってきたから後であげるね」

いつも通りの平穏な日々が戻ってきたように見えた。だがそれはその日の午後までだった。

ボディーガードらしい仕事はほとんど必要とされない状態が続いているが、念のため盗聴器の定期チェックは怠《おこた》っていない。取材後に初めてルーチンの点検を行っていた時のことだ。

南雲の研究室から盗聴器が見つかった。

取材スタッフの中にならず者が紛れ込んでいたのか、それとも、ただ単に知名度が上がったせいなのかは分からない。どちらにせよ警護していた人物の部屋で盗聴器が見つかったのだ。無視はできない。

雇い主へ連絡し応援を頼んだ。だが人手が補充されるまで数日はかかるという。紛争地帯からの緊急要請と比べれば、やはりこの仕事の優先順位は落ちる。仕方のないこととは思うが気ばかり焦る。

南雲から離れるわけにはいかない。やることは山積みだ。南雲の生活圏の洗い出しをしたい。ブーンに連絡を取りたい。監視カメラの解析を頼みたい。何より盾となる人間がもっと必要だ。

考えた末に、現地駐在員の用意してくれたセーフハウスに、一時的に身を寄せることに決めた。そこへ行けば、素人に毛が生えた程度のものではあるが、一応ガードマンもいる。

研究室に盗聴器があったのだ。もしも先方が本気で南雲を襲おうとしているのなら、自宅は押さえられていると思って間違いない。あのマンションを使い続けるのは危険だ。それを伝えると、南雲は真剣な表情で頷いた。

「わ、分かった」

「かなり環境を変えることになってしまいますが……」

「もうそんなこと言ってる場合じゃないよ」

驚いた。もっと渋られるかと思っていた。

「ご協力ありがとうございます。あくまで緊急避難です。一時的なものですから」

「お礼なんて、僕の方だ」

「では、もう行きましょう。荷物は最小限で、俺が後から必要なものを取りに戻りますから」

「う、うん……あ！　僕、明日会議で話すことになってたんだ」

「それも後で俺が連絡します。申し訳ありませんが欠席ということで」

「あ、そうだね、ごめん」

パソコンの電源を落とし荷物をまとめて部屋を出ようとした時だった。

「どこ行くんだよ、嘘吐き野郎」

成一がドアの前に立ちはだかっていた。あんな仕打ちをしておいてよく顔が出せたものだ。よりによって、この忙しい時に。

舌打ちしそうになる。

「に、兄さん？　急にどうしたの？」

南雲も目を丸くしている。

「よお」

成一は視線をものともせず笑う。相変わらず人の神経を逆なでするのが上手い男だ。だが今は悠長《ゆうちょう》に相手をしている暇はない。

盗聴器が見つかったこと、今からセーフハウスへ向かうことを手短に伝え、住所のメモを渡す。本当は、取材のカメラを入れるなど、よくも余計な真似をしてくれた、と詰りたいが、とにかく時間が惜しい。成一もこの切羽《せっぱ》詰まった状況で邪魔はするまい、と思ったのだが。

「盗聴器だ？　陽司、まさかお前それ信じたの？」

成一はとんでもないことを言いだした。

「盗聴器仕掛けられてたってさあ、それ深見さん以外に証明できる人、いるわけ？」

予想外の攻撃に虚を衝かれ、阿呆面をさらしてしまう。一体何が言いたいのだろう。

「証明って？　だって、実際、盗聴器が……」

南雲もぽかんとした顔で言う。

「そんなのいくらでも自分で用意できるじゃねえか。前に俺言ったよな。お前、騙されやすくて心配だって。つかさあ、お前なんかが狙われるわけねえだろ。何マジになってんだ？　それよりこれ見ろ。お前の大好きな深見さんの正体だよ」

成一は手にしていた書類をテーブルに投げて寄越した。

「昨日やっと正式な報告が届いた。あんまり俺を舐めんなよって言っただろ。ツテと金さえあれば、たいていのことは調べられるんだ。しかも深見さん、かなりの有名人じゃねえか」

ばらけた紙の束の中に写真が見えた。まだ若い頃の自分だ。軍服を着ている。

「簡単に誑かされやがってよ」

「た、たぶらかすって？」

「そのまんまの意味だ。そこの深見さんはな、すっげえんだ。読んでみろよ」

成一はせせら笑う。

「俺も驚いたぜ。お前に対する態度と俺に対する態度があまりに違うし、絶対にまともじゃねえと思って心配になって調べさせてみたんだよ。そしたら、えげつねえのが出るわ出るわ……なあ、サメ男さんよ」

こちらに視線を送った兄につられ、南雲も振り返る。

「陽司、そいつが今まで何やって生きてきたか聞いたことあるか？」

「ない……けど」

「何人殺してるか聞いたことあるか？　何人騙して何人陥れて何人破滅させてきたか」

硬直しているボディーガードを見て、成一は鼻を鳴らした。

「言い訳もしねえか、いやできねえんだな。事実だもんな。そいつは自分に心の底から惚れてる相手を何の躊躇もなく殺せる人間なんだよ。目的のためなら仲間でも関係ない。しかも楽しんで。血塗れでも、へらへら嬉しそうにしてるから、付いたあだ名がサメ男だ」

南雲に申し開きをすべきだと思った。けれど凍り付いたように舌が動かない。南雲は兄とボディーガードを見比べて戸惑っている。

「俺には全く理解できねえけど、そこの深見さんはとんでもねえコマシなんだとよ。男でも女でも落とせない相手はいないっつーぐらいの。はっ、こんな髭ゴリラがな！　笑えるぜ」

成一は得意げに続けた。

「とにかく何の魔法か知らねえが、誰も彼もこいつに、ころっと参っちまうらしい。童貞のお前なんか一発だろ。つっても童貞だから自覚すらしてねえかもな。可哀想な奴だ、お前は」

成一の口が歪んだ。

「お前がこんなくそビッチ野郎に惚れちまって無自覚に浮かれてんの、兄ちゃん見てられないわけよ」

残念ながらそれはない。けれど成一が何を心配しているのかは分かった。

「そいつはお前の研究者としての立場なんてどうでもいいんだ。いかに楽に仕事を終わらせるかしか考えてねえんだよ。言う事聞かずに取材なんか受けるから大変なことになった！　って騒ぎ立てときゃお前も大人しくなるだろ。そいつはそういうことが平気でできる奴だ」

根も葉もないことだ。実際に盗聴器はあった。しかし、もしも今よりも、もっと切羽詰まった危機的状況で、護衛対象者が少しも思い通りにならなかったとしたら、成一の言ったようなことを自分は絶対にしないといえるだろうか。

「人の目の前でスチール缶握り潰すとか堅気の発想じゃねえよ。こいつ俺を脅しやがった。サイコパスめ」

いつかこうなるような気がしていた。過去は変えられない。過去の行いが今の自分を作っている。

「除隊の経緯も書いてあるぞ。ざっくりまとめると仲間殺して快楽殺人者ってばれて追い出されたってとこか。まあ、表向きは名誉除隊だけど口止め料だろ。こいつの仕事自体が非公式だからな。あの国はよくこんなの野放しにしとくもんだ」

南雲は兄の方を向いて黙って話を聞いていた。南雲がこちらを振り返るのが怖かった。悪意に基《もと》づいた推測も混じっているが、成一の言ったことには事実も含まれている。

「こんな奴、俺が追い出してやる。陽司、今すぐ離れろ。セーフハウスはこいつのホームみたいなもんだろ。そんな場所にのこのこ付いていくなんて正気の沙汰《さた》じゃねえぞ。なんなら俺が別のボディーガードぐらい探してやるよ。だから……」

「えっと……つまり兄さんは、僕に、ここに残れって言ってるの？」

「それ以外にどう聞こえたんだよ」

「いや、理由が分からないから……」

「え？」

これは成一の口からではなく、自分の口から出た間抜けな声だ。目の前には南雲のまっすぐ伸びた背中がある。ボディーガードを背に庇うように兄に立ち向かっている。

ボディーガードの過去を聞かされて動揺しているだろうと思ったが、南雲は少しもそんなそぶりは見せない。言及すらしない。テーブルの上の書類に興味をひかれた様子もない。

「い……いや、おま、陽司！　今言っただろうが。お前が懐いてるそいつ、頭おかしいんだよ。変なんだよ」

成一も弟の態度に面食らったようだ。

「そういうことを聞いてるんじゃないって分かるだろ。兄さん、僕らは今、急いでるんだ」

ひんやりとした口調だった。こんな声も出せるのか。これがあの南雲だろうか。兄の前でいつも押し黙って俯いていた、あの。

「人殺しのサイコ野郎が弟を無理やり連れ去ろうとしてんだぞ！　止めて当たり前だろうが」

「無理やり連れ去ろうとなんてしてないよ。僕は深見さんの言う通りにするつもりだ。それにさっき聞いてただろ。深見さんは、きちんと兄さんに説明して場所も伝えてた。今だってこうして待ってるじゃないか」

「お前が自分から言うこと聞くように仕向けるなんて、こいつには簡単だって話をしたんだよ。何を聞いてたんだ」

「はあ、分かったよ。じゃあ、兄さんが好きそうなことを話す。言い方を変えるよ」

南雲は溜息を吐いてがりがりと頭を掻いた。

「僕が危険な目に遭えば深見さんにはペナルティがあるはずだ。兄さんの言う通り深見さんが自分のことしか考えない人間だとしても僕を守ろうとするだろう。たとえ盗聴器が狂言でも、僕はこれからいつもよりもセキュリティの高い場所でちょっとの間過ごすだけ。多少のデメリットはあるよ。会議に出られないとか。だけどたいしたことじゃない」

いつもの気弱な様子とは、まるで違っている。南雲と天羽が数学について話している時、その内容は分からなかったが、今と雰囲気が似ている気がした。南雲の本性は、もしかしたらこちらなのかもしれない。

「で、本当だった場合だけど、盗聴器が仕掛けられてたってことは、少なくとも誰かが僕の研究室に悪意を持って忍び込んだってことだ。何の対策もせずにそのまま過ごすのは危険だ。別のボディーガードっていっても、すぐには用意できない。警察に頼るのも盗聴器だけじゃ、たぶん難しい」

南雲は平坦な口調で続けた。

「深見さんの言う通りにする方が理に適ってると僕は思う」

兄は弟の言葉を遮って叫んだ。

「こんな危ねえ奴と一緒に過ごすのが、そもそも間違いだって言ってんだ！　感化されやがって。つか、こいつがテロリストの手先じゃないって誰が証明できるんだよ。こいつはいざとなったら、お前のことなんかすぐに売るぞ」

南雲はいっそ兄を憐れむように言った。

「さっきと言ってることが違うじゃないか。僕なんかが狙われるはずないって言ってたろ。それに証明証明って……それを言い出したら、盗聴器の件はどうせ深見さんの狂言だから僕に危険はない、っていう兄さんの仮説は誰が証明できるんだ？」

　成一は何も言えずに押し黙る。

「兄さん、前に僕に言ったよね。些細な整合性が気になって、生きるのが大変だろうって。そうだよ。すごく気になる。いつも兄さんが理屈に合わないことばかり言って、僕の周りの人に失礼なことをするのが」

　成一の形相が憤怒《ふんぬ》に歪む。南雲は悲しそうに続けた。

「ごめん」

　謝罪を聞いて成一の顔が真っ赤になる。赤を通り越してどす黒い。

「ここまで言うつもりじゃなかった」

　南雲が振り返った。こちらを見る南雲はもういつも通りの南雲だ。

「兄さんの言う通りかもしれないよ……ぼ、僕は……」

　南雲はぎゅっと目を瞑って小さな声で言った。

「た、誑かされてる……たぶん、勝手に」

　南雲は兄に負けないぐらい真っ赤になった。

「深見さんが笑うと僕は……う、う、嬉しいんだ」

　思わず目を見開く。

「それで、深見さんが……あんな顔してるのは……つらい。だから、兄さんの言う事は聞けない。それだけだ。行こう、深見さん」

「おい、待て！」

成一は弟の肩に手をかけて追い縋《すが》る。

「たとえ僕が人を殺しても僕の兄をやめられないんだって、兄さん言ってたよね」

「はあ？　なんだいきなり」

南雲は続けた。

「その通りだ。僕が何をしても僕は兄さんの弟だ。僕が兄さんに一切頼らなくなっても」

南雲の声が震える。

「世話してもらって感謝してるとか、負担をかけて申し訳ないとか、そんなことよりも、もっとずっと大切なことがあったのに、僕は全然分かってなかった」

南雲は強い表情で兄を見た。

「兄さん僕ね、この間SF小説を読んだんだ。兄さんも読んでたやつだよ。あの本を読んで兄さんがどう感じたか知りたかったなって、最近になってようやく思った……今までごめん、それからありがとう。もうやめよう」

それを聞いた瞬間に成一の力が緩んだ。

「じゃあ、本当にもう行くから」

南雲に手を引かれ研究室を後にした。一体どちらがボディーガードなのか分からない。廊下で我に返り慌てて南雲に防弾ベストを渡した。

セーフハウスへは普段使っている車ではなく、支給された防弾仕様車を使うことにした。驚いたことに南雲の提案だ。正直言ってありがたかった。南雲は乗り物を替えるのが苦手なので心配したが、特に吐き気を訴える様子もなかった。

兄の言葉と不安そうな南雲の様子から疑ったことがなかったが、もしかしたら失敗するのを恐れて試してみていないだけで、当然のごとくできるようになっていることが他にもたくさんあるのかもしれない。

南雲は自分を卑下するが、努力を怠ってきたわけではない。あの奇怪な貧乏揺すりは見る人を怯えさせるが、彼なりに人間社会に適応するための方法だった。車の運転も髭剃りも、人が傍について教えてやれば案外こなせるようになるのではなかろうか。

そして先ほどの兄に対する態度。

今までにも南雲は自分以外の人間のためなら成一に対して反抗してみせることがあったが、あそこまで強固なものは見たことがない。

バックミラー越しに覗くと、南雲はもの言いたげにこちらを見ていた。兄の前ではボディーガードを気遣って何も言わなかったのだろうが、あのような物騒な単語をいくつも出されれば気になるに決まっている。自分も成一に過去の話を持ち出され、素直に反応してしまった。南雲を不安にさせたかもしれない。きちんと話すべきだろう。

セーフハウスはビルの一室だった。炊事場に風呂場、寝室と設備は一通り整えられている。

部屋に入り一息吐く。南雲が上目遣いにこちらを窺っている。

「深見さん、あの……大丈夫？」

それに苦笑で答えた。

「さすがに疲れましたね」

南雲をベッドに腰掛けさせ、自分はその傍で椅子に座る。

「そうだ、さっきはありがとうございました」

「え？　な、何が？」

「南雲さんやお兄さんにどう思われようと、盗聴器があったのは事実なんだから、俺はぐらついたりしちゃいけなかった。それなのに俺は職務を忘れそうになりました」

情けない話だ。

「南雲さんに信じてもらえなかったら、それはそれで仕方ないかもしれないと」

軽く頭を振る。

「南雲さんの喝がなかったら……駄目だな、俺は。すみませんでした」

「あ、い、いや」

謝罪すると南雲は視線を逸らして頭を掻いた。

「それをいうなら、僕はもっといろいろと深見さんに謝らなきゃいけない」

「どうしてです？」

「深見さん、いつも車の点検するだろ。車の下を覗き込んで、僕を少し離れたところで待たせて。あの作業って本当は危ないんでしょ？　だから僕を近付けさせない。確認作業の間に殺されることもあるって読んだ」

「読んだ？」

南雲はしまったというふうに口を覆うが、諦めたように続けた。

「前に海で、数学以外になんの本を読んでるのか、深見さん、僕に聞いたことあったよね」

そういえばそんなこともあった。その時は内緒だといわれて教えてもらえなかった。

「ボ、ボディーガードって何するのかなって……気になって、そういう本を読んでたんだ」

驚きに目を見張った。

「あ、あの時は恥ずかしくて言えなかった。防弾仕様車は爆弾を取り付けにくくなってるんだね。僕が嫌がらずにちゃんと最初からあの車を使ってたら、深見さんの身の危険は少し減ってた。それからボディーガードを殺すのは、護衛対象者の勝手な行動だって書いてあった……」

全く予想もしなかった。南雲が協力的になったのはそういう訳だったのか。

「他にもいろいろ調べたよ。深見さんが前にやってた仕事、特殊部隊の軍人さんが何してるのか、どんな訓練をするのか……あ、ち、違うよ？　兄さんみたいに深見さんの個人的な過去を漁ったりしたわけじゃないよ！」

南雲は慌てて付け足した。

つまり南雲は、ボディーガードがしてきた血生臭い所業についてはおおよそ知っているということになる。南雲が自分に対してあまりにも無防備なので、なんとなくそういった事柄は知らないのではないかと思っていた。

「深見さんだって僕の仕事のことを知ろうとしてくれたんだ。僕だって……その、ただ知りたかっただけなんだけど。それに読んでた本はそれだけじゃ……ないし」

そんなにも自分に興味を抱いてもらえていたとは。

「俺のことが知りたいですか？」

見つめると南雲は真っ赤になって首肯した。視線は逸らされない。

ボディーガードとしての立場を明らかに逸脱しようとしていると分かっていたが、今更だ。南雲の前では仕事に徹することが難しくなってしまった。いや、きっと最初からそうだった。

「ジェダイのサメ男、それからセイレーン、どっちも俺のあだ名です。軍にいた頃の」

こうして改めて口にしてみると大げさで、性質の悪い冗談のように聞こえる。

「お兄さんの言う通り、俺はちょっとした有名人だったんです。ほら俺ってかっこいいし、タフでしょ？」

冗談のつもりだったが南雲は笑わずに戸惑ったように頷く。

「とはいえ最初は酷いもんでした。あの国の軍隊はまだまだ有色人種には厳しい。親が死んで親戚には厄介者扱いされて、とにかく何かに所属したくて入隊したんですが、早々に後悔しましたよ。元々俺は立派な人間じゃない。すぐに開き直った。もういい、そっちがそうくるなら俺だって容赦しない。なけなしの良心を売り飛ばしました」

今となってはそんなもの、本当に自分の中にあったのかすらも怪しい。

「そうやって周りと馴染《なじ》んで、やがて一目置かれるようになっても、はじめのうちはちゃんと自覚があった」

クズどもを手懐けるために、自分もクズになっただけのことだ。そこに友情などという美しいものは存在しない。所詮は野犬の群れのボスだ、と。

「けどいつの間にかそれを忘れてしまったんですよ。仕事柄、仲間に命を預けないとやっていけないことも多い。みんなと命がけで戦って生き延びて、笑い合ったりしているうちに錯覚《さっかく》した。受け入れられたんだって」

仲間との絆を神聖で掛け替えのないものだと思うようになった。

まったく、おめでたい野郎だ。自分が軍の中での立ち位置を手に入れるために、どんなに汚い真似をしてきたか覚えているのに、そうして手に入れたものが素晴らしいものであるはずがないのに。

「中でも俺は心理戦ってやつが得意でした。プライドや良心を捨て去ると、できることが一気に増えるんだ。階級と給料が上がる代わりに国際法が絶対に守ってくれない類の任務をやらされるようになった。気が付いたらそういう仕事ばかりになってました。お兄さんの言った通りです。えぐい任務が多かった。本当、よく調べたよな」

笑ってしまう。ブーンといい成一といい、ただ漏れではないか。情報管理が杜撰《ずさん》過ぎる。

「それで魔性だとかセイレーンだとか……その時はいい気分じゃなかったけど、言わせておけばいいと思ってた。俺が有能なのは紛れもない事実だったから」

東洋人は表情が読めない、ミステリアスだ、と人種に関するあからさまな言葉も囁《ささや》かれていたというのに、器用に聞こえないふりをして。

そんな中、あるテロ組織の重要人物を暗殺するための奇襲作戦に参加することになった。

「闇に乗じて敵の船に忍び込んだ時、チームの中の一人が裏切った。そいつも人種のせいで軍の中では少し浮いてた。でも底なしにいい奴でした。好かれてた。俺とも仲がよかった」

今でも思い出せる。髭面で年も自分より上だったが、長い睫の目元が少年のようだった。

「チームリーダーはそいつに撃たれて血を流して倒れてた。裏切り者ともう一人の若造、それから俺の三人がその傍で阿呆みたいにつっ立ってた。直後にそいつが言ったんです。お前も一緒に来いって」

調査されている時に録音された会話を何度も聞かされた。

「お前なら俺の気持ちが分かるだろうって、俺だけに向かって」

声が掠れた。

「情けないことに俺はその時まで仲間に銃を向けるのを躊躇してました。でもそれを聞いた瞬間に俺はそいつを撃ち殺してた。作戦は一応成功しました。生き残ったのは俺一人」

南雲が息を呑《の》む。

「その時は自分が何を感じたかなんてよく分かってなかった」

目の前のことで手一杯だ。まずは、なにがなんでも生き延びなければならない。自分の感情としっかり向き合っている暇などない。

「でも内部調査の過程で思い出しました。その事件からはもうずいぶん経った後でしたけど。俺がその時に思ってたことは……」

目を伏せて笑った。

「俺はお前とは違う、舐めやがって、でした」

俺は本物のクズ野郎だ。心のどこかで「自分はあいつよりまだましだ」と思っていたわけだ。

「すっかりこの集団の一員になった気でいたんです。馬鹿みたいだけど、それを心地良いと思ってた。でも、それは独り善がりでしかなかった。そいつにとって俺は自分と同じはみ出し者だった」

『お前なら俺の気持ちが分かるだろう』。この台詞が全てだ。

帰属意識に飢《う》えているが報われたことはなく、疎外感から自由になれない寂しい男。こういう人間は閉じた共同体への誘いに弱い、そう見抜かれていた。

「こいつなら落とせるって思われてたんですよ。そうです、その通り。でも俺はそれを認めたくなかった。みんな俺と同じだ、仲間だ、って思いたかった」

だが違った。いや、本当は分かっていた。それどころか同じ序列に乗っかって友達を見下し、安心することとさえしていた。その全てから必死で目を背けてきたのだ。なのに、そいつはそれを目の前に突き付けてきた。

「仲間がヘリで俺を迎えに来た時、なぜだか笑えてきた」

肩を借りて歩きながら、大口を開けて笑っていた。自分の滑稽さに心のどこかで気が付いていたのだろう。

「血塗れで笑う俺はさぞかし異様だったんでしょう、その後、クジラの死体にサメが群がってるのに遭遇した。仲間は血の海の中で歓喜するサメに俺を重ねてた」

「それで快楽殺人者……サメ男」

南雲の呟きに頷く。

「俺はそんなこととは思いもせず、ただ呑気にみんなと一緒に大自然のスペクタクルを見物してるつもりでいたんです」

隣にいた仲間がなぜか怯えていたこと、そいつの声が引き攣っていたことを思い出す。

「それからしばらくして経緯が知れ渡りました。俺が仲間を撃ったことも」

裏切り者と自分の仲の良さは誰もが知っていた。

『船に迎えに行ったらどうしてたと思う？　血塗れで笑ってたぜ、自分が殺した仲間の横でな。血でラリったんだろ。サメと一緒だ』

『あの裏切り者、最後にアキラにだけ情けをかけたのは、やっぱり同じ移民だからか』

『いや、そうとも限らねえ。案外、惚れてたのかもな。あいつ妙に色気あるから』

『何言ってんだ。気味悪いこと言うなよ。あのサメ野郎、ゴリゴリのマッチョだぞ』

『なんだよ、お前だって前に言ってたろ。そりゃ、ああいう仕事もするわな……ってよ』

『さすがはセイレーン、無意識に誑かしてたってわけか。すぐに全員殺してりゃ、あいつらの勝ちだったろうに。つか、戒律はどうしたんだよ。殉教したくせにぶれぶれじゃねえか』

『だからそれだけあのサメ野郎がやべえってこと。なのに殺されて、報われねえな』

仲間たちの噂する声が耳に蘇る。いや、仲間だと思っていたのは自分だけだった。

「殺さなきゃこっちが殺されてたってのに、そこは無視されてました」

あの裏切り者から自分がどう思われていたかなど、今となってはもう分からない。だが親友を撃ち殺せる非情な男と、ハニートラップが得意な表情の読めない男という二つのイメージは、彼らの中で矛盾なく結びついた。こういった噂が出るということは、やはり自分は信用されてはいなかったということだろう。

「さすがにいづらくなって俺は軍を辞めました。それから目をかけてくれてた教官に誘われて今の仕事を始めた。結局、今も軍にいた頃と似たようなことをしてますけどね。他にできることもないし」

南雲は何も言わず、じっとこちらを見ていた。気弱そうに見えるのに、嘘を知らない魔物のような明々と光る榛色の目が黒い前髪から覗く。

その目に誘われて心の箍《たが》が緩んだのかもしれない。

「だけど俺を本当に絶望させたのは別のことだ」

言ってしまってから狼狽えた。一体自分は何を話そうとしているのだろう。

「友達をこの手で殺したことはもちろんこたえましたよ。自分の中の差別意識が最悪の形で露わになったことも。だけど後悔はしてません。あいつは撃たれても仕方ないことをした。俺は撃つべきだった」

どこまで南雲に話す気だ。そこまで何もかも曝《さら》け出す必要があるのか。

ここから先はブーンにもグラハムにも、誰にも話していない。今までずっと自分の心の中だけに秘めてきたことだ。今思い止まれば秘密は守られる。しかしなぜか止まらない。

「俺が救えないのは、見くびられ憐れまれていたっていう事実よりも何よりも、それを仲間に聞かれたのが耐えがたかったってことだ。滑稽ですよね。そんな些細なこと。でも俺にとってはそうじゃなかった。いっそこの任務自体なかった事になれば、どんなにいいかと思ってた」

裏切り者がこちらに呼びかけた時、後輩のフィルは唖然としていたが、きっとすぐ、なぜ自分は無視されて、この東洋人だけが背信を促されたのか分かっただろう。お調子者だったが心の機微には敏《さと》いやつだった。目の前の二人の、部隊の中でも指折りの優秀さを誇る肌の色の違う先輩達の苦労を思ったはずだ。自分が一度もしたことのない苦労を。

驚愕《きょうがく》に見開かれた彼の目、あどけなさを残した空色の瞳には確かに憐憫《れんびん》が滲んでいた。

フィルにとってもう自分は優秀な先輩ではない。差別に苦しんできた哀れな男なのだ。

「俺が裏切り者を撃った後、銃撃戦になった。俺はその若い奴、フィルを庇いながら敵を殺しまくった。でも心の片隅でずっと考えてた。こいつにあれを聞かれたんだって。変ですよね。命ぎりぎりの現場で、そんな余裕はないはずなのに。フィルが驚いて俺を見た時のあの青い瞳が目に焼き付いて離れなかった」

フィルが死んだ時のことを今でもはっきり覚えている。

『こっちは俺がやる』

そう言って壁に張り付いたフィルの姿を。黒いタクティカルベストとゴーグルの間から覗く頬、金色の産毛の生えた顎。まだ子供のような。

「そっちは危ない、俺はそう思ったのに」

建物の構造、気配、敵の装備や人数、加えて膨大な経験から脳が導き出したものなのだろうが、言語化はできない。要は勘だ。確率は半々だと思った。彼の自発的な行動を禁ずるほどの力はないと。船室に入るまではフィルを庇っていたのでこちらは負傷しており、彼は無傷でまだ体力もあった。彼に危険な側を任せるのはさほどおかしい話ではない。

いや、今さら言い訳してもどうにもならない。

彼は死んだ。

それを確かめた瞬間の、あの耐えがたい吐き気を思い出す。

直後は深く考えないようにしていた。無意識に自分の心を守っていたのかもしれない。だが何度もあの事件を思い出させられるうちに、その疑念を無視できなくなっていった。

「なんで……俺はあの時フィルを止めなかったんだ？」

先輩としての自信が揺らいでいたから無意識に躊躇した？　それだけか？

「ああいう場面での勘の重要さは知ってたはずだ。いつもの俺なら止めてたんじゃないか？

俺は……」

唇が震えた。

「俺は、あいつが死ねばいいと思ってたんじゃないか？」

言った瞬間にそれが真実の重みを持って胃の腑《ふ》を押しつぶす。自分を憐れんでいた後輩。「こいつがここで死ねば、あれを聞いた人間はいなくなると。無意識に何の罪もない若者を死に追いやって……」

会話は全て記録されている。彼が死んだところで裏切り者の言った台詞はなかったことにはならない。冷静な頭で考えれば彼を葬《ほうむ》り去っても全く意味がないのだ。だからもちろん誰もその件について自分を疑わなかった。当然だ。疑う理由がない。

だが一度自分を疑い始めたら、もう忘れることはできない。この自分がそんなことをするはずはない、と言い切るには、自分を騙す術に慣れ親しみ過ぎていた。

「俺はそういうことができる奴なんですよ。南雲さんのお兄さんはきっと俺の下衆な仕事について言ってたんでしょう。でも俺は知ってる。俺は本当に、サメ野郎なんだ」

たとえ記録に残っていなくても。それを責める人間はこの世に誰一人としていなくても。

「お兄さんが俺を疑うのも無理はない。この仕事に関して俺はあなたを騙したりなんかしていないつもりですが、どうだろうな。俺は自己暗示が得意だから」

俯いたまま少しだけ笑った。

「心を売り飛ばすってこういうことですね。自分のためなら自分も騙して、ひたすら利己的になれるんだ」

自分の心も他人の心も自在に操って得意になっていた。その報いを受け、二度と自分を信じられなくなった。今でもずっと疑い続けている。呪いのように。

「俺のようなクズの救えないところは、半端者なところです。芯《しん》まで全部真っ黒、そんなふうになれればまだよかったんですけど」

良心というのは日和見《ひよりみ》のずるい奴だ。しかもしぶとい。必要な時はどこかへ行ってしまうくせに、消そうと思ってもなかなか消えてはくれない。

「だから後悔もしますし、自分を嫌いにもなります」

そして持って生まれた清い心にそのまま従って生きられる人間を見れば、自分の住まう地獄も忘れ、つい好ましいと思ったりもするのだ。

ちらりと南雲を盗み見て後悔した。南雲は固まっていた。

知りたいと言われたからといっても喋り過ぎた。安易に南雲に縋るような真似をしてしまった。突然こんな重たい罪を打ち明けられても困るだろう。

どうかしてるな。

痛みを吹き飛ばすように笑った。

「ははは、すみません。急に。だから俺は南雲さんを見て驚いた」

「……え、ぼ、僕？　どうして？」

「南雲さんはお兄さんから酷いことをたくさん言われてましたよね。あんな言葉を浴びせられ続けたら、俺なら耐えられない」

きっと南雲の兄と同じ戦法で反撃する。南雲の兄が気に入らないのは同族嫌悪のせいだ。

「なのに南雲さんは何も売り飛ばさずにいるように見えた」

気負う様子も見せず、誰にも八つ当たりをせず、それでも誰かを守るためなら躊躇なく立ち上がれる。南雲の前では投げ捨てたはずのものを当たり前のようにまだ持っていてもよいのだと思えた。そしてそれが正しく報われる気がした。

「さっきも、当たり前みたいにお兄さんから俺を庇ってくれた。すごいと思いましたよ。誰にでもできることじゃないです」

「いや！　……えっと、あの、全然、すごくないんだ」

しどろもどろになりながら南雲は両手で顔を覆った。

「もう兄さんには頼らないとか、偉そうに啖呵《たんか》切っちゃった。自分じゃ何にもできないくせに、深見さんが世話してくれるからって調子に乗って……って兄さんは思っただろうな」

南雲は指の間から目だけ覗かせてちらりとこちらを見た。目尻が真っ赤だ。

「売り飛ばすも何も、そもそも僕は売り飛ばすものを持ってなかったっていうか……売り飛ばした自覚があるだけ、深見さんはましっていうか……」

どういうことだ。

「深見さんが前に、僕の生身の身体も大事だって言ってくれたことあったでしょ？」

南雲は観念したように向き直る。

「あの時は嬉しかったんだけど、あれからいろいろ考えたんだ。僕は……数学の才能だけ何かに託して身体なんか捨ててしまえばいい、って思われても仕方ない人間だった」

「そんなことは！」

「あるんだ。普通なら、もしも友人や同僚にそんなこと言われたら、もっとショックを受けるはずだ。なのに僕は『その通りだ。僕だってできることならそうしたい』って思ってた。おかしいだろ、そんなの」

南雲は目を伏せた。

「みんなが僕の生身の身体を必要としてないのと同じように、僕もみんなを生身の人間として扱ってなかったんだ。日常会話や挨拶をしたり、笑って肩を叩き合ったりとか、人と人との関係をあっさり捨ててしまえるっていうのは、そういうことだ」

そこまで聞いて南雲の言わんとしていることが分かった。

「僕は本当にろくでなしだった。前に深見さんは、本の感想を兄さんにも聞いてみたらいいじゃないかって言ってたよね」

先ほど南雲は兄との別れ際にそれについて少しだけ話していた。その時はなぜ今この話題が出るのか分からなかった。

「あの時、実はものすごく驚いてたんだ。これも変な話だよね。全然思いつかなかったんだよ、そんなこと。それから兄さんのことを考えるようになって、兄さんがああいうふうに僕につらく当たるようになったきっかけを思い出した。それがきっかけだってことすらも、最近まで分かってなかったんだけど」

それは南雲が数学にのめり込み始めた頃の話だそうだ。

「兄さんは僕がやってる数学の問題が全く理解できてなかった。兄さんはそれに気が付いて苛立ってたよ。正直言って少しだけ気持ちがよかった」

南雲は自嘲《じちょう》するように鼻で笑った。

「僕はそれまで何をやっても兄さんに敵わなかったから」

南雲は顔を歪めて続けた。

「でも兄さんを怒らせるのは嫌だし、面倒臭い。時間の無駄だ。僕はもっと難しい問題を解きたかった。もう兄さんとは数学の話なんか絶対にしないって決めた。どうせ何も分かってくれないんだ。数学が分かる他の人と話せればそれでいい。そう思ってた」

自分も出会ったばかりの頃は南雲のこの冷淡さに怯えていた。

「それからしばらくして兄さんの方から数学について僕に話しかけてきたことがあった。まず学校じゃ習わないレベルの話だ。僕は取り合わなかった。張り合われて喧嘩《けんか》するのなんかまっぴらだ。だから生返事して……逃げた」

南雲は項垂れた。

「後悔してる」

南雲は何度も兄に詫びていた。あれほど理不尽につらく当たられている側としては不自然なほど。その時のことを思い出していたのか。

「なんで僕はあの時ちゃんと兄さんと向き合わなかったんだろう。兄さんは数学ではもう僕に敵わないことなんか分かってたよ。それでも弟が夢中になってるものを調べてくれたんだ。それの上で話しかけてくれたんだ。弟に負けると分かってる話題を出すのなんか、兄としては勇気がいるに決まってる。それなのに……僕は、兄さんと話しても無駄だと……無駄ってなんだ？　何様なんだよ」

　南雲の丸まった背中が少し震えた。

「最初に兄さんを拒絶したのは僕だったんだ。その時に兄さんは気付いてしまった。僕が兄さんにもう何の期待もしてないってこと。弟に切り捨てられたってこと」

　その時の成一の気持ちが理解できるような気がした。自分も数学の勉強を始めたばかりの頃、もしも南雲に「無駄なことをしなくていい」などと言われたら頭に来ただろう。もちろん、どんな理由があろうと、弟に対する成一のあの態度はおかしいとは思うが。

「それからだ。兄さんとの間に溝ができたのは。気が付いたら他の人とも」

　南雲はふっと表情を緩めてこちらを見上げた。

「あの取材、受けてよかった」

「よかった？」

　不満が声に出た。南雲が慌てる。

「あ、いや、ごめん！　警備上はまずかったんだよね」

「その、聞いてもいいですか？　今さら責めるつもりは全くないんですが、なんであんな取材を受けることにしたんです？　ああいう仕事は嫌いだって言ってたじゃないですか」

「え、えっと……ああー」

　南雲は自分のぼさぼさ頭に両手を突っ込んで掻き回す。酷い狼狽えようだ。

「……だって、深見さんが……天羽さんのことばっかり褒めるから」

やはり天羽か。天羽の名が出たので一瞬そのまま納得しかけたが、何かが引っかかる。

「褒める？　俺が？　天羽先生を？」

「そ、そうだよ！　素敵だとか、かっこいいとか……ふ、深見さんは僕のボディーガードなのに、天羽さんと二人でしょっちゅう喋ってたしさ」

そんなようなことは前にも確かに言われた気がする。しかし意味が分からない。それがどうして取材を受けることに繋がるのだ。

「ぼ、僕も……深見さんにかっこいいって言われたくて……」

「……は？」

それ以上声が出ない。硬直しているボディーガードの態度を勘違いしたのか南雲は恨めしげに続けた。

「すごいって思われたかったんだよ。天羽さんに張り合っても敵わないのは分かってたけど、深見さんが僕のこと心配してるのを見たら、そうじゃなくて、もっとこう、って思っちゃって、気が付いたらやるって言ってた」

南雲が嫉妬しているのは分かっていた。それは天羽に対する好意によるものだと思っていた。今の南雲の言葉の通りならそれは間違いだったことになる。

「虫のいい話だ。こんな僕でもテレビに出たらかっこよくなれるんじゃないかって思ったんだ。天羽さんに負けないぐらい」

南雲は気まずそうに頬を掻いた。

「あのディレクターさんの言う通り、数学者として評価されたいだけなら数学だけしてればいい。でも人として評価されたいなら、それだけじゃ駄目だ。周りの人間を人として扱ったことがない奴が、かっこいいわけがない。あの取材でそれを学んだよ。よかったって言ったのは、そういう意味」

南雲はふいに顔を歪めた。無理やり笑おうとして失敗した、そんな顔だった。

「深見さん、僕ね、取材をしに来た人達、ディレクターさんや、カメラマン、録音の人とか……あの人達の名前どころか顔すら覚えてないんだ。一人もだよ？　全然思い出せない。いや、取材の最中だって一度も覚えたことなんかなかったな……あんなに一緒にいたのにね」

思い返してみると、そういえば南雲は彼らと目も合わせなかった。南雲の性格を知っているので、さほど気にならなかったが、礼儀正しいとは言い難い態度だった。

「たぶん、そういうのって、相手に絶対分かっちゃうんだと思う。深見さんは怒ってくれたけど、兄さんにどんなことを吹き込まれたとしても、もしも彼らが僕からの敬意を感じ取ってたら、きっとあんな番組にはしなかったんじゃないかな……」

さすがにそれはどうだろうか、と性格の悪い自分はつい考えてしまう。

だが確かに、自分達を邪魔な柱か何かだと思っている相手に対して、当初の予定を捻《ね》じ曲げてまで尽くしてやる義理はない。

「その後、深見さんと話して……そういえば、僕は今まで誰かにかっこいいと思われたいなんて思ったことなかったな、って気が付いた」

　南雲は落ち着きなく腿の上を手の平で擦る。

「こ、こんなこと言われたって困るよね。深見さんは仕事でここにいるだけだ。僕に優しいのも仕事だからだ。あ、も、もちろん深見さんが元々いい人だから優しいんだって分かってるよ！　兄さんみたいなことは思ってない」

　南雲は真っ赤な顔を泣きそうに歪めて口籠もった。

「……いや、ごめん、それは嘘だ。さっき、ほんのちょっとだけど深見さんを疑った」

　南雲は目を逸らして口元を押さえた。

「兄さんの言った通り僕は奥手で、ていうか、今まで自分は恋愛とかそういうことに興味がない人間なんだと思ってた……身体なんか必要ないと思うほど」

　南雲は前屈みになって項垂れる。

「それなのに、僕は……深見さんに触りたいって思った。何をされたわけでもないのに……こんなに簡単に」

　なんだと。

「ほんとに申し訳ないって思ってる。ち、違うよね！　深見さんは、ぼ、僕を、ゆ、誘惑するとか、そんなことしてない。普通に優しくしてくれただけだ。僕が勝手に好きになっただけだ」

　好きに……。

正気だろうか。先ほど聞いたボディーガードの過去を南雲はどのように処理しているのだろう。まさか忘れているわけではあるまい。だが南雲の告白は止まらない。

「た、たぶん見た目からしてものすごくタイプだったんだと思う。ドキドキして変な汗出てくるし……こんなこと初めてで混乱した。二人きりになったら挙動不審になっちゃいそうだから……って、実際なったけど」

自分を無視して一心不乱に黒板に向かっていた南雲を思い出す。

「初対面の時も天羽さんを引き留めるみたいな真似しちゃったし」

強面のよく知らない人間と二人きりになるのを嫌がったのだと思っていた。

「深見さんのお風呂上がりとか、腕捲りだけでも……もう目のやり場に困っちゃって……かっこいいし、なんていうか、こんなことを本人に言っていいのか分からないけど、す、すごく色っぽい……そんな目で見ちゃ失礼なのに……」

まさかはじめの頃に逃げられた理由はこれか。

「仕事中もつい目が行っちゃうんだ。あんまりじろじろ見ないようにしてた」

今までの南雲の様子を思い出す。二つ並んだベッドに狼狽えていた南雲、近付くと真っ赤になって逃げだした南雲、どれも人付き合いに慣れていないせいだと思っていた。

「それから、あの番組を見て僕が落ち込んでた時に、深見さんが……深見さんも、あんなつらそうな顔をするんだって……知って、ついさっきも」

南雲は痛みを堪えるような顔でこちらを見つめていた。

「あれからずっと僕は変なんだ。深見さんのこと、どっか誰にも見つからない場所に閉じ込めたい……」

南雲は瞳孔の開き切った目で物騒なことを言いだしたが、すぐにはっとしたように首を振る。

「あ、い、今のなし！　ご、ごめん、こんな場所で変なこと言って……」

南雲は二人きりの密室に狼狽えたように視線を彷徨わせた。屈強な大男を相手に妙なところで紳士だ。しかし、今のなし、と言われても困る。

「なんて言ったらいいか分からないけど、深見さんに恥ずかしくないように、一人で何でもできるようにならなきゃ駄目だって思った」

こんな自分が南雲の手を取ってもいいのか、そんなことを思わないでもない。

知ったことか。

人でなしは今に始まったことではない。何を捨ててもこの男が欲しい。思うさま噛みしめ貪《むさぼ》りたい。そして南雲はサメの顎門《あぎと》に首を差し出しているのだ。

自覚した瞬間に眩暈《めまい》がしそうなほどの全能感に包まれる。

「南雲さん」

なんて声だ。

自分の声であるはずなのに、欲望に掠れたあまりにも生々しい声音に笑いそうになる。

南雲は酔ったように熱のこもった目でこちらを見た。

この男は完全に俺の虜《とりこ》だ。

そう理解せざるをえない視線だった。

俺を閉じ込めたい、か。それも悪くないな。

南雲に道を踏み外させてみたい。そして快楽しかない場所へ二人で行くのだ。

椅子から立ち上がり、上着を脱いだ。たったそれだけで南雲はごくりと咽喉を鳴らした。

太腿に、背中に、張り出した胸筋に、痛いほど視線を感じる。これほどあからさまな視線に、今までどうして気が付かなかったのか。無造作に鍛えただけの武骨な身体を、よくもそんなに熱心に見る気になるものだ、そう思わないでもないが、内心の声とは裏腹に視線だけでいきり立ってしまいそうだ。

襟元を緩め、首筋を手の平で押さえ軽く首を回す。鎖骨や張った僧帽筋《そうぼうきん》を見せつけるようにして流し目を送る。南雲と視線が合った。

飢えを全く隠さない榛色の目。途端にぞくりと背中に震えが走った。

この目が、たまらない。

部屋の中の空気が甘くとろみを帯《お》びたように感じる。ドラッグでもきめているかのように身体が熱く、軽い。何もかもが妙にはっきりと見えた。

ゲイだということが事前に分かっているターゲットを似たような仕草で誘ってみたことはある。けれど今、南雲に対してしているように、目も眩むような陶酔《とうすい》の中、全力で相手の官能に呼びかけたことは一度もない。

仕事でした時には、どうしようもない生理的嫌悪感を侮蔑《ぶべつ》で紛らわせていた。

だが今は、ただただ、悦《よ》い。

南雲の一途で凶暴な視線を全身に浴びて、熱い息を吐く。南雲に見られた部分から全ての細胞がふつふつと生まれ変わっていく気さえした。今まさに羽化《うか》する蝶《ちょう》のように。

上着を脱いだだけでこれだ。全て脱ぎ捨てたら一体どうなるのか。

いい人、か……こんなことを素面でやれる奴が、善人なわけないだろ。

こんな奴に目を付けられて、南雲さんも可哀想に。だが、もう逃がしてやる気はない。

ベッドに腰掛けている南雲に近付き、南雲が困ったように身じろぎしても、まだ進む。脚の間に入り込んで止まった。

「俺を、見てたんですか？」

腰を南雲の胸元に押し付けるようにして南雲の顎を掬い上げる。

「う、うん……」

南雲が頷く。

今まで南雲に触れる時には細心の注意を払っていた。性的なものを滲ませて彼を戸惑わせないように、敬意が伝わるように、強過ぎる好意に気が付かれないように。

もうそんなふうに我慢する必要はないわけだ。

「南雲さん、俺は『いい人』なんかじゃないですよ」

耳の下から首筋まで包み込むように撫で上げる。南雲が切羽詰まった声を上げた。

「あ……っ」

南雲の白い肌はふやけたように湿って熱い。赤く染まった目元には涙が滲んでいる。吐息も乱れている。繊細に整った顔立ちも手伝って危うい雰囲気だ。

ちらりとこの部屋にある監視カメラのことを考えた。構うものか。

「確かに、俺は南雲さんを誘惑してるつもりはありませんでした」

南雲を見下ろして笑う。

「南雲さんは俺が何をしても何も感じないだろうと思ってたから」

南雲の目尻をそっと親指で拭った。

「でも、分からないな。もしかしたら俺は無意識にハニートラップを使ってたのかも。あなたを手に入れたくて。なんせ俺はそういうことが平気でできる奴なので」

「え……」

「俺も南雲さんが好きです。仕事には不適切な感情だと思ったから、言うつもりはありませんでしたが。この仕事が終わらなければ、ずっと傍にいられる、なんて考えるぐらい」

南雲は口を開けてこちらを見上げている。そばかすの散った頬もくせ毛も何もかも愛おしい。

「南雲さん、見てるだけでいいんですか？　あなたには、せっかく身体があるのに」

南雲の涙を乗せた親指をぺろりと舐める。

「……へ？」

「さっき俺に触りたいって言ってくれたじゃないですか」

南雲の唇が戦慄《わなな》く。

「熱い視線で見られるのも悪くないけど、俺は南雲さんに触りたいな」

まるで酷いことでも言われたかのように南雲の顔が歪む。

「けど残念。俺は今、仕事中なんですよね」

身体を引いて素早く跪《ひざまず》く。南雲の両手を取り、視線を合わせた。

南雲は危険に晒されている。今ここで抱き合ってしまって、もしも南雲に何かあれば自分を許せないだろう。唖然としている南雲を見て、もう一度笑う。

この男を何に代えても守るのだ。今度こそ絶対に。

「だから今はこれだけ」

南雲の手に口付け、すぐに離れる。

「俺はちょっとやらなきゃいけないことがあるんで、いい子にしててくださいね」

南雲は座ったまま硬直していた。


南雲を残して部屋を出た。スマートフォンを片手にラップトップを開く。ようやくそれらしい仕事ができるというものだ。担当者を呼び出し、監視カメラの映像解析と盗聴器の調査を頼んだ。研究所に連絡し南雲が明日の会議に出席できないこと、南雲の部屋で盗聴器が見つかったことを告げた。普段南雲の送り迎えに使用していた車に人を近付けないよう手配した。

ブーンに連絡をしようと思った時に、ちょうどスマートフォンが鳴った。知らない番号だ。訝しみながら出ると、聞き慣れた声がした。

「俺だ、ブーンだ。出てくれてよかったぜ」

「ブーン！　遅いぞ！　何してたんだよ。今こっちから連絡しようと思って……」

いつもはビデオ通話アプリばかり使うのだが、一体どうしたのだろう。

「悪い。いや、ちょっといろいろ……実は大変だったのよ。ヨウジ・ナグモ、あの天才ほんと何してんのって感じで」

「まだ分かってないのか？」

「いや、ナグモの仕事は分かった。結論から言う。やべえぞ！　狙われる理由、十分過ぎるぐらいあった」

「そうだったか」

重い溜息を吐く。

「え？　もしかしてもう何かあったのか？」

ブーンが焦った声を出す。

「定期チェックの時に研究室から盗聴器が見つかって今セーフハウスに避難してるとこだ」

「そ、そうか……よかった。いやあ、相変わらず真面目だな。お前のまめさに感謝だ」

「で、結局なんだったんだ？」

聞けば南雲の仕事は現代の通信技術に必須の暗号化システムの根幹に関わるものらしい。

「まあ、お前は分かんないだろうから詳細は省《はぶ》くが、今使われている仕組みは優れたものではあるんだけど、もうちょっと量子コンピューターが発達したら一瞬で破られるようになっちゃうかもしれないって言われてたりもするんだ」

しかし、南雲の考案した方法を現行のシステムと組み合わせることで、飛躍的《ひやくてき》に安全性を高められるそうだ。

「つまりめちゃくちゃ金になるし、役に立つってことだ。ナグモの研究はそれだけを見ても、相当詳しい人間でもなければ何の役に立つかは分からないと思う。だから研究自体はそこまでちゃんと秘匿《ひとく》されてるわけじゃなかった。けどその先の応用はもう……ちょっと見たことねえよ、あんな厳重なのは」

ブーンはそれに挑み情報を得るのに成功はしたものの、今まで追われて隠れていたらしい。

「あの会社、聞いたことのない名前で出来立てほやほやなのに金回りはいいし妙だなと思ったら、中身は俺の古巣の元同僚ばっかじゃねえか」

つまり政府が関わっているということか。

「なんだか悪かったな、もう大丈夫なのか？」

「ああ、俺を誰だと思ってんだよ。いや、こっちこそ悪かった。お前に警告だけでもしたかったんだが、逃げるのに手一杯でな。ったくよ、ナグモを守る側から頼まれたんだっつーのに酷い目に遭ったぜ。なんだあの悪意に満ち溢れたセキュリティは！　なのにナグモが狙われたってことは結局テロリストにはどっかからばれたってことじゃねえか。労力つぎ込むとこ絶対間違ってるだろ。だからあそこは駄目なんだ」

ブーンは凄まじい勢いで前の職場の悪口を言い始めたが、はっと我に返った。

「あ、すまん。まあ、でもこんなの久しぶりだよ。ちょっと楽しかった……ナグモのアイディアが証明されたら世の中変わるよ、たぶん良い方に。完成を阻止するとか、権利を横取りするためなら、いくらでも金出すって悪い奴が山ほどいるだろうな」

それは南雲の暗殺や誘拐を目論《もくろ》む輩《やから》が現れてもおかしくない、ということだ。それこそ資金を欲するテロリストに大金を積んで依頼してでも。

「それで、たまたま付いたボディーガードが凄腕のお前かよ、やっぱ持ってるなあ、ナグモ。ははは、心配し過ぎて損したぜ。おかげでこっちはわり食っちまった」

ブーンは疲れを滲ませて笑った。

「いろいろありがとな。お前が捕まらなくて本当によかったよ。あとで請求書をくれ」

「気にすんな。あ、ところで難攻不落のナグモとは仲良くなれたのか？」

危険が去ったわけではないのに、思わず浮かれた笑い声が出てしまった。

「ああ！　なった。すごく」

場違いなほど明るい返事に、電話の向こうでブーンが面食らったのが分かった。

「詳しく聞きたいか？」

「い、いや、いい。なんか怖えぇし」

「そう言うな。今度聞いてくれ……あれ？」

切られた。怖いだと？　失礼な奴だ。

翌朝、南雲はなかなか起きてこなかった。寝付けずに遅くまで仕事をしていたのだそうだ。昼近くになってようやく目を覚まし、傍に控えていたボディーガードを見て幸せそうに笑った。顔は少し浮腫《むく》んでいるが、すっきりした表情だ。

南雲と共に食事を取っていると雇い主から連絡が入った。予定が変更になり、明日には人員を追加してもらえることになったらしい。

次の日の午後には屈強な傭兵が三人やってきた。これで自由に動ける。南雲の警備を残り二人に任せ、爆発物に詳しい者を連れて、研究所に置いたままの南雲の車を確認しにきた。

——やっぱ持ってるなあ、ナグモ。

ブーンの言っていたことが妙に引っかかる。南雲が言い出してくれなければ、あの段階で防弾仕様車を使うという判断が、はたして自分にできただろうか。なんとなく予感めいたものがあった。立ち入り禁止のテープの向こうに車がある。

元爆発物処理班の傭兵は車を見て口笛を吹いた。

「ビンゴだ、アキラ」

南雲の車には爆発物が仕掛けられていた。

天を仰ぐ。南雲が勇気を出して車を替えようと提案してくれなかったらと思うと寒気がした。毎回点検しているとはいえ、あの時は気もそぞろだった。今ほど南雲がテロリストに狙われていると確信していたわけでもなかった。見落とす可能性は十分にあった。

「はは、本当だ。持ってるな」

早めに確認に来て本当によかった。付近に人が通りかかった時に爆発することがなかったのはラッキーだったとしか言いようがない。

結局、機動隊が出動する騒ぎになった。

その後セーフハウスに帰り、待っていた南雲と残りのメンバーに顛末《てんまつ》を報告した。

もう冗談では済まされない。爆発物まで発見されたとなれば南雲の警備はますます厳重なものになるだろう。

だが、雇い主の言い分は違った。現時点では十分な警戒が必要だが、近いうちに警備自体が必要なくなる、とのことだった。

「どういうことだ？」

三人の傭兵達とともに送られてきたメールを見ながら訝っていると、南雲が遠慮がちに声を上げた。

「あ、それ、たぶん僕のせいだ」

全員で振り返る。

「実は、僕の仕事はもう終わったんだ」

「え!?」

「も、もちろん実用化にはまだ時間がかかるけど、僕ができることはもうないんだ。さっき連絡が来た。近日中に公表するって。そしたらもう僕を殺しても何にもならないって、僕を狙ってる人達にも分かるだろ」

口が開いた。

「あ、み、みなさん、本当に僕なんかのために……ありがとうございました」

南雲は慌てたように深々とお辞儀する。この国に来る前にお辞儀にはお辞儀で返せと教育でもされたのだろうか、新入り達もつられたように頭を下げた。

「僕は本当に物知らずで、自分の仕事がどれほど危険なのか、最近までよく分かってませんでした。でも深見さんが来て、僕は数学以外のことも知りたいと思うようになった」

じっと見つめられてどきりとした。他のメンバーもみな南雲の視線を追ってこちらを見る。やめろ、お前らは見るな。

「テロリストのことも少し調べました。誘拐ビジネスってあるんですね。金になるならなんでもありなんだな。僕が早く仕事を終わらせたら危険もなくなるし、頑張らなきゃって思ってた。でも、なかなかアイディアがまとまらなくて……けど、そ、その」

南雲は頭を搔いて、真っ赤になった。

「一昨日の夜に急に……えっと……なんて言ったらいいかな……天地がひっくり返るような、い、今までの人生で、一番、う、うう、嬉しいことがあって……あ、頭がわーってなって、そしたらどんどんアイディアが湧いてきて……へ、変に頭が冴《さ》えて……ははっ」

一昨日？

「……っっ」

気付いて顔が熱くなった。夜遅くまで仕事をしていたというあれは。まさかあの後、一晩で研究を仕上げたというのか。

急にそろって茹蛸《ゆでだこ》のように赤くなった護衛対象とボディーガードに、新入り達はぽかんとしている。訳が分からないのだろう。頼むから一生分からないままでいてくれ。

「お、おめでとうございます。ああ、くそ……まいったな」

なんとかそれだけ言う。脂下《やにさ》がった顔を晒さないように手の平で顔を覆い必死で渋面を作る。

「う、うん、ありがとう。深見さんの……深見さんのおかげだ」

南雲は愛情と敬意を目いっぱい込めてこちらを見上げている。誇らしげに細められた瞳が自分だけを映して微笑んでいた。

南雲さんが何を考えているか分からなかったなんて、俺は本当に一体何を見てたんだ。

こんなにも雄弁な視線を自分は他に知らない。

くそ、今すぐ二人っきりになりたい。どうしてまだ俺は仕事中なんだ。

「ええと、事情はよく分からんが、ミスター・ナグモおめでとう！　よかったですね」

傭兵達は呑気に拍手した。

「短く済むならこっちもありがたいですよ。あらためてよろしくお願いします」

数日後、正式に南雲の研究成果に関する発表が行われ、次第に事の重大さが知れ渡り世界中が大騒ぎになった。仕事中に大々的な報道があったせいだろう。数学者と聞いてもさほど関心はなさそうだった新入り達も、護衛対象が世界的に著名な人物だということを知って、口笛を吹いた。握手とサインを求め、大はしゃぎしていた。

先日の爆発物騒ぎと併《あわ》せて世間は盛り上がっていた。あの忌々しい番組も再放送されていた。南雲の研究室や自宅には報道陣が詰めかけたが、幸い空振りに終わったようだ。

報道番組に成一が出演しているのを見た。成一にセーフハウスの場所は伝えてあったので、いつリークされるかと気が気ではなかったのだが、結局この場所を突き止められることはなかった。弟の使っていた車に爆発物まで発見されたのだ。成一も何か思うところがあったのかもしれない。

南雲は警察の捜査により研究所が閉鎖され、職員が負担を強いられたりしているのではないかと心配していたが、ありがたいことにそのような事態にはならなかった。天羽からのメールによれば研究者達を辟易《へきえき》させたのはむしろマスコミの強引な取材だったらしい。

警察の事情聴取と安全確認が済んだ後、南雲は普段通りの生活に戻ることを許された。片付けなどのために南雲は数日間の休みを申請したようだ。

研究室では天羽が待ち構えていた。

「心配したよ。深見さんも大変だったみたいじゃない」

「お騒がせしまして」

「ところで南雲くん、あのクソ兄貴となんかあったの？　すっかりしおらしくなっちゃって、いい子でお留守番してたみたいよ」

「うん……ちょっとね」

「ふうん、それよりおめでとう！　お疲れさま。ようやく普通の仕事に戻れるね。にしても、ずいぶん急に進んだね。前に進捗聞いた時には、まだまだかかる、って言ってたのに」

「あ、う、うん……」

南雲は赤くなっている。天羽は何かに気が付いたのか南雲の後ろに控えているボディーガードを興味深げに見上げた。相変わらず勘が良過ぎて嫌になる。

「はあん、そっか、そういうね……っくくく、あははは！　やだ、若い！　南雲くん」

しかもかなり正確に何があったのか見抜かれている。だが南雲はきょとんとしていた。

「え？　同い年でしょ僕ら……」

違う、そういう意味ではない。

「そうね。うんうん、ごめん。いやあ、よかったね。なんかお祝いしたいなあ」

「やめてください天羽先生お願いですから」

「深見さんは南雲くんのミューズなんだ……あ、もう帰るよね。ゆっくり休んで」

南雲の自宅へは、不審物の点検などのために一人で何度か戻ってはいたが、二人で部屋に戻るのは盗聴器が見つかって以来だった。荷物を運び入れて窓を開け、空気を入れ替える。

閉め切って生活していたので窓の外の風景が新鮮だ。向かいの高層マンションの背には青い空と入道雲が見える。いつの間にか夏も盛《さか》りだ。桜が舞い散る時期にこの国へやってきたのが遠い昔のことのようだ。

久し振りに二人きりだ。目が合ったので微笑みかけると、南雲がもじもじし始めた。

「あ、あの、深見さん」

「なんですか？」

「ほ、他のボディーガードの人達は、帰っちゃったね」

深刻な脅威は去ったとみなされ、彼らは昨日正式に任を解かれて帰っていった。

「……深見さんは、いつまでいてくれるの？」

あえてそれには答えてやらない。

「仕事自体は俺も昨日で終わりました。もう護衛はしなくていいそうです」

南雲は泣きそうな顔になった。部屋で二人きり、ベッドもあるというのに、南雲は頬を紅《こう》潮《ちょう》させて唇を震わせ、全身で欲しいと訴えながら自分に指一本触れない。

俺を閉じ込めたいんじゃなかったのか。

南雲は目の前の人間が今ここにいる意味を全く分かっていないらしい。

もちろん、ただ荷物運びを手伝うためにここへ来たわけではない。

立ち上がり無言で部屋中の窓とカーテンを閉める。冷房をいれ、設定温度を下げる。南雲は慌ててついてきた。忙しなく動き回る自分をおろおろしながら見ている。任務を終えたボディーガードが帰ってしまうと思っているようだ。立ち止まり、笑って南雲を振り返った。

「南雲さん、俺は言いましたよね。この間、今は仕事中だから、って」

「え……？」

「あの時だって俺は我慢してたんですよ。仕事中だったから」

セーフハウスでの晩のように、汗ばんだワイシャツの張り付く背中を見せつけ、ゆっくり上着を脱いだ。ベッドに腰掛け後ろに手を突き、婀娜《あだ》っぽい仕草で顎を上げる。

南雲がごくりと唾を飲む。

そうだ、よく見ろ。

「俺はあれからずっと、この仕事が終わるのを待ってました。南雲さん、午前中に俺がシャワー浴びたのは何のためだと思います？」

南雲の息が次第に荒くなる。フーッ、フーッと微《かす》かに音がする。

「俺、今、完全なるプライベートなんですよ」

首元を緩めると、自分から漂うシャンプーの香りで、顔が自然と笑ってしまう。頬が熱い。熱を逃がそうと、はあっと息を吐く。

「南雲さん。俺は今、プライベートです」

その時、南雲の猫背がわずかに膨《ふく》らんだ。

「ん！　……ふっ」

次の瞬間には押し倒されていた。上から喰いつかれて舌を差し出す。南雲は苦しそうに目を閉じて眉を顰めている。必死だ。背中を抱き、南雲の後頭部を掻き回してやる。焦らなくても逃げたりはしない。

「あ……くっ」

ただ撫でられただけで、南雲は吐息交じりの爛《ただ》れた声を上げて崩れ落ちた。自分が組み敷いている男の厚い胸板に頬を寄せ、その感触に南雲の表情が緩む。だが腰まで密着した瞬間に南雲は真っ赤になった。

こっそり咽喉の奥で笑う。

南雲はジーンズ越しでもはっきりと分かるほど勃起していた。そして自分も。

何も言わずに目を細めて南雲を見つめ、涎《よだれ》まみれにされた下唇をほんの少しだけ舐めた。南雲は息を呑み、すぐにまた顔を寄せてきた。

「……ん」

唇が合わさる。攻め入りながら相手を迎え入れ、距離の近さや吐息も楽しむ。首にかじりついて激しく舌を絡ませた。

腰を寄せると、ぴったりと隙間なく触れ合うには邪魔になりそうな重たく突っ張った二本のそれが、よりいっそう存在感を増す。互いに互いの膝を割り、腰を蠢かして、ねっとりとした深い鍔《つば》迫《ぜ》り合いを何度も繰り返す。脱いでもいないのに、うっかりしていると南雲に腹を突かれ、股を抜けたものに会陰を擦られた。そのたびに南雲のそれは、さらに硬く熱くなっていく。

ベルトに手をかけられた。

「ははっ、どうぞ」

許してやると、いつもの南雲からは考えられないほど乱暴な手つきでスラックスを毟《むし》られる。

目の前にある南雲の滑らかな首元に誘われて、いたずらを仕掛けた。喉仏の浮き出た白い首に唇を落とす。こうして触れたいと何度思ったことだろう。

「あっ……ふ、深見さんっ……そんなことされたら脱がせられない」

困ったような声を上げて南雲が手を止めた。視線を落とすとシャツのボタンにかけられた南雲の長い指も目に入る。中指と薬指の間をそっとなぞった。

「いいじゃないですか、南雲さんの髭を剃ってる時、俺ずっと触るの我慢してたんですよ」

指を絡めて囁くと南雲が動きを止めて、俯いた。

「僕なんか……深見さんといる時は、いつだって我慢してたよ」

その言葉に目を丸くする。言うようになったじゃないか。笑って両手をホールドアップした。

「オーケー、降参です。脱がせてください」

何もかもはぎ取られた。南雲も全裸だ。だが南雲は滑稽なほどいきり立たせているくせに、ぼうっと突っ立ったまま動かない。

待ちきれず自ら横になる。裸の背に触れる乱れたシーツの感触に、生々しい期待が込み上げた。枕の方へずり上がると、その動きで立ち上がった陰茎が間抜けに揺れる。

「触ってくれないんですか？」

両腕を上げて頭の後ろで組み、片膝を立てて、さりげなく脚を開いた。南雲に流し目を送る。

自分でも呆れるほど焦《じ》れていた。南雲はそれでもまだ、じっとしている。

おい、さっきまでの勢いはどうした？

余裕の笑みを浮かべて相手を誘っていたはずが、無表情な南雲に焦りが生まれる。前髪に隠された南雲の目元は見えない。

まさか、ここまできて、やっぱり無理、か？　冗談じゃないぞ。

ちらりと南雲の股間を確認する。

いや、ちゃんと勃《た》ってる、が……ならどうして、こっちに来ない？

一度立ち止まってしまうと、急に居た堪れなくなってきた。自分が酷く滑稽に思えてくる。

大の男が何をやっている？　正気か？　と自分を客観視し始めてしまう。

先ほどまでの自信満々な態度を、破廉恥《はれんち》なポーズを、もう後悔し始めている。

全ては自分の勘違いで、南雲は自分のことなど何とも思っていないのではないか、そんな後ろ向き過ぎる考えまで頭をよぎる。

嘘だろ。こっちはもう準備万端なんだぞ？　馬鹿みたいじゃないか。

耐え切れず、目を逸らした。南雲の顔を見るのが怖い。

自然と唇が二の腕に押し付けられる。手が汗でべた付いている。仕事で男を誘った時のことを思い出して落ち着こうとしても、全く上手くいかなかった。

眉根を寄せて息を吐くと、胸筋が大きく浮き沈みする。視界の端で動きに合わせて南雲の視線が上下した。その仕草に望みを懸ける。

ほら、俺が欲しいんだろ？　何してんだよ。

「もう、我慢しなくていいですよ」

我慢できないのは俺の方だ。

「俺に嫌われそうなことでも」

がっついて嫌われそうなのも、もしかして俺の方か？

「したいこと、なんでも」

これを南雲に対して言うのは二度目だ。今思うと、なんという台詞だろうか。あの頃から無意識に誘っていたのかもしれない。期待と不安で喚《わめ》き散らしたいのを堪えて南雲に手を伸ばす。

そうだ。俺はずっと待ってたんだ。今さら取り上げないでくれ。

南雲の頬に指先で触れた。本当は腕を掴んで無理やり抱き寄せたい。だが、南雲に求めてもらわなければ意味がない。

なあ、頼むから。

「……っ」

願いが通じたのか、南雲は怒ったように息を吸い込むと、勢いよく圧し掛かってきた。切羽詰まった南雲の様子に気圧《けお》されながらも、阿呆みたいに浮かれた。

なんだよ、おどかしやがって。そうそう、それでいい。

だが、南雲を抱きしめて安堵を味わう間もなく、両手で胸筋を掬い上げられた。

「お？　ん……っ」

たぷったぷっと弄ばれる。なんでもしていい、とは言ったが、今度はいつもの態度との落差に狼狽えた。南雲がうわ言のように呟く。

「はあ……深見さん……っ……おっぱい……すごい……おっきい」

「な……っ!?」

あまりの言いように絶句した。

その隙に骨ばった白い指の間で乳輪が引き延ばされる。かと思えば挟まれた。直接触れられないままの中心は、虐められれば虐められるほど頑固になり、生意気そうに、つんと尖っている。先端に焼けつくような視線を感じる。寄せた肉の山の頂《いただき》、日焼けした肌の中で赤みを帯びて震えるそこを、ぱくりと食べられた。育てられて敏感になった場所を濡れた熱い唇に包まれる感触に咽喉を反らす。

「は……んっ!」

ようやく触れられて嬉しいはずなのに、妙に頼りない震えた声が出て、羞恥《しゅうち》を煽《あお》られた。南雲は思ったよりもずっと性急に求めてくる。

南雲の薄い唇が浅黒い肌に沈んだ。硬くしこって、いきがる乳首を容赦なく舌先で嬲《なぶ》られる。右に左に倒され、乳輪ごと甘噛みされ、ちゅうっと音を立てて吸われた。削り取らんばかりだ。

「あっ……く」

勝手に腰が浮き上がった。胸だけをこんなにされては、さすがにつらい。

反撃しようと南雲の股間に手を伸ばし、張り詰めて先走りを零しているそれを撫で上げた。

「ひんっ」

南雲は小さく悲鳴を上げてのけ反る。素直な反応にほっとした。やっと唇から解放された乳首は、しつこく吸われたせいか赤く腫れあがり、唾液に塗れて光っていた。だが、自分でやめさせたくせに、今度は濡れて冷えるそこが寂しい。乳首だけではない。どこもかしこも寂しくて堪らない。もっと息もできなくなるほど触れ合いたい。

無意識に強請《ねだ》るような視線を送っていたようだ。南雲は視線に気付くと犬歯を見せて笑った。

「……ッ！」

その獰猛《どうもう》さに煽られた。荒い仕草で南雲を抱き寄せ、腰の間に両手を入れて二本まとめて握る。手の中で暴れ出しそうなほど硬く弾力に富み、ぬるぬるしたそれらは、捕まえておくのすら一苦労だ。どう考えても寄り添うようにはできていないのに、擦り合わせずにはいられない。

互いの荒い息が鼻先や唇にかかった。

「あ……はあっ……ん、んう」

吐息に誘われて唇を求めるが、下半身への刺激に抗《あらが》えず、腰が揺れて何度も離れそうになる。舌先だけが触れ合っては、すれ違う。焦れた南雲に後頭部を押さえられ、歯が当たった。口の中を思うさま犯される。その合間に南雲が肩の傷跡をそっと指でなぞった。声が抑えられない。

「んっ……あっ……はっ」

弱った喘《あえ》ぎ声を聞いた南雲は、口付けを止めないまま、今度は尻に手を回してきた。じっとりと物欲しげに腿の側面から臀部を撫でる手つきは明らかに目的を持っている。

この男は今から自分を奪おうとしているのだ。それが、はっきりと分かった。

かっと身体が熱くなる。

もはや陰茎を扱《しご》く余裕もない。助けを求めて南雲の首に両腕を回して縋り付いた。すると畳み掛けるように、首筋や耳を食《は》まれ、余計に追いつめられる。

「……んっ、意外だな……上手だ」

実を言えば、それどころではないのだが、強がって笑う。だが南雲はそれに気付かず、動きを止めると、気まずそうな顔をして白状した。

「し、調べたんだ……これも本とか、ネットとか……海で何の本を読んでるのか聞かれた時に、ばれたのかと思ってすごく焦った。あ、で、でも、実際のところは全然……だから深見さんの言う通りにするよ……駄目なことをしたら言って欲しい」

なんと、あの時からもうすでに。全く気が付いていなかった。

身体なんかいらないと言っていたこともあったくせに、とんだむっつりスケベだ。

なんだよ、やる気満々じゃないか。

「いろいろ調べてくれたんですね」

途端に気をよくする。にやにや笑いが止まらない。先ほどだいぶ不安にさせられた。多少調子に乗ってしまうのは仕方ない。

「こそこそ隠れて、俺に内緒で？　俺とするのを想像しながら？」

南雲は申し訳なさそうに頷く。

「俺と、どうしたいんですか？」

勝ち誇った顔で、意地悪く見上げると、南雲は目を逸らして真っ赤になった。

「俺に抱かれたい？」

　すでに南雲の手付きが雄弁に彼の欲望の方向性を物語っていたが、敢《あ》えて尋ねる。南雲は口を真一文字に結んで答えない。止めを刺そうと唇を南雲の耳に寄せた。

「……俺に、挿《い》れたいんですね？」

　南雲は泣きそうな顔になって、もう一度頷く。汗ばんでほつれた生え際、引き結んだ唇、頬は真っ赤で、そして、むっとするほど濃い雄の匂いがする。

　そうだ。これが見たかった。

「ははは、実は俺も内緒で準備してました」

　無駄にならずに済みそうだ。鼻歌でも歌い出したい気分で身体を捻《ひね》った。うつ伏せになって手を伸ばしベッドの横に置いた鞄を漁る。期待していたのは自分も同じだと安心させてやろうと思ったのだが。

「ああ、あったあった……って、はっ！　……あっ……なっ……に!?」

　背中を見せた途端に尻を鷲《わし》摑みにされ慄いた。腿の付け根のあたりに濡れた感触がある。見ると南雲が尻に顔を埋めて口付けていた。内腿や会陰まで遠慮なく撫でまわされて、舌が際どい部分をかすめる。油断も隙もない。

「この、お尻、腿も……もう……っ……ずっと触りたくて」

　南雲ははあはあと荒い息を吐きながら夢中になって、ぐにぐにと尻を揉んでいた。今までよくも見せつけてくれたな、仕返しだ、と言わんばかりだ。

「は……んっ!?　……南雲さん……あっ！　ちょっと」

こちらの言う通りにすると言ったくせに、まるで言う事を聞く気配がない。

「ああ……深見さんのお尻だ……夢みたいだ」

「……っ」

馬鹿野郎。

その言葉にこちらも我慢が利かなくなる。南雲の顔に向かってコンドームを投げると、不埒《ふらち》な手から自由になった。

「わっ！」

「ったく」

ちくしょう。嘘だろ。こんな予定ではなかったのだが。

その隙に雑な手つきでローションを手の平の上に出す。ブチュッと飛沫が飛び散り、出し過ぎた分が少し床に零れた。そのままべちゃりと尻にのせる。じれったくなってボトルの口を直接肛門に突っ込んだ。少し冷たい。終わればボトルは脇へ放る。

「あ……んっ、くそ……っ……はあっ」

ぐっと尻を上げ二本の指を突っ込んで掻き回した。恥じらいをかなぐり捨てて最短距離をいく。中は熱い。腰を揺すって指の付け根までしっかり埋める。

ただでさえあまり丈夫でないパイプベッド、しかも端の方で巨体が動いたせいだろう。壊れそうなほどベッドが軋む。スプリングの上で身体が弾んだ。

「ん……あっ……く」

自分のものではない荒い息遣いが聞こえる。尻に吐息を感じる。

目の前には真昼の部屋の生々しい明るさと、シーツを乱す日焼けした自分の腕がある。思わず目を閉じた。ローションに濡れて開いたそこも、慣らす指も、南雲に全て見られている。

腰を反らせ腕を後ろに回し、両手で左右に拡げながら切羽詰まった声で呼んだ。

「南雲さん！」

「は、はい!?」

南雲が驚いた声を上げた。急に余裕をなくした自分を見て呆然《ぼうぜん》としていたのだろう。

「着けました？」

「え……あっ、ま、待って」

包みを破く音がした。南雲が使い方を正しく知っているかどうか一瞬だけ危ぶんだ。いや、どうせ調べているはずだ。南雲の装着を待つ間も後ろを解《ほぐ》す指は止めない。顎を突き出して首をべたりとシーツに押し付け、それだけで身体を支え尺取り虫のように尻を上げた。

「んんっ……ああ……はあ」

縁に沿って指を滑らせ、ぬめりを行き渡らせる。

指で触れるそこはあまりにも淫《みだ》らだった。自分の身体の一部とは思えないほど。入り口を潜《くぐ》れば、奥は危ういほどに柔らかい。かと思うと食い千切らんばかりにきつく締まる。単なる排泄器官から誘い込むための罠へと変化し、妖《あや》しく蠢いて口を開け、待っている。

「は……ん、……あ！」

ぬかるんだ後ろが空気を呑んでしまい、グプッとはしたない破裂音がした。それすら今は身体の芯に響く。乳首が尖り切ってわずかな空気の動きにさえも慄いている。出し過ぎたローションがだらだらと内腿に垂れてきた。陰茎が攣りそうなほど勃起している。

「着けたらもう……っ、挿れてくださ……っ」

指を引き抜いて四つん這いになり、掠れた声で強請った。

「も、もういいの？」

「いいから、早く」

尻を突き出す自らの動きにすら煽られた。南雲の目に今の自分がどう映っているのか想像すると恐ろしい。いや、どんな淫乱と思われても構わない。早くしてくれ。

南雲が息を呑む音がして、腰に手をかけられる。それだけで甘えたような吐息が鼻に抜けた。

「ん……はっ」

ひたりと灼熱《しゃくねつ》のそれが当てられた。つるりと丸く、重い。まだ入ってもいないのに、あまりの威圧感に怯んでしまいそうだ。ごくりと唾を飲むと、後ろの口も蠢動《しゅんどう》する。

「く……あ……んっ！　……あ、あ」

ついに入ってくる。痛みはないが、かなり太い。後ろはすっかり蕩《とろ》けているのに、とてつもなく大きく感じる。ぎりぎりだ。だが、確実に進んでいる。

「ん……深見……さんっ……ん」

「あ……う……っ！」

ずるっと太い部分を呑んだ瞬間に、前立腺を強く抉《えぐ》られた。身体が燃えるように熱くなり硬直する。いきり立った前がぶるりと震えて滴が落ちた。

「ん……ぐっ!?」

後ろで感じやすい方だという自覚はあったが、こんなにも強烈な感覚は初めてだった。性的快感は感情や状況に大きく左右されるものだ、というのは知っているが。

軽くイった？　モロ感ってレベルじゃないぞ。

「あ……うあ……っ」

指一本動かせずに震えていると南雲が気遣わしげに声をかけてきた。

「だ、大丈夫？」

「だいじょ……ぶ……ははっ……んっ、いいだけ」

首を捻ってなんとか南雲を見る。安心させたくて笑うと、南雲の顔から表情が消え、中のものがもう一回り大きくなった。

ちょっと待て。

間髪入れずに太い部分がさらに奥へ突き進む。

「ひっ……いっ！」

ごりっと押されて沈んだ前立腺が、カリが上を通り過ぎた瞬間に勢いをつけて浮き上がる。殴りつけられたような快感で膝が閉じそうになった。目の前がちかちかする。

「あっ……！」

だが脚を開いた四つん這いの格好では無様に腿が力むだけだ。それどころか腿の緊張で太い幹を食い締めてしまい、余計に深く味わう羽目になった。

「いっ……あ」

先ほどの衝撃がまだ冷めぬうちに追い打ちをかけられ、身体が勝手に痙攣《けいれん》する。けれど南雲の硬く大きく育ったものはこちらの都合などお構いなしに突き進んでくる。大量に使ったローションのせいか、滑りもよく、止めようとしても止められない。

「あ……あっ……あっ……」

嫌だ、もう怖い、と、もっと奥まで欲しい、の相反する二つの言葉が混乱した頭に交互に浮かぶ。思考が定まらず身体は強張り、結果的に穴を従順に緩ませて、ただ待つことになる。

「ひっ！」

ほどなくして、ずんっと身体の中で何かが無理やり真っ直ぐに引き延ばされるような感触があり、尻に南雲の腹が触れた。想定したよりも二割ほど深い。未知の領域にまで侵入を許してしまった恐怖と興奮で、ベッドに突いた手が震えた。

「深見さん……んっ」

南雲が腰を前後に振るたびに、にちゅっにちゅっと聞くに堪《た》えない音がして、ぎくりとするような強い快感が湧き上がる。どんなに拙《つたな》い動きのように見えても生み出す効果には少しも可愛げがない。奥を抉られ、いちいち背中が戦慄く。

「はっ……ひっ……あっ……っ……っ!?」

嘘だろ……こんなっ……聞いてない。

正直に言うと、舐めていた。なんだこれは。全く慣れられそうになかった。

突かれるたびに何もかも出してしまいそうになる。下手に動いたらとんでもないことになりそうだ。いつまた先ほどの衝撃が訪れるのかと思うと気が気ではない。破裂寸前の巨大な風船の傍で耳を塞《ふさ》いで震えているような気分だ。

「すごっ……な……これ、深見さん……んっ……出そ……くっ」

それなのに南雲は、いまだに情けなく硬直している自分を置きざりにして、行為を楽しみ始めた。次第にこつを摑み、ストロークを大きなものに変え、滑らかに腰をグラインドさせる術を身に付けていく。

南雲が抜けば、太い楔《くさび》をしっかりと食い締めてしまっている尻がついていこうとする。しかし南雲が腰を摑んでそれを許さないので、勢いよく引き抜かれる。

南雲が突き入れれば、苦しい異物感に力んだ背中が丸まって逃げようとする。だが、南雲は無慈悲にも腰を引き寄せる。尻の肉が潰れるほど叩きつけられた。

「あっ！　……あっ……あっ！」

激しい抜き差しに翻弄された。ガツガツ突かれて意識が飛びそうだ。涙と涎と鼻水が勝手に流れ出す。

「……はっ……っ……あっ……っ」

しかし強張る相手の身体に気付いたのか、南雲が苦しそうに動きを止めた。

「深見……さん……？　本当に大丈夫？」

後ろから頬に触れられ、促されるまま、ぎこちなく振り返る。南雲は獣欲に目を血走らせ、それでも心配そうにこちらを窺っていた。

なんだ、その顔は。こちらから強請ったのだ。好きにすればいい。しかも相手は殺しても死にそうにない頑丈な大男、気遣いはいらない。

「だ、だいじょぶ……です」

だが南雲は答えを聞いても動きを再開しようとはせず、ふいに表情を和らげた。切れ長な瞳が優しく潤む。状況も忘れてどきりとした。涙を拭われ、硬い結び目を解くように指先で唇に触れられた。気が付いた時には、その指に吸い付いていた。

「ん……ふ……っ」

舌先を指で優しく愛撫《あいぶ》される。唾液が顎まで滴《したた》り、髭を濡らした。途端に繋がった二つの場所がじんと甘く痺《しび》れる。かあっと頬が熱くなった。

「気持ちいいね、好きな人に触るのは本当に気持ちいい。急いで……っ、ごめんね」

南雲は苦しそうに息を吐いて目を閉じる。そして、ゆっくりと抱きしめられた。

触れられるだけで幸せだから、無理をするなとでもいうように。

「ん……身体がない方が楽でいいなんて、絶対違うね、身体があってよかった」

南雲が呟いた。そういえば自分も真逆のようでいて、同じようなことを思っていた。

痛みに敏感になっても、いいことは何もない、なんて。

今も強がって南雲に待てとは言わず、過ぎる快感への怯えを無視しようとした。打たれ強さだけを頼りに生きてきた。それが当然だろうと思っていた。

けれど南雲は待っている。きっと本当に許されたと感じるまで、いつまでも待つのだろう。つらそうに前を硬く屹立《きつりつ》させたまま、小刻みに震えているくせに。性行為自体が初めてで、きっと自分よりも余裕はないはずだ。それでも、肉体的には自分よりもはるかに頑強《がんきょう》な目の前の大男を万が一にも傷つけないように、我慢して。

言うことを聞く気配がない、か……とんでもなかったな。

南雲の頬がそっと背中に触れる。震える指がわき腹を宥める。大の男相手に、むずかる子供をあやすような触れ方だ。いい子だ、大丈夫だから、と。

だが、そんな扱いに、泣きそうなほど安心している。自分の他愛のなさに狼狽えた。

「っ……らぐ……も……はん……おえ……」

指を咥《くわ》えていては話せない。名残《なごり》惜しげに南雲の指を吸ってから口を離す。

「南雲さん、俺……嘘……言いました……」

「うん……」

「大丈夫じゃ……ないです……痛いわけじゃないけど、……ちょっと怖かった」

そういえば、前にも言ったな。怖いって。

南雲に出会う前の人生で、自分は他人に対して素直に弱音を吐いたことが一度でもあっただろうか。それなのに南雲に対してはもう何度も言っている。「怖い」も「つらい」も「痛い」

も。苦笑して付け足した。

「……んっ、ちょっとだけ……ですけど」

自覚した瞬間に張り詰めていたものが緩んだ。ずぐずぐと溶けてしまいそうになる。鼻の奥が痛い。目頭が熱い。誰かに心を開くというのは恐ろしいことだ。

こんなのあんまりだ。酷いじゃないか。

こんな快楽に逆らえる人間がいるのか。きっと自分はもう南雲の前では何も鎧《よろ》うことができない。弱い部分を全て晒して、いくらでも無防備になってしまう。

南雲は絶対に自分を傷つけないと、何の根拠もなく信じている。

だが、それでいいのだ。弱くてもいい。怖がってもいい。慈悲に縋っていい。甘えていい。

南雲には全てを許した。自分だって、今は何をしてもいいのだ。

「うん」

南雲が微笑んだのが声だけで分かった。身体が歓喜で震えた。

俺はこの男のものだ。そして、この男は俺のものだ。

「ゆっくりする……大丈夫だよ、深見さん」

「な……ぐもっさ……はあっ……んっ……く！」

気が付くと身体から一切の余計な力が抜けていた。南雲を貪ろうと腰がひとりでに蠢く。固く閉じていた蕾《つぼみ》が開いて、大輪の花が咲き零れるかのごとく、快感が溢れて止まらない。慣れることなどできないと思っていたのが嘘のように、下半身が柔らかく解れ、素直に南雲に服従し、甘えだす。その誘惑に耐えかねたように南雲も恐る恐る再び腰を使い始めた。

「おっ……あっ……っ……ん！」

　鼻にかかった甘い喘ぎ声に煽られたように南雲のリズムも速くなる。正直過ぎる自分の声が恥ずかしくなり、なんとか抑えようとするが無理だった。ギチュッガチュッと惨《むご》たらしい抽挿に相応《ふさわ》しい音が身体の奥から聞こえてくる。衝撃が骨まで響く。

「……っ……ひん……あっ……はっ」

　突き込まれるたびに南雲に押し出されるようにして、快感に蕩けた声が出てしまう。南雲のそれが中を抉るのに合わせて、張り詰めた前がぶるんぶるんと逆らえずに揺れる。まるで指を差し込まれて操られるパペットだ。

「……あっ！　んっ」

　腰に無遠慮に食い込む指の感触、尻への重い打撃、会陰にたぷたぷと当たる少し冷たい南雲の陰嚢《いんのう》も、何もかもが恐ろしく悦かった。

「く……っ……痛くっ……ない？　……深見さん……」

「す……すげえ、いいっ……ですよっ……んだよ……これっ……くそっ……うっんっ！」

　それを聞いた南雲の動きがさらに速く、深く、強くなる。

「ひっ……！」

　一突きで腕から力が抜け――。

「ぐっ……」

次の一突きで、かくんと肘関節が折れた。

歯を食い縛っても涎が落ちる。南雲が欲しい。だが南雲の猛攻が求めるものを遥かに凌《しの》いでいた。望んでいるのに無理やり暴かれているかのような倒錯《とうさく》した悦《よろこ》びに腰が溶けそうだ。

優しさで拓《ひら》かれた身体を、今度はどこまでも荒々しく蹂躙《じゅうりん》される。

「く……ぐっ……ふっ……っ……っっ！」

ついに声も出せなくなった。腰を高く掲《かか》げ味わうだけで精一杯だ。肘も突いていられなくなり、尻だけを南雲に捧げて泣き伏すように蹲《うずくま》る。頬をシーツに押し付けて、なす術もなく涎を垂れ流し、それでも南雲を貪ろうと腰が蠢く。

どこもかしこもぐったりとしているのに、陰茎だけは力強く反り返り滑稽なほど大きく揺れてビタンビタンと腹を叩いている。

「うっ！　……っ……んっ……っ」

「深見さん……深見さん……ああ……」

汗ばんだ熱い身体を背中に感じる。南雲が腰の動きを止めずに覆いかぶさってきた。優しい仕草だった。遠慮なく腰を叩き込み、ドチュッドチュッと生々しい音を響かせている人間がやっているとは思えない。胸に腕を回されて抱きしめられた。

温かい、そう思った瞬間だった。

「……っっっ!?」

せり上がるような大きな波が押し寄せた。先ほどと似た感覚だが、今回は比べ物にならないほど激しい。快感で目の前が白く爆ぜた。

「あ……あう……うっ……ふ……っあ、……あ……っっ！」

身体の一番深い部分がもがき苦しむように収縮した。南雲を締め上げ咀嚼《そしゃく》しているのが分かる。反射的に身体が暴れそうになるが、南雲に強く抱きしめられ、動けない。

「か……は……っ」

どこへも快感を逃がせずに、全て受け止めさせられた。身体が反って、そして丸まる。息ができないのに、無理やり深呼吸しようとしたら、たぶん誰でもこうなるだろう。

「く……っ」

南雲も腰の動きを止めて、果てた。

「ん……んん……あ、あ」

己の後ろが嚥下《えんげ》するような、はしたない動きをしている。今のがもっと欲しい、と駄々をこね、なぜその熱いものを注いでくれなかったのか、と避妊具を装着した南雲の陰茎を詰っている。

ジュポッと音を立てて引き抜かれた。それを合図にやっと呼吸ができるようになり、ぜいぜいと荒い息を吐く。抜けてしばらくしても孔《あな》は閉じずに、はくはくと喘ぐように開閉を繰り返している。自らの肛孔の動きを意識した瞬間に、快感の余波がどっと押し寄せた。

「んっ!?　……う、あ」

もうそこには何もないのに、愛される悦びを覚えた場所が戸惑ったように悶《もだ》えている。重たい絶頂の余韻《よいん》がなかなか消えない。わずかな身じろぎもつらい。今度こそ腰からも力が抜け、崩れ落ちた。

「……んっ……」

力の入らない身体を、やっとの思いで動かして仰向けになり南雲と向き合う。

南雲は精液のたっぷり入ったコンドームを着けたまま、根元を押さえておろおろしている。

だが、ぐったりと寝そべって荒い息を吐いている恋人に目を留めると、股間を押さえた間抜けなポーズのまま、ぼんやりと口を半開きにして見惚《みと》れた。

素直なものだ。あまりにも分かりやすくて照れてしまう。見惚れられる、というのはなんと気分がいいのだろう。また図に乗ってしまいそうだ。苦笑してベッドサイドに置いてあったティッシュペーパーを渡してやった。

「はい、どうぞ」

「あ、ありがと……」

処理を済ませた南雲は隣に戻ってきて、先ほどまで揺さぶっていた男の股間に目をやる。先端はとろとろに濡れて割れた腹筋を汚しているものの、いまだ十分に漲《みなぎ》っている。

「つ、つらくない……？」

「あ……ああ、これですか？」

調べた、とはいってても一般的なやり方や注意事項だけしか知らないのかもしれない。

「まあ、こんなもんです。ちゃんとイきましたよ」

「イった？　って……？」

「あー」

説明が難しい。南雲の知識はどの程度なのだろう。自分もドライオーガズムにしっかりと達したのは初めてなので、南雲に講義ができるほど詳しいわけではない。自分の体験が一般的なのかどうかも分からない。だが先ほどのそれは凄まじかった。知識としては知っていたがこれほどとは。まだ腰が甘く痺れている。

「ええと、すごくよかったってことです。先人たちが自慢げに語るのも頷ける。南雲さんは？」

「……き、気持ちよかったなんてもんじゃ……なかったよ。深見さんがすごいって本当なんだね。いや、僕は他の人は知らないけど……」

南雲は真っ赤になって目を逸らした。

「そりゃよかった」

にやっと笑って答える。

「っていっても、俺も男と最後までしたのは初めてでしたけどね」

たっぷり十秒ほど間があった。

「…………は？」

南雲の反応も無理はない。堪えきれずに噴き出した。自分だって、もしもこんなことを言われたら、とても信じられないだろう。

「ど、どういう……？　僕は読んでないけど、兄さんが持ってきたあの調査結果って……え？

ものすごい色仕掛けの達人で、いっぱい仕事で……いろんな人と」

「確かにそういう仕事をしてました。準備とか手慣れたもんだったでしょ？」

「う、うん……」

「でも、初めてなんですよ」

訳が分からないという顔をしている南雲を宥めるように抱き寄せて額にキスを落とす。笑いながら腕枕して隣に寝そべらせる。

「南雲さんのお兄さんの言う通り、俺はハニートラップが得意でした。ターゲットには男も女もいました。そういう仕事の最中、いざやろうってなった時に何も知らないし経験もないんじゃ説得力に欠ける」

下手をすると、その場でスパイとばれるかもしれない。そうなれば命も危うい。

南雲は怪訝な顔で頷く。

「どっちの役もできるよう、準備しておかなきゃいけなかったんです。俺はこう見えて真面目でしてね。馬鹿正直に一人で練習しました。いろんな道具を使って」

弱みを見せれば何をされるか分からないので、人に頼ることはできなかった。

「だから自分のいい場所も知ってるし、慣らし方も分かる」

幸い向いていたらしく、すぐに後ろで自慰《じい》ができる程度にはなった。

「で、準備万端で任務に臨《のぞ》んだわけですが」

今思い出すと笑い話だ。

「色仕掛けっていうのは、いかに自分とのセックスの値段をつり上げるか、なんです。男相手の場合は特にね」

要はこいつとセックスするためなら、なんだってする、という状態に持っていくのだ。当然ながら、あと一歩で同衾《どうきん》できそうだ、という時に最も効果を発揮する。

「たいてい本番をさせる前に目的が達せられてしまうんですよ。なので、俺はついさっきまで正真正銘《しょうしんしょうめい》の処女でした」

南雲は固まっている。

「お兄さんの持ってきた資料では俺はいろんな奴とヤりまくってた、ってことになってるでしょうね。なぜかみんな俺とヤったってことにしたがるし、俺も面倒だから訂正してないし」

唖然としていた南雲の顔が次第に緩み、むずむずと口角が上がる。嬉しそうに頬を上気させている。しかし何かに気が付いたのか、すぐにその顔が青くなった。

「う、あ……い、言ってくれればいいのに！」

冷や汗をかいている南雲に声を上げて笑う。がっついた自覚はあるらしい。心配しなくても南雲は十分過ぎるほどの丁寧《ていねい》な扱いをしてくれたのだが。それこそ、相手が初めてだと知らなかったとは思えないほどの。

「一応、言ってから始めようと思ってたんですけど」

甘い声で続けた。

「俺も、なんだかもう待てなくて……」

南雲は目尻を染めて慌てたように目を逸らした。

「ケツのよさは知ってたつもりでしたが、本番がこんなにいいなんて驚いたな。めちゃくちゃイかされましたよ。それとも南雲さんのが特別すごいんですか？」

南雲が首筋まで真っ赤になる。

「南雲さんはさっき俺の、これの心配してくれましたよね」

顎をしゃくって中途半端に硬くなったままの己の股間を示す。

「射精しなくてもイけるからですかね？　それとも相手が南雲さんだからかな？　俺、底なしみたいです」

見ると南雲のそれは、すでにいきり立っている。外見や性格からは想像もつかないが、おそらく南雲はかなり強い。しかもなかなか大きい。耳元に口を寄せて囁く。

「機密情報や、時には命と引き換えにして求められても今まで誰にもヤらせなかったけど、南雲さんにならいくらでも」

南雲の顎を取り、こちらを向かせる。その時、ようやく長い前髪の間から南雲の目が見えた。

「……！　ははは、すごい目だ」

南雲が目を逸らすのも道理だ。南雲は狼狽えたように口を戦慄かせたが、目は飢えて険《けわ》しいままだ。血走って、瞳孔は開き切り、ぎらぎらと光っている。まるであのトランス状態を見るようだった。いや、もっと酷いかもしれない。正気の目ではなかった。

先ほど動かない南雲に不安になっていた時にも、きっと同じ目で自分を見ていたに違いない。

こんな危険な目をした男を自分は必死で誘っていたのか。媚態《びたい》まで作って。

なんと命知らずな真似をしていたのだろう。

「たまんねえな……もっと俺のこと見てくださいよ」

南雲の腰を摑んでゆっくりと押し倒し、派手に音を立てて白い胸や腹に口付ける。荒い鼻息が南雲の白い清楚《せいそ》な臍《へそ》の窪みで渦《うず》を巻く。

「う……はっ……あっ……ふ、ふかみさ……っ」

切羽詰まった声を聞いて頭が沸騰《ふっとう》しそうだ。南雲の下腹部に犬のように鼻先を押し付けた。すでに自分の股間は張り詰めて限界が近い。前に屈んでも項垂れず、臍に付きそうなほど反り返っている。正直言って今すぐにでも思い切り扱きたいが、そうすると南雲を貪る手を一本減らさなければならない。それは嫌だ。我慢しよう。

南雲の匂いがする。柔らかな陰毛の感触に目を閉じた。すると瞼と鼻を弾力のあるもので叩かれた。濡れている。ゆっくりと目を開けると静脈の浮き出た薔薇《ばら》色のそれが焦点が合わないほど近くにある。すんなりとした白い身体には不釣り合いな、グロテスクに怒張《どちょう》した陰茎。

これがついさっきまで身体の中にあったのだ。一番奥の狭くて寂しいところに入り込まれて、あっという間に制圧された。そこはもはや南雲の領地だ。奥が留守中の主を求めて疼《うず》く。

その瞬間、いきり立った自分の一物のことを忘れた。

「はっ……ふ……んっ……んっ」

幹に頬を寄せてうっとりと舌を伸ばす。すぐにじれったくなった。

「んっ……んっむっ……ん」

ベッドの上で弾みながら慌ただしく四つん這いになり、口いっぱいに頬張る。えずいているわけでもないのに透明な唾液が大量に滴り、ぽたぽたとシーツに落ちた。頬の裏を押す硬さ、贅沢な太さ、その熱さに陶然《とうぜん》となった。じゅぽっと音を立てて吸う。

寂しいんだ。早く帰ってきてくれ。俺のご主人様。

根元に指を回し、陰嚢を握りこみ、二つの玉の感触を楽しむ。

ここが空っぽになるまで搾《しぼ》り取ってやりたい。

「ぐ……く……っ……んっ……」

苦しげな南雲の声に、自分ばかりが楽しんでいるのではないかと不安になった。南雲を咥えたまま犬のように顔色を窺う。

南雲は顔を真っ赤にして苦しそうに歯を食いしばっていた。視線に気が付くと痛いような優しい顔をして、こちらに手を伸ばしてくる。額《ひたい》の生え際に白い指が差し込まれ、頭と耳を撫でられた。

うっとりと目を閉じて震える。南雲の愛撫で忠犬としての理性は脆《もろ》くも崩れ去った。愛情と快感だけを追う何かもっと単純な生き物に身をやつし、どこまでも堕《お》ちてゆく。

亀頭を咥えて放さぬまま南雲の手に頭を擂り寄せる。自然と物欲しげに尻が動いた。張り詰めた前もつられて揺れ、腰が甘く疼く。幸福感と飢《き》餓《が》感が極まってどうにかなりそうだ。

「ふ……っ……は……んっ」

自慰も知らずに昂ぶりを持て余す発情期の獣のように、何もない場所に向かって股を開き、腰を突き出して低く唸《うな》る。犯してくれと。

「う……っ……くっ……むう……ん」

身体ごと大きく前後に動いて南雲を舌と唇で扱き上げ、喉奥まで迎え入れた。この優しくて強い雄をもっと喜ばせたい。そして、ご褒美《ほうび》が欲しい。

「あっ……はあっ」

南雲の声に気をよくする。苦しい。美味しい。こんなに楽しいことが他にあるだろうか。

ふいに大事なものをじっくり眺めたくなった。ちゅぽっと音を立てて口の中から出し、舌舐めずりする。

「んっ……あはっ」

口の端の涎をぺろりと舌で舐めて呆けたように笑う。張り詰めて唾液に塗れ、充血した愛しいそれ。自分にも同じものがついているはずなのに、どうしてだろう。こいつにすっかりやられてしまった。滴を零す鈴口《すずぐち》を尖らせた舌先で抉りながら、また亀頭を呑み込もうとした時だ。

南雲が身を引いた。

「……？」

何が起きたのか分からずに首を傾げる。ぼんやりと南雲を見ると、南雲は距離を取ろうとするかのように、しゃがんで前屈みになり俯いて荒い息を吐いていた。嫌だったのだろうか。

「どした……んっ!?」

だが次の瞬間に腰に思い切りタックルをかけられ、仰向けに倒れた。

「っ!?……あ、ぐあっ」

同時にはち切れそうに勃起したそれを強く握られて悲鳴を上げる。

「どうしたって……こんなの……無理だから、だよ！　決まってるだろ、すご過ぎ……」

南雲の怒ったような荒い声に、また不安になる。

「ん……くっ」

しかし貪るように口付けられながら陰茎を扱かれると、頭の中はそれでいっぱいになってしまう。だらしなく口角が緩み、目は虚ろになり、涎が溢れる。腰が勝手に揺れ、甘い声が漏れた。先ほどまでは南雲をしゃぶるのに夢中で放置していたというのに、もう今はそのことしか考えられない。今度こそ絶対に逃がすまいと、南雲の背中に手を回そうとした。

だが、またしても逃げられた。突然全ての愛撫が止む。

「も……もう無理、無理だ……無理」

呻き声に目を開けると、南雲が腰を押し付けようとするところだった。

「ああ……っあっ」

ぬるりと先端が入り込む。南雲はそのまま狂ったように腰を打ち付け始める。乾いた音が閉め切った室内に響き渡った。

「あっ！　……っあっあっあっ……っ……く……んっ」

ほんの数分前に出て行かれたばかり、けれどすでに主人の帰りを待ちわびていた。腹を空かせて涎を垂らす口に突然好物をねじ込まれ、悦びに悲鳴を上げる。

この熱さ、量感が堪らない。もっと酷く懲らしめてくれ。奥の奥まで嬲って欲しい。

無意識にパイプベッドの背もたれを両手で摑み、南雲を迎え撃つように腰を押し付けていた。目を閉じて思い切り乱れる。

「い……っあ……っ！」

自分で動いておきながら、衝撃にあられもない声が上がった。快感で意識が混濁《こんだく》する。

「く……」

もっとしっかりと南雲を味わおうと身じろぎした瞬間だった。達する寸前までたっぷり愛されたまま放置されていたそれから、粗相をしたかのように精液が迸《ほとばし》る。

「あ、うあ！　……んあっ？」

まだ出る。出てる。なんだこれは。

三度、四度、いやもっとか、白い粘液が飛び散る。身構えることもできなかった。止まらない。怖いほどだ。先ほど出せなかったせいだろうか。

仰臥位《ぎょうがい》で腰を上に掲げたまま大量に放出したので、割れた腹筋の上を白濁した液体が滝のように流れ落ちた。乳首まで白い滴に塗れて光っている。

「ん……うっ」

敏感に尖ったそこが、濡れて冷える感触で身体が震えた。喉を反らして悶える。

「は……あっ……ん……あ、くそ……出ちまっ……た……あ」

哀れっぽい声を上げ、顔を真っ赤にして腰を戦慄かせながら、南雲を睨みつけ理不尽に責めた。勝手に迎え腰を使ったのだから自業自得だが、あなたのせいだ、どうしてくれる、と。けれど、そんな我儘も今だけは許される。俺たちはセックスをしているのだ。

「ふ、深見さん……？」

南雲は目の前の光景に目を奪われ、口を開けて硬直していた。ごくりと唾を飲む音がして、中のものがぐっと大きくなる。しかし南雲は、はっとしたように言った。

「で、出ちゃったね……あ、い、一回抜いたほうが、いいかな？　そ、そうだ、ごめん！　コンドーム着けてなかった！」

南雲は荒い息を吐き苦しそうにしながらも、身勝手で堪え性のない恋人を気遣って、破裂しそうな勃起を引き抜こうとする。ドライオーガズムについての知識はあやふやなようだが、アナルセックスで受け入れる側が射精すると行為がつらくなる、という知識はあるらしい。男として「出した後はつらい」というのは、感覚的に理解しやすかったのかもしれないが。

「んっ……」

「あ！　ちょ、ふか……み……さんっ!?　なに……して」

下から突き上げるように追い縋り、南雲の腰を脚で捕まえる。南雲は目を白黒させた。

「抜かなくて……いっ……です」

「え、で、でも、いいの？」

「なんか……ん、全然、……あっ！　ふつ……に、きもちい……あっ」

　自分でも意外だが抜いて欲しくなかった。少なくとも行為を中断したいとは全く思えない。疼いておさまりがつかない。まだまだ足りない。離れたくない。

　今も、ほんの少し動いただけで、いよいよ張り詰めた南雲に、一度達して温まっている弱い所を刺激されて快感の火花が散る。

「あ……あ……あ……ふ……あっ」

　ベッドの柵を摑みながら無駄にある筋力を使って腰を浮かせ、身を捩《よじ》る。ギギッガキッと聞いたこともない音を立ててベッドが悲鳴を上げている。その激しい音に重なって、微かにぬっちぬっちと湿った音が響いている。

「はあ……ん……な……ぐもさっ……んっ」

　南雲の怒張を尻で咥えこむために、腰を蠢かす。出し切ってぐったりとしたそれを硬い腹筋の上で揺らし、全身で南雲を求めた。

「あっ……く……」

　自らの出した精液に塗れて、てらてらといやらしく光る身体をくねらせ、喘ぐ。闘うために鍛え上げたはずの身体を、今はただ卑猥《ひわい》なダンスを踊るために使う。

　全て中に収めると、下腹部が満足げに蠢く。挿れては出し、出しては挿れ。美味そうに呑み込み、引き抜かれる時には伸びてフジツボのように盛り上がり、必死で縋っている。下品な水音を立てて、好き、行かないで、ここにいて、と泣いている。

「あっ……んは……っ……すっげ、でかくて……がちがち、で……あっ……」

南雲は自分が犯している男の哀れな自慰行為、必死の求愛を呆けたように見ている。

「っ……これ、抜いちゃう……なんて……ん、じょ……おだん……だろ？」

そうだ、よく見ろ。俺を見ろ。

「んっ……なあっ……このまま……中……ダメ？　やだ？」

潤んだ目で見つめ、肉棒に縋り付きながら強請った。涙が一筋、頬を流れ落ちる。

「ね……お、おれ、へ……き、だから……んっ！」

南雲と目が合った。

ああ、これだ。この目だ。

「……たのむ……っ……ほしっ……」

南雲が俺を見る目、根っからの兵士である俺を、恋に狂った哀れな踊り子に変える目。

「ひ……！」

その瞬間に敏感な場所をぐしゃりと潰されるような感覚があった。

「……あっ！」

南雲が上から叩き込むようにして腰を振っている。

「あ、あ、あっ！　……んんんっ」

南雲の顔には一切表情がない。ただ目だけをらんらんと輝かせている。射貫《いぬ》かれた。

「う……んっ!?」

見惚れていると、腰を丸めさせられ尻の穴を天井へ向けさせられた。膝が顔の横に付きそうだ。結合がさらに深まる。

「ふ……あっ！　……うっ……んっあっ」

出し切って萎えたはずのそれが、いつの間にかもう完全に復活し、目の前で揺れて腹を叩いている。気を抜くとまた出してしまいそうな気がした。ひんやりした金属のベッド柵を握って必死で気を散らすが、南雲はそれすら許さないとでもいうように、さらに激しく突き立てる。快感に悶えながらも、自分のものとはいえ、目の前で揺れる砲身《ほうしん》にたじろいだ。今出したら、また身体や顔に、下手したら目に入る。

「んんんっ……っ！」

身を捩ると角度が変わり、もっと深くまで迎え入れてしまう羽目になった。

「ひっ……！」

南雲は少しの体勢の変化など気付かないのか、それとも獲物が逃げようとするのを本能的に感じ取ったのか、無慈悲にも変わらぬリズムを刻《きざ》み続けている。

「あ、そこ、やめ……ふか……あ、あ……く……うっ！」

やがてあの波がやってきた。感電したように身体が動かせなくなる。再びドライオーガズムに達したのだと頭の片隅で悟《さと》るが、南雲は止まらない。ぎゅうっと狭まるそこを何度も無理やりこじ開けられる。余韻を味わう暇も何もあったものではなかった。

「わ……ちょ！　イって……るって……いっ!?　……ん……んんんっ」

絶頂へのハードルは著しく下がっているのに、全く手加減してもらえない。回避も防御も許されず致命傷を喰らい続け、箍が外れたように繰り返し達してしまう。

「んあっ……おっ……はあっ……だっ……待て……っあ！　また……っ！　あああ！」

背を丸めた状態で叫ぶのは苦しい。それなのに声が出る。鳴くたびに腹が狭まって南雲をより大きく感じる。痛みはないが、あまりにも激しい。ゆっくりすると言ったのはどの口だ。

涎と涙を飛び散らせながら首を振った。快感に咽《むせ》び泣くしか能のない、ただの肉の筒《つつ》にされてしまう。絶望感とともに不思議な陶酔がある。頭が朦朧《もうろう》としてきた。

「ふ……あっ……へあ」

何か舐めたい。思い切り吸い上げたい。口の中にも南雲が欲しい。しかし与えられず、下の口にだけ嫌というほど食わされる。舌先が思うように動かない。南雲を求めて伸ばされた舌が虚しく空気を舐めて揺れた。南雲の視線を感じる。餌を強請る雛鳥のような、懇願《こんがん》の表情を見られている。だがそのまま放置され、ただ揺さぶられた。

「いあっ、あっあっ……らっ……あああっ！」

南雲の行為は長く、執拗だった。後ろで何度達したのかも分からないほど。それは南雲の手によりもう一度射精させられ、危惧《きぐ》していた通りに体幹ばかりでなく、瞼も鼻も口も自分で出した白い液体に汚されるまで終わらなかった。

「ふ……あ……あっ」

腰の中で南雲が震え、中が膨らみ、そしてわずかに緩む。その隙間を埋めて溢れるほど大量に注がれた。貪欲《どんよく》な下の口がようやく与えられたそれに歓喜し、嚥下しようと蠢動している。飲み干しきれない温かな精液が尻の割れ目を伝い、腰を濡らし、シーツに広がる。

「は……あっ……」

つま先を震わせて贅沢な感触を堪能した。

睫に滴る自らの精液に片目を瞑りながら南雲に顔を向けると、南雲はまだぎらぎらした目でこちらを見ていた。彼は欲望の手懐け方を知らない。

そうだよな、これで終わるわけがない。

うっすら笑って手を伸ばした。自分も、もうどこかおかしくなっているのかもしれない。身体の中まで精液塗れのこの状況に異常なほど興奮している。

荒い息を吐きながら険しい顔の南雲が近付いて来る。

「う……ん」

顔の雫を南雲に舐められた。言葉もなく目を合わせ、少し穏やかな顔に戻った南雲と互いの口を貪り合う。最中の口寂しさを埋めるように南雲の舌を求めた。

そうだ、これが欲しかった。焦らしやがって、酷い野郎だ。

「んっ……んっ」

当然ながら味がする。だがやめる気にはならない。口付けの間にも腰が次を求めて揺れてしまう。入れっぱなしのそれが動くたびに縁から粘度の高い液体が零れ、はしたない水音がする。

「ん、ん、……いっ……んあっ！」

俺も南雲さんも覚えたてだ。しかもずっと待っていた。

やめたくなるまで続ければいい。部屋に南雲と二人きり、冷房の効いた涼《すず》しい室内、清潔なシーツ、こんな贅沢はなかなかない。堪能しなければ損だ。

シーツはもう清潔でもないか。

ちらりと床を見ると先ほど放ったボトルが中身を零している。

床もだな。

南雲は少しでも雑念を抱いた相手を叱《しか》るように、精液で湿った乳首を指先で嬲り始める。

南雲の硬いそれが、もう中の敏感な部分を押し上げている。

「深見さん……こっち見て」

「あ……っ」

すっかり負け癖がついて、抵抗を諦めてしまった直腸が、太いものを頬張ったまま次なる絶頂に怯えてひくひくと震えている。

シーツどころか枕も何もかも汚してしまうまで、そう時間はかからなかった。


目を覚ますと日はすでに落ちていた。効き過ぎた冷房のせいか少し寒い。始める前に、これから激しい運動をするのだからいいだろう、と景気よく温度を下げたが、眠るには適さない。

南雲は胸にぺたりと張りつくようにして眠っていた。リモコンを探そうと起き上がると、南雲がしがみ付いてくる。起こしたかと思ったが、まだ寝ているようだ。無意識か。

そっと引き剝がそうとして笑ってしまった。乾いた体液で南雲と身体が張り付いていた。髪もべた付いている気がする。南雲にタオルケットを掛け直し、冷房を弱めてベッドを後にした。シャワーを浴びて出てくると、部屋着姿の南雲がシーツを取り替えているところだった。上半身裸で髪から雫を滴らせるボディーガードを見るやいなや、彼は動きを止めた。

「あ……深見さん」

先ほど上半身どころか尻の穴のその奥まで散々見ただろうに、初めて裸身を見たかのように頬を染め、ぼうっと霞《かす》みがかった目でこちらに見惚れている。南雲の手からマットレスが滑り落ち、ベッドフレームの上でバウンドして音を立てた。その音で南雲はようやく我に返る。

「わわっ！　……っと」

「ははは、手伝います」

もう何度目か分からないが、こんなにも簡単に見惚れてくれると、こちらも脱ぎがいがある。

「起こしましたか？」

「っ……！　だ、大丈夫……」

南雲は必死で間近にある裸の胸や腹から目を逸らしている。先ほどまでの荒ぶりようとは打って変わって、慎み深く自らを律している様子が微笑ましかった。

以前は南雲に目を逸らされるのがつらかったが、おそらく南雲が目を逸らす理由は出会ってからずっと変わっていないのだろう。その南雲が、恥じらいや自制心をかなぐり捨て、獣のような目で食い入るようにこちらを見つめる様を、自分はもう知っているのだ。

にやりと笑いそうになった時に、南雲が何かに気が付いた。

「あ、これ、どうしたんだろ？」

見るとベッドのフレームが歪んでしまっている。枕元での歪みが特に目立つ。パイプが無残《むざん》に折れ曲がっている。フレームの比較的太い部分がこれほど曲がるとは相当強い力がかかったようだ。

「ああ、すみません。たぶん俺だ。俺がやりました」

挙手する。最中に必死でこれに縋っていたことを思い出す。

「ここ摑んでたからなあ」

南雲が唖然としている。

「え、これ……曲げたの、深見さん？」

南雲は確かめるように曲がった部分に触れ、さっきまでいいように組み敷いていた相手の太い腕と見比べ、信じられないという顔をする。

「酷いな、人を化け物みたいに」

笑いながら言うと南雲が慌てた。

「い、いや、すごいなって思っただけ……深見さんは力持ちなんだね」

「すごいって……」

曲がってしまったベッドフレームの上にある南雲の手に自分の手を重ね、微笑んで耳元に口を寄せる。唇で耳朶《じだ》に軽く触れながら囁いた。

「南雲さんのせいですよ？　あなたが俺をしつこく虐めるから」

南雲は目を見開いて真っ赤になった。

「南雲さん、すごかったな」

「ご、ごめんなさい……っ」

掠れた声で謝られた。こんなにも優しい男は他にいないだろうに、少し揶揄《からか》ってやれば申し訳なさそうにするのが可笑しかった。しかも最中を思い出したのか、勃起して前屈みになっている。堪え切れずに噴き出した。

「ふ……深見さん……」

南雲が恨めしげにこちらを見上げている。

「いや……っふはっ……ははっ……すみません」

馬鹿にしたのではない。嬉しかったのだ。自分は一体、何を不安がっていたのか。

「南雲さん、そういえば水分は取りましたか？」

ひとしきり笑い終わると、南雲の掠れた声が気になった。体調を崩させては申し訳ない。

「……ま、まだ……です」

「なんか飲みましょうか。俺も喉が渇いたな」

南雲はどこか釈然としない顔をしながらも、素直についてくる。勃起のせいで歩きにくそうだ。南雲には悪いが、非常に楽しい。

台所には水や野菜ジュースが大量に置かれていた。セーフハウスで生活していた時に買い込んだものが余ったので持ち帰ったのだ。南雲に水のペットボトルを渡して自分も開けた。すぐに空になる。南雲はシンクに寄りかかる自分をじっと見つめている。よく飽きないものだ。

「その傷ってさ……肩の」

「ああ、これですか？」

行為中にも触れられた。一番目立つ傷跡だ。怖がられてはいないようだが、気になっていたのかもしれない。

「任務中に撃たれたんです。俺が軍を辞めるきっかけになった任務で」

「深見さん以外が全滅したっていう……？」

「そうそう、幸い後遺症もなく、これだけで済んでラッキーでした」

笑うと南雲はなんともいえない顔になった。

「心配ですか？」

南雲は苦笑した。

「深見さんが死ななくて良かった。じゃあ、左の眉のところは？」

「これは本当にしょうもない理由です。新兵の頃に喧嘩で殴られたんです」

「うわ、危ない！」

「おかげで相手は訓練から消えましたね」

「へ、へえ」

乾いた口調から何かを察したのか、南雲は深くは尋ねなかった。

「最近はどんな仕事してたの？」

「そうですね、どこの国かは言えませんが大使館の警備とか、紛争地帯での補給とか」

「つらいこととか、怖いことは……ないの？」

「なんだろうな。難しいですね。いろいろある気がするけど」

こんな仕事だ。つらいといえば全てがつらいし、怖い。

そこで洒落にならないものを思い出してしまった。今度こそ怖がらせるかもしれない。しかし黙っておこうという気にはなれない。

なぜ自分は南雲に対して、醜い部分ばかりを話そうとするのだろうか。

「紛争地帯ではどこも同じようなものですが」

南雲が真っ直ぐに自分を見ている。

「渋滞は命取りなんです。ちんたら運転してたら、外国人はいつ撃たれても文句は言えない。路肩にはみ出しても民家の庭先をかすってでも、とにかく渋滞を抜けて、猛スピードで走る。平和な国とは全く違う走り方をしなきゃいけないんです」

乱暴な運転で地元住民に顰蹙《ひんしゅく》を買いながら土埃を上げて駆け抜けた。現地語の怒号、下着の中まで入ってくる砂、一瞬まだ自分がその場にいるかのように錯覚して目を閉じる。

「それが怖いこと？」

「いいえ、本当に怖かったのは帰ってきた後です」

その日は仕事が終わって帰国したばかりだった。激しい戦闘に巻き込まれ、命からがら逃げのびたので疲れ切っていた。いつものように空港から自分の家まで車で走っていた時のことだ。

「ふと気が付いて慌てましたよ。目の前には長蛇の列、渋滞で車はほとんど止まってた。撃たれたらどうする、俺は一体何をしてるんだ。パニックです。はは、撃たれるわけないのに」

咄嗟にハンドルを切り中央分離帯に乗り上げて逃げようと考えたが、前の車との車間距離が足りず出られなかった。バックしようとして、そこでようやく我に返った。

「全身から汗が噴き出ました。気が付いてよかった。危うく大事故になるところだった」

幸い南雲の送り迎えをしていた時にこのような混乱をきたしたことはないが、ただ単に巡り合わせの問題なのだろう。戦地の感覚が骨の髄《ずい》まで沁《し》み込んでいるのだ。

「もう分かってると思いますけど、俺、根っこの部分がだいぶいかれてるんです」

冗談めかして笑った。下を見ると南雲の股間は元気をなくしている。

「俺が怖いですか？」

言わずにいようと思ったが、気が付いたら口に出していた。南雲を困らせてどうする気だ。

「深見さんは……今の軍事関係の仕事が好きなの？」

だが南雲の答えは想定していたどれとも違った。思わず顔を上げる。

「深見さんが兵士としてものすごく優秀なのはなんとなく分かるよ。だけど、軍でも嫌なことがあって、身の危険もあって、日常生活でもそんな怖い思いを……それなのに今もそういう仕事を続けてるってことはさ」

南雲は泣きそうな顔で俯いた。

「深見さんはそれしかできることないって言うけど、絶対そんなことない。深見さんがいろんな人と話してるのを見た。深見さんは語学もできるし、頭の回転も速い。どこでだって働ける。だからそういう問題じゃないんだろ？」

南雲がぱっと顔を上げた。

「深見さん！」

「は、はい!?」

真剣な表情で叫ばれてつい力んだ返事をしてしまう。

「深見さんを雇うにはいくら払えばいい？　僕個人がボディーガードとして雇うには」

「はあ？」

南雲はとんでもないことを言いだした。実際に狙われたことがある上に、これだけ有名になってしまったのだからボディーガードを付けるという発想自体はそう意外でもないが。

「ずっと僕と一緒にいて欲しい。危ない目に遭って欲しくない。でも深見さんが好きでしてる仕事を辞めろなんて言えない……どうしたらいいか考えてた。僕、この間の仕事で結構たくさんお金もらったんだよ」

「俺もこの仕事で結構たくさんもらいますよ」

「ち……ちが、た、たぶんだけど、もっと……もっとずっといっぱいだよ！」

この男は本当に数学者だろうか。

「深見さんに全部あげるから、だから……」

「ちょっと！　ちょっと待ってください。落ち着いて」

「深見さん……このままここにいてください……なんでもするから！」

しまいには抱きつかれてしまった。南雲の肩は震えている。宥めるように南雲の背中を叩いてやっても力が緩まない。

「俺は別にこの仕事が特別に好きってわけじゃないんですよ。確かに、人には向いてるって言われることが多いです。天職だってね」

南雲の頭に顎を乗せて話し始める。南雲がぎゅっと力を込めてきた。逃がさないと言わんばかりだ。

「でも俺としてはただ単に他に何をしたらいいか分からなかっただけなんです。今の仕事を紹介してくれた人は俺の元教官なんですが、紹介した張本人のくせに、はじめはいい顔しなかった。あんなことがあったのにまだ続けるのかって」

結局、グラハムよりもさらに上の人間から、どうしても自分に、という案件を任され、流されるように傭兵稼業を始め、仕事がなかなか途切れずにここまで続けてきてしまった。

「俺も辞め時を探してたようなもんでした。それに今回の仕事で、俺、もう続けられないなって思ったんですよ」

南雲が顔を上げた。

「どういうこと？」

「ボディーガード失格でした。南雲さんが今無事なのはあなた自身のお陰だ」

珍しいタイプの依頼だとか、護衛の意図が不明瞭だったとか、そんなことは言い訳にもならない。

「判断がぶれ過ぎてたな。後から考えると南雲さんに何度も救われました」

驚いたように目を見開いている南雲に額を寄せて囁いた。

「仮にもハニートラップの達人といわれた男が私情挟んで下手打つなんて、もうそれ仕事続けてちゃ駄目ってことでしょう。あなたが無事で本当に良かったです」

「私情……」

呟く南雲の腰を抱き、キスを落とす。

「そう、私情です。南雲さんを好きになり過ぎた」

にっこり笑うと南雲が真っ赤になった。

「実は、こっちの支社が現場の経験があってマネジメントもできそうな人材を探してるらしいんですよ」

傭兵達を迎え入れた時の対応が評価されたのか、つい先日オファーがあった。表面上は経歴も完全にクリーンであり、この国に住んでいたこともあるのでビザはおそらく問題ない。

「じゃあ」

ぱあっと南雲の顔が明るくなる。

「受けようと思います。こんな俺でよければ、傍に置いてやってください」

嬉しそうな南雲を見ながら、にやりとする。

「しかし南雲さん、意外とえげつないですね。金で解決しようとか」

南雲は目を泳がせた。人によってはショックを受けそうな内容を話していたというのに、それについてはほとんど無視して情人が遠くへ行ってしまうのではないかと、それだけを心配していたということになる。冷静に考えるとなかなかのものだ。自分も人のことは言えないが。

「でも悪くないなあ。なんかやらしいですよね」

笑って南雲の首に腕を回す。

「金で囲われてる愛人かつ用心棒なんて、本当にマフィアみたいだ。ボスの気まぐれでいたぶられて、ボスの命令でどんないけないことでもする愛人」

ブーンと話した時の他愛のない冗談を思い出す。

「ボス、俺にどうして欲しいですか？」

目を細めて南雲を見つめた。優しくない南雲というのも見てみたいものではないか。南雲は吸い寄せられるように顔を近付けてきたが、そこではっと我に返って身体を離した。

「愛人じゃないよ……恋人だ！」

言い直しながら初々しく頬を染められるとどうしていいか分からない。つい先ほどまで本気で目の前の男を金で買おうとしていたくせに。

「マフィアのボスって……あ、そういえば前に兄さんが深見さんのことをヤクザだとかなんだとか言ってたのってなんなの？　スチール缶って何のこと？」

まずい事を思い出させてしまった。頭を掻いて目を逸らす。

「たいしたことじゃないです。南雲さんに対する言動が目に余ったもので、俺は初日からお兄さんのことが頭にきてた。軍にいた頃の自分と似てるような気がして余計に苛ついてたのかも」

「え、深見さんと兄さんが？」

「日焼けして鬚面なのもかぶってたし」

「全然違うけどなあ……似てると思ったことないよ。顔も似てない……あ、もしかして、それで髭剃ったの？」

「実を言えばそうです。南雲さんにお兄さんみたいな奴だと思われたくなくて」

「また髭生やし始めたのは？」

「南雲さんはこっちの方がタイプかと」

正直に告げると南雲がのけ反って赤くなった。

「なんで分かったの!?　ぼ、僕言ってないよね？」

「分かりますよ」

「全部……僕のため？」

上目遣いで恐る恐る尋ねる南雲に笑みで答える。いじらしい努力がようやく報われたようだ。

笑いながら話を戻す。

「お揃いが嫌で髭剃るぐらいお兄さんに悪感情抱いていたところに、お兄さんが絡んできたんですよ。本当に弟を守れるのかって。その、つい軍にいた頃の素が出てしまったというか」

「それで兄さんの前でスチール缶潰したの？」

「はい。空き缶ですが」

怯えるだろうと思ったが、違った。

「僕も見たい……」

頬を染め、目をとろんとさせて南雲は言った。少し息も荒い。南雲の目は明らかに単なる好奇心以上のものを宿していた。

いいだろう、それなら見せてやる。

野菜ジュースの缶を開けて一気に飲み干す。

「こうして立って向かい合って」

缶を握って力を込める。

自分が南雲に見せようとしているものは、一般的に考えると間違っても恋人に見せていいものではない。けれどなぜだろうか、見て欲しくてたまらないのだ。

「ご心配おかけしてすみません、って謝りながら」

あの時のようにうっすら笑う。メキメキと音を立てて手の中で缶が歪んでいく。

「南雲さんのお兄さんが怯えて逃げようとしたら腕を摑んで」

南雲の手首を摑んでみせたが、兄と違って南雲はじっと動かない。

「潰れた缶をお兄さんの手に握らせたんです。俺に逆らったらお前もこうなるぞってね」

腕に冷たい感触があった。潰れた缶からジュースが滴り、前腕をオレンジ色の筋が伝う。急いで飲んだのでまだ中身が残っていたのかもしれない。咄嗟に腕に舌を這わせた。床を汚すと思ったのだ。そこで視線に気が付いた。見ると南雲が瞬きもせずこちらを凝視している。

「ははは！　なんですか、それ。南雲さん。えげつないどころじゃないな、最高だ」

南雲の股間は再びいきり立っていた。先ほどまでの比ではない。完全に臨戦状態だ。

怖いか、などと、よくもそんな質問ができたものだ。南雲は怖がるどころか欲情していた。

「ほら、どうぞ」

腕を差し出してやると南雲が待ち構えていたように、むしゃぶりついてくる。放っておけば脇の下まで舐められそうな勢いだ。

「ぼ、僕は……変なのかも」

一心不乱に男の腕に垂れた野菜ジュースを舐め取りながら南雲が呻いた。

「深見さんがたくさん人を殺してるのも分かってる、深見さんがつらい思いをしたことも……でも、どうしてかな」

南雲は腕に舌を這わせながらあの凶暴な目でこちらを見上げた。

「……興奮してる。さっきのベッドもそうだけど、深見さんがその気になれば僕なんか簡単に殺せるんだってことに」

手首にかりりと歯を立てられ、息を詰めた。自分もすでに勃起している。

「ほんと、なんでだろ……わかんないや……優しくされても興奮するし」

南雲は戸惑ったように呟くが目の異様な光は消えない。

無邪気に主人を慕う飼い犬のように、南雲の傍で悪意を忘れて微睡《まどろ》むことに幸せを感じているのだと思っていた。無害であるからこそ傍に置いてもらえるのだと。それは間違いだった。南雲は優しさだけを求めているのではない。

あの安らぎは、魂を丸裸にされる恍惚だった。何もかも曝け出し、許されることすら超えて、ただあるがまま暴かれる。怯えさせるのではないかと恐れもしたが、きっと心のどこかでは南雲の本性を知っていた。この目が何を見ているのか。

潰れた缶を握った手の甲に何度も口付けられた。

「深見さん……っ……深見さんが……全部欲しい」

缶を置いて、手の平を差し出すと指の一本一本まで丁寧に舐め始めた。犬は自分の方だと思っていたのに、今は南雲の方が犬のようだ。

「ん……っ……」

自分も腕に零れたジュースを舐め取りながら段々と南雲に近付いていく。南雲が舌を突き出して人差し指の腹を舐めている。自分は指の背を。舌先が触れた。

南雲と目が合う。

マフィアでも紙一重の天才でも犬でもサメでもない、もっとずっと危険な何か。寛大が過ぎて、もはや不道徳、自分を惹きつけてやまないもの。

南雲に頭を引き寄せられた。もうジュースなど関係ない。果汁と二人分の唾液に濡れた腕を南雲の背中に回し、夢中で互いの口を貪る。

南雲の手が服の中に入り込み、せがむように尻を揉みしだいている。シャワーで流しても、まだ南雲の出したもので濡れている窄まりを指で暴かれた。

「あ、ちょ……っ！」

慌てて南雲の手を押さえた。求められるのは嬉しいが、立ったままされると、腰が砕けそうだ。だが、制止しようとする手、閉じる腿とは裏腹に、新たな快楽を覚えたそこが、南雲の指を歓迎するように蠢いている。南雲は指を止めない。

瞳孔の開き切った目で間近から見上げられ、またキスされる。

指で奥を散々に弄ばれながら、なんとかベッドまで歩く。気を抜くとみっともなく腰を振りそうになる。やめてくれと言えば南雲はやめるだろう。だが言わなかった。なぜって、やめて欲しくないからだ。

南雲の息も荒い。耐え切れなくなったのか、南雲はがぶりと乳輪に噛みついてきた。

のけ反って喘ぐ。

「あっ……！」

腰から力が抜け、足がもつれる。二人で白いシーツに倒れ込んだ。

気が付けば南雲に覆いかぶさる格好だ。目の前にはがちがちに勃起したものがある。期待に胸を躍らせながら顔を寄せたが、ぐいと引き離された。

「ま、待って待って！」

またお預けを食らわされるのか。自分が犬ならクンクンと切なく鳴いているところだ。南雲は残念そうな顔に気が付いて慌てた。

「だ……っ、だから……その、さっきも言おうと思ったんだけど……深見さんに、本気でされたら僕すぐ出ちゃう……から」

榛色の目が欲望に濡れて光っている。南雲は大きく咽喉を上下させて唾を飲み込んだ。

「ぼ、僕がする……！」

なんだ、そういうことか。

腰まで下がっていたスウェットとブリーフを抜き取られた。

くせ毛に覆われた南雲の頭が股の間で蠢いている。舌使いは拙いのだろうが、そんなことを考えている余裕はなかった。何より、こんなにも美味そうにしゃぶられては平気な顔をしていられない。

「はっ……あっ……」

自ら脚を大きく開いて南雲を迎え入れる。南雲はその奥へと手を伸ばした。

「ん……う」

亀頭を唇でやわやわと愛されながら、まだ熱の籠もった場所を指で慰められた。何度も拡げられたそこは完全に南雲を許している。

「な、舐めたい」

急に口を離され、開口一番何を言うかと思えば。もう舐めているだろうに、何を言っているのだ。一瞬混乱した。その隙に足を抱え上げられた。

「舐めていいよね」

否も応もない。どこにそんな力があるのだろう、仰向けのまま腰を高く上げさせられた。

まさか。

「あ……っ!?　ちょ」

ぐっと深く舌が入り込む。指とは全く違う柔らかさにたじろぐ。潰してしまいそうな気がして緩めてやっているうちに奥まで入り込まれた。南雲の舌は意外と長い。

「は……うっ」

ずるんずるんと滑らかにピストンされ声が漏れた。ふいに引き抜かれる。

「さっき、目の前で深見さんがここ拡げてるの見てから舐めたくてしょうがなくて」

その声の振動や吐息すらも背筋に響く。南雲は口付けの相手を失って寂しげにひくつくそこを見て、酷く優しい声を出す。

「ああ……ごめんね」

待て、今どこに話しかけた。

南雲は拗ねて閉じようとする下の口を舌先で優しく宥め、再び入り込む。全て食い尽くそうとするかのように深く。ちゅばっ……じゅぱっ、と腹の奥から音がする。

「ん……あっ」

居心地の悪さはある。だが太くて硬いものに強引に押し入られる快感をすでに教えられ、今か今かと待ちわびて蠢くそこへの丁重な愛撫が、逆に腰の奥を熱くさせる。前が腫れ上がって痛いほどだ。そう思ったのを見透かしたように、今度は舌に代わって指が入り込む。

「ひ……っ」

指はすぐに増やされた。陰嚢と陰茎の境目に口付けられ、舐め上げられる。その間にも指が何かを探すように動く。

「あっあっ……あっ」

「ここ」

「うあっ!?」

前立腺を指の腹で優しく愛撫され慄いた。途端に直腸が目の色を変えて南雲を急かし始める。許す、なんて生易しいものではない。逃がすまいと締め上げ、あの手この手で奥へ引き込もうとする。自分の身体の一部なのにそこだけがまるで別の生き物になってしまったようだ。

「ん、ん……あっ！」

「ここだ、たぶん。さっき気持ちよさそうだった」

南雲は真剣な顔で頷く。

そんな観察をする余裕が？　本当に昨日まで童貞だったのか？　俺、騙されてないか？

南雲はこちらの驚愕を無視して顔を伏せ、指で奥を犯しながら、陰茎を頬張っている。耳が唇と同じぐらい赤い。見た目は可愛らしいのに、やっていることは鬼だ。

「……んふ……う」

片手の甲を口に当てて声を堪えながらも、南雲の表情が気になって、必死で手を伸ばし南雲の前髪を掻き上げた。それに気が付いた南雲が咥えたままこちらを見て目だけで笑った。

人がするにはあまりに単純な表情だった。獣に表情があるとすれば獲物を仕留めて得意げに笑う時はきっとこんな顔をするのだろう。愛撫が激しくなる。

「ん……んんっ！」

今度こそ一切の余裕が消えた。先ほど南雲がしきりに「無理だ」と叫んでいた意味がようやく分かった。渾身《こんしん》の力で起き上がり、南雲を押し倒し馬乗りになる。

「わ……っ」

戸惑っている南雲を舌なめずりしながら見下ろした。しっかり勃起したそれにローションを浴びせる。冷たさにびくつく南雲をキスで宥めながら、灼熱の杭《くい》に指を添え、尻の狭間に導く。

「はあ……俺も出ちゃうとこでした……よっ」

ゆっくり腰を落とし、腹の中に南雲の剛直《ごうちょく》を受け入れ、圧迫感に酔い痴《し》れた。

「んんっ」

寝そべった南雲が首を反らして喘ぐ。白い咽喉を汗が一筋流れた。指で拭って南雲の首に手を当てる。南雲は、いっそ締め上げてくれ、と言わんばかりに、うっとりとした目でそれを受け入れ、武骨《ぶこつ》な恋人の手の甲に自分の白い指を重ねる。日焼けした手に口付けられ、濡れた感触にぞくりと震える。そのせいで腰から力が抜けた。

「あ……うっ！」

自重でずんっと抉られて上ずった声が出る。南雲を潰さないよう内腿に力を入れていたはずが、いざ始まればそんな余裕は消し飛んだ。壊れかけのベッドも自分と一緒に軋んでいる。

「すげ、あ……あっ……かって……えっ……な」

完全に南雲の上に体重を預けると、何度も出しているとは思えない硬さがぐっと奥を押す。怖いほど深い。早くこれに身体の一番奥を壊されてしまいたい。

「あ……ん、は……」

南雲の肩に手を置いて慣らすように腰を回した。細い腰を筋肉ではち切れそうな大きな尻で舐めまわす。ローションに塗れた南雲の陰毛が会陰に擦れる。ぐちゃりぐちゃりと生々しい音を立てて下半身を汚し合う。

「あ……くっ……」

腰を浮かせると大量のローションが糸を引くように垂れ落ちた。穴の縁から幹を伝い、南雲の陰嚢まで濡らす。南雲を半ばまで呑み込み小刻みに動かして、ちょうど太いカリの部分が腸壁の奥に埋まった前立腺を掘り返すように行き来させる。

「んあ、あ……いい、なぐもさ……あ……んっ」

自分で動いておいて堪らなくなり上半身を倒して南雲に縋りついた。

「ん……はっ……む……んっ」

口寂しさに任せて目の前にあった南雲の薄い耳に、甘えるようにしゃぶりつく。

「ぐ……っく」

南雲が苦しそうな声を上げたかと思うと、腰を掴まれた。南雲は険しい顔で歯を食いしばっている。

「へ？　……ああっ！」

強い衝撃と浮遊感があった。タンッタンッと派手に音を響かせ下から腰を打ち付けられている。体勢的には南雲の方が押し倒されている側だというのに、体格差ものともせず折檻《せっかん》のような激しさだ。

「あっあっあっあっ……！」

このままではあと数秒ももたない。なんとか上体を起こすが、南雲は腰をがっしりと摑んだまま容赦なく責め立ててくる。真下からの猛攻にバランスを崩し、仰向けに倒れそうになった。下手糞なロデオのようだ。

「わっ……あ、あっ…っあっあっあっ」

後ろに手を回して踏ん張るが、南雲は突き上げを止めない。すると今度はもうその体勢から動けない。

「くっふっ……んっんっんっんんんっ！」

両腕を後ろに突いて胸を開き、脚も開き、歯を食いしばっても声が漏れる。何も隠せぬままいいように急所を抉られ、自由な部分は勇《いさ》ましくそそり立った肉棒だけ。それすら南雲の動きに従って無様《ぶざま》に揺れている。力んで、突っ張って、虚しく天を突く。

呼吸のたびに胸が上下して汗で光る。尖った乳頭が震える。南雲と目が合った。

「ひい……あっ」

途端に身体の芯を貫《つらぬ》くようなオーガズムが腰から全身に広がる。先ほど、そこへ至る道筋を嫌というほど覚え込まされたせいか、自分でもたじろぐほど呆気なく達してしまった。

「あ……がっ……っ！」

もともとろくに動けていなかったが、もはや呼吸すらままならない。直腸がうねり、歓喜し、愛しげにそれを抱きしめても、南雲は無視して惨たらしいまでに的確な律動を続けている。

「くっ……ぐ」

断続的に高みに放り上げられ降りてこられない。神経が馬鹿になりそうな快感が終わらない。舌すら硬直させてびくびくと痙攣していると、急に南雲の動きが止んだ。

「はあっ……！」

やっと息ができる。ほっとしたのも束の間、ぐるりと景色が回った。天井が見える。大きく開いた自分の膝も。

「あ」

目を据わらせた南雲が今度は上から覆いかぶさっている。両手で頭を固定され喉の奥まで舌を差し込まれ、下の口に負けないほど激しく犯される。

「ふ……んっうんっんっんっ」

口を塞いだ状態で再び南雲が腰を動かし始めた。大きく実ったそれが勢いよく出入りするたびに、振動してぶれる。的が定まらないまま滅茶苦茶に中を突かれた。そんな踏み荒らすような動きにも、すっかり南雲に参ってしまっているそこは、喜び勇んで健気に吸い付く。グポッジュポッと水音がする。泣いて謝りたくなるほど下品な音だ。

「んんんんっ！」

再び波に攫《さら》われた。夢中で南雲にしがみ付く。今度は南雲もそれに応えてくれた。最奥《さいおう》にぐっと押し付けられる。抱きしめられ、南雲を受け入れているそこが断末魔《だんまつま》を叫ぶように蠢く。

「い……ひい……ん」

快感に塗りつぶされ痺れていた身体にようやく感覚が戻って来た。腰の中が熱い。垂れ流す感覚がある。いつのまにか腹が濡れており、自分も射精したのだと悟った。

「はあはあ……」

南雲も肩で息をしている。どちらからともなく唇を合わせる。深く結合したまま、濡れた唇を擦り合わせるだけの、児戯《じぎ》のような浅いそれを繰り返す。舌先が微かに触れ合う時のざらりとした感触が達したばかりの腰にはつらい。

「んんっ」

「……ごめん、また中に……んっ……すごい気持ちよくて……」

口づけの合間に南雲が目を伏せて律義に言う。初心な様子が愛しい。

「俺が勝手に乗っかった……んです……あっつ……ぬるぬるで……あ、これ、やべっ……いい……ん……また……っ」

南雲の精液でたっぷり潤うそこは、少し動いただけでもぬぷぬぷと小刻みに出入りして、また勝手に愛し合おうとしている。萎えかけでもまだ硬さを保っている南雲の一物から逃げるよ

うに、わずかに腰を引いた時だ。

「う……っんん!?」

南雲が逃がすまいと追いかけてきた。ずんと突き上げられて悲鳴を上げる。注がれた精液が大量に溢れ出て、グピュッと音がした。

嘘だろ!?

ものの数秒のうちに南雲は回復していた。南雲は攻め入っておいてすぐに引く。

「は……んっ」

長いもので腸壁を擦られ、反射のように情けない声が出た。南雲の陰茎は抜けた瞬間にビィンッと上に跳ね上がる。穴の縁を弾かれて、びくりと身体が震えた。栓《せん》を失ってコポコポと精液を垂れ流す緩んだそこが、ぽっかりと口を開けたまま、未練がましくひくついている。

南雲はそれを見て満足げに笑うと、避妊具のパッケージを漁り始めた。

「今度はちゃんとするね」

今度は？　つまり、まだするのか？　覚えたてとはいえ、励《はげ》み過ぎだろう。

顔が引き攣った。

南雲は今こちらを見ていない。拘束されてもいない。拒《こば》もうと思えばいくらでも拒める。それなのに自分は南雲の前で無防備に脚を開き、閉じようともせず、何度も穿《うが》たれて開き切ってしまった孔を晒している。粗相をしたように尻の下まで濡らし、ほかほかと湯気の立つそこを。

誰の目にも明らかだ。いい子ぶっているのは首から上だけ、首から下は欲しがっている。出し尽くしてくったり萎れていたそれも、南雲の熱に触発されて芯を持ち始めている。

「ふ……」

笑いが込み上げてきた。準備ができて得意げにこちらに向き直った南雲の身体を脚で絡めとる。驚きに目を見開く南雲の頬を足の甲でするりと撫で、もう片方の足で南雲の腰を抱く。こう見えて柔軟性には自信がある。目が合うと南雲も嬉しそうに笑って、貴婦人にでもするような仕草で足の甲に口付けてくる。淫靡《いんび》な感触に笑いながら喘いだ。

「ははは っ……んあっ！」

日に焼けた太い腿を撫でまわされた。つま先を口に含まれ、足趾《そくし》の股を舌で嬲られる。

「ん……くっ」

すでに歪んでしまっている枕元のベッド柵を両手で握り、むずかるように横を向く。みしみしとベッドが軋んだ。自分で餌を与えておきながら、無体を強いられているかのように眉根を寄せて悶える。南雲の唇が許しを請《こ》うように足首、脛、膝裏、内腿と順に降りてきて、力が抜けた。

「あ……っ」

南雲に脚を開かされただけで物欲しげな声が出た。濡れに濡れたそこが曝け出されて、少しだけ涼しい。体温を感じた時にはもうすでに南雲に刺し貫かれていた。

「あ、あ……っあああっあっあっ」

激しく出し入れしながら、南雲は何を思ったか脚を閉じさせた。筋肉で硬く引き締まった太い脚を二本まとめて抱え、南雲は腰を打ち付けている。

「ふあ……!? ……んっ……あ!」

慣らされ泥濘《ぬかる》んだそこは、どんな体位であろうとも南雲を拒めない。受け入れる体勢ではないのに、身体の奥を安々と蹂躙され混乱する。手が勝手に縋るものを探してシーツの上を彷徨う。腰を動かしたくても上手くいかない。

「あっ! ……んっ……はあっ」

取り乱す相手の様子に気が付いているのかいないのか、南雲はかき抱いた二本の脚を夢中で貪っている。皮膚の薄い膝裏を甘噛みされ腰が戦慄く。戦慄いた腰も上から叩き込むようにして、一方的に犯される。

「んあっ! ……ひ、は、あ! ……あっ」

こうされると自分を穿つ南雲は全く見えない。行儀よくぴたりと閉じた脚の間でずっしりと重くなった己の一物が、振動に合わせて奔放に弾むのが見えるばかりだ。じゅこじゅこという生々しい水音が響く。

「す……すごい締め付け……せっかく着けたのに……外されちゃいそう……っ!」

南雲が苦しそうに呻いた。

今、自分の肛門は旨そうに太い棒を呑んでいるに違いない。連戦に疲弊《ひへい》してぽってりと腫れ上がり、それでも涎を垂らして血管の浮き出る猛々《たけだけ》しいそれを頬張って、好き放題に暴れる南雲に健気に吸い付いて……。

「あっ！　……んっ……ん、ん、……んんっ！」

思い描いた映像に、脳の中まで犯された。首を振ってもがく。どこにも逃げ場がないまま、快感だけが増していく。腰から下が溶けてなくなってしまいそうだ。

「はっ！」

もう限界だとばかりに南雲がふいに脚を解放してくれた。開いた脚の間に倒れ込んだ南雲と激しい口付けが始まる。

「ふう……っんう」

我慢させられていた分を取り戻すように両腕で南雲の背をかき抱き、両脚を腰に回す。

「ん、……はっ……はあ……っ……ひっ！」

後ろが痙攣して引き絞るように狭まる。南雲が同時に達したのが分かった。

「あ……あ……あ……ん」

快感が引かない。重たくて甘いものが腰にわだかまり、内側から圧迫されているように感じる。身体の上で弛緩《しかん》していた南雲は荒い息を整えると、もぞもぞと手を動かして無遠慮に股間に触れてきた。

「あっ」

亀頭を撫でられて濡れた声を上げる。

南雲は歯を見せて笑った。清々しいまでに邪悪な笑顔にぎょっとする。

「出てないね……まだ硬い……」

南雲は快楽の余韻と期待に頬を上気させ、当然の顔で再びコンドームの箱に手を伸ばす。

「また深見さんの中に出したいけど、そういうのはマナー違反って書いてあった……ごめんね、何回も中に出して」

いや、そんなことよりも、だ。

相手が出していないイコールまだ続けていい、という間違った公式が南雲の中に出来上がってしまっているのだろうか。いや、先ほどはしっかり出していたのに問答無用で続けられた気がする。二度目の交合《こうごう》で相手が射精しても続けろと言ったせいか。

ちょっと待て。それなら一体いつになったらやめるんだ？

確かにこの一戦ではまだ射精はしていないが、今日はすでに昼から何度も射精させられている。今出していないからといって、それを続ける理由にされると、さすがに怖気づいてしまう。

まさか本当に俺を閉じ込める気じゃないだろうな。

思わず真顔になる。しかし南雲は、うっとりと幸せそうに微笑んで、唇を寄せてくる。額に、首筋にキスが落とされる。愛しくて堪らないとでも言いたげな仕草で優しく顎をなぞり、髭の感触を楽しんでいる。指の背が耳の後ろを擽る。

「あ……う……っ」

その感触で身体の芯が再び暴れ始めた。もっとよこせと。

目の前に南雲のくっきりとした薄い唇がある。抗えずに吸い付いた。

「ん……うっ……んん、ははっ」

口付けの合間に笑った。手放せないのは自分の方だ。

時計を見るともう夜中だった。

まあ、いいか。なんせ今はプライベート、休暇中だ。何度だってくれてやる。

バカンスのような仕事ではなかったが、その後に本物のバカンスが待っていた。

今がバカンスだ。人生にはバカンスが必要だ。

白い砂浜もパラソルもないが、ローションにベッド、閉め切った涼しい部屋、それからお互いがいればそれでいい。最高のバカンスだ。


短い休暇が終わり、新しい生活が始まった。とはいえ、この数か月間と同じように南雲のマンションに住み続けている。

ベッドは新調することにした。

「うわ……すごい、こんなに曲がってる」

南雲は破壊しつくされて原形を留めていないパイプベッドを触って嘆息した。なぜか少し嬉しそうだ。

「すみません」

「新しいのを買いに行こう！　丈夫でおっきいやつ！」

「家具か。俺もこれからデスクワークだから机でも買った方がいいんですかね。椅子も」

家に仕事を持ち込みたくはないが、そうも言っていられないかもしれない。

「椅子は研究所にあるやつ使えばいいんじゃないかな？　気に入ってくれてたみたいだし」

「いいんですか？」

確かにあの椅子の座り心地はよかった。そして南雲が初めて自分にくれたものなのでできれば他人に使われたくないという気持ちもある。もらえるならありがたい。

しかし、研究費で購入したものを簡単に私物化していいものなのだろうか。南雲によると、あのくらいならば消耗品扱いになり、自宅で使用しても問題にはならないらしい。

「共同研究してた会社がくれたお金から払ったんだ。大丈夫だよ。ボディーガードが来たので椅子が必要でした、ということで立派な経費。ボディーガードがいなくなると大きい椅子は場所を取るだけで邪魔なので引き取ってもらいました、めでたしめでたし」

南雲はにこにこしている。意外と俗っぽいことを言うものだ。南雲は前よりもずっと明るくなった。どもるのも口籠もるのも、今ではほとんどなくなった。

「そ、それにさ……あの研究が完成したの……ふ、深見さんのお陰みたいなものだから」

口説き文句らしきものを言う時以外は。

南雲は真っ赤になっている。それを見て歯を食いしばり目を閉じた。つられて赤くなってしまった頬を見られないように強引に肩を組んで南雲を玄関に引っ張っていく。

「わわわ！　ちょ、深見さん！　靴履《は》かせて！」

浮かれながら二人で家具を選んだ帰りに、マンションの玄関で成一と鉢合わせした。あの盗聴器の一件からずっと会っていなかった。緊迫した空気が流れるが、成一は舌打ちしただけで踵を返して去って行った。

拍子抜けする。隣を見ると、南雲は静かな表情で兄の背中を見送っていた。

「僕らも行こう」

まだ確執《かくしつ》はあるようだが、その確執には、もう南雲を不幸にする力は残っていない。

南雲を狙った不届き者についても明らかになった。監視カメラの映像の解析を終えたブーンが連絡してきた。

「たぶんこいつだ」

ラップトップの画面の中でブーンが得意げにモニターに映し出された写真を指差す。帽子を被った男が映っている。取材の最中にテレビ局のスタッフが大勢出入りしていた中で、出現回数が極端に少ない人間を割り出し、データベースと照合したらしい。

「詳しいことは今言えないが、大丈夫じゃねえかな。普通なら報復を心配するとこだけど、たぶんこいつら、今はそれどころじゃねえ」

ブーンは近頃きな臭くなってきた地域の情勢について語った。写真の人物はその地域の武装過激派組織の一員だという。南雲の件は所詮、資金集めのための副業に過ぎない。彼らにはテロリストという本業がある。

「つかさあ……」

ブーンは渋面を作って椅子に背を預けた。探るような視線が突き刺さる。

「お前ら、仕事中にヤってねえ、って絶対嘘だろ」

「嘘じゃない」

「なんだよ」

なんてことを言うのだ。どれだけ我慢したか知っているはずだろうに。

ブーンがあまりにも詳細を聞くのを嫌がるので、ついこの間メールで南雲との馴れ初めについて盛大に惚気《のろけ》てやったのだ。その上で南雲との研究室でのやり取りが映っている監視カメラの映像を解析していただいたわけだ。考えてみると酷い仕打ちだったかもしれない。

「ナグモ相手にハニートラップなんか使いませんよ、ブーンさん何言ってるんですか？　みたいな顔してやがったくせに、なんだあれは！」

ブーンは顔を真っ赤にして怒鳴った。

「机に座って顔触るとか口説く以外のなんなんだよ！　ガチじゃねえか！　お前からは死角だし気付いてないかもしれねえけど、股間が……ナグモはたぶんあの後便所で抜いてる。今の監視カメラは画質いいから見えちまうんだよ。祝福気分も吹っ飛んだわ！」

一応、祝福はしてくれていたのか。あの時南雲がそんなことになっていたとは知らなかった。自分でも馬鹿だとは思うが、少し嬉しい。

「今までジョークのつもりで、ありえねえ、どうなってんだ、とか言って揶揄ってたけど謝る。お前、本当すげえよ。あれ天然でやってんのかよ。あとなあ、お前、処女だったのにビッチ扱いされてる理由、勘違いしてるぞ」

そういえば惚気るためのメールで、身持ちは堅いのだ、ということもブーンに伝えておいたような気がする。

「つかよ、なんでいい年こいて『今の彼とするまで処女だったんだから！』とか友達からメールされなきゃなんねえの？　面白過ぎて、つい裏取っちゃっただろ」

わざわざ調べたのか。ブーンは意外と暇なのだろうか。

「なぜかみんなお前とヤったってことにしたがるから、じゃねえよ」

同衾に至れず情報だけ奪われるなど外聞が悪いので、彼らが見栄を張ったせいだと思っていたが違うのだろうか。

「ターゲットがあまりにもマジでお前に惚れてるから、まさかヤってねえとは誰も思わなかったんだよ」

「へえ、すごいな、俺。ははは」

「つまり、それだけお前に裏切られた後のターゲットの生存率が高い、ってことでもある。そういう事実が明らかになるってことは、生きて尋問されてる、ってことだからな。死んでるのは無茶な自爆をした奴ぐらいだ」

軽口を叩こうと思ったのだがブーンの静かな表情に口を噤んだ。

「お前、なんだかんだ言って妙に情があるっつーか甘いんだよな。仕事で落とした相手、だいたい死なないで済むように取り計《はか》らってやってただろ」

情があるなど初めて言われた。薄情だとか冷血漢だとか逆の意味の言葉なら今まで腐るほど言われてきたが。

「だから余計に諦めきれないんだろうな。みんな口を揃《そろ》えて言うんだよ。『彼は仕事で仕方なく嘘を吐いただけで、本当は愛し合ってるんだ。だって命は助けてくれた。お願いだから会わせてくれ』ってな」

そんなふうに思われていたとは。しかし会いたいと思われても困る。

「まだあるぞ。調べてる時に変な奴を見つけたんだ。お前覚えてる？」

ブーンは国境山岳地帯のある村の名前を挙げた。それにしても、本人を目の前にして違法な手段で情報を入手したことをよく堂々とばらすものだ。もう慣れたが。

「そこで一緒だった外交官だよ、若い兄ちゃんだ」

思い出した。あのぼうや、紅茶の大好きな粉ミルク野郎。

「そいつがどうしたんだ？」

「職権乱用してお前の個人情報漁ってた。悪い奴だな」

お前が言うか、と喉元まで出かかったが今更だ。なんとなく察した。仕事中に負傷したふりをして彼を手懐けたのだが、彼はその嘘に最後まで気付かなかった。彼は帰国したら必ず見舞いに行くと言っていたから、連絡先を探られて嘘がばれたのだろう。

溜息を吐いているとブーンが何ともいえない顔で続けた。

「違う違う。お前、ディナーに誘われてたぜ。三ツ星レストラン。残念ながらお前の部署が変わったせいで、そのメールは届かなかったみたいだが」

「は？　ディナー？」

訳が分からない。

「あー……あったあった、メール読み上げるぞ、いいか？」

「頼む」

「『怪我なんかしてないじゃないか、騙したな！　このクソ野郎！』おうおう、外交官のメールとは思えないな」

ブーンは笑う。やはり怒っているではないか。

「『どうして口で注意してくれなかったんだ。僕を馬鹿にしてたのか』」

まだまだ罵倒が続きそうだが、これについては自業自得だ。

「『いや、最初はちゃんと注意してくれてたな。認めるよ。僕の行動にはだいぶ問題があった。僕が今こうして生きてるのは君のおかげだ、アキラ。やり方は気に食わないけど』」

意外な言葉に目を見開いた。

「『次に一緒に仕事をする機会があったら、頼む、どうか正直に言ってくれ。可能な限り指示に従うと誓うから。君を心配して眠れぬ夜を過ごすのはもうまっぴらだ。君が怪我をしてなくて本当によかった。お礼がしたい。会いたいんだ。連絡をくれ』」

レストランの場所と日時、連絡先が続く。ブーンはにやにやしながらこっちを見ている。

「ひゅー！　やるねえ！　この色男！」

「俺なんもしてないぞ。いや騙したけど、そういう類のことは何も」

誓ってそれは本当だ。そんな余裕もなかった。

「だとしたら気を付けろ。お前、たぶんコントロールできてないから」

失礼なことを言う。

「吊り橋効果じゃないか？」

もしくはストックホルム症候群だ。半信半疑で画面を見返すとブーンは続けた。

「もしかしたら、お前が軍辞めるきっかけになったあのモグラも、下衆の勘繰りじゃなくてマジでお前に……」

放っておくとまだまだ知られざる事実が出てきそうだ。

「なんだ？　次は大統領が俺に惚れてる、とでも言うつもりか？」

「お、ありうるな。調べてみるか」

「おい」

茶化してしまったが、実を言えばかなり驚いていた。ラップトップを閉じて目を瞑る。

心を売る汚れ仕事にどっぷり浸かってしまった自分は、もう真っ当な人間ではなくなったのだと思っていた。

空爆から逃げ惑う群衆、尋問、潜入、血と砂の味、火薬と糞尿の臭い、目を閉じれば、あの頃が鮮やかに蘇る。嘘で塗り固められた地獄のような日々の中、大勢の人間を殺した。騙して仲違いさせ、双方にナイフを手渡すような真似ばかりしていたような気がする。それ以上に何度も殺されかけた。

人を助けるだと？　俺が？　そんな余裕があったのか？　しかも敵を？　騙した相手を？　記憶を辿ってみても、仕事で関わったターゲット達は思い出すのも嫌な奴ばかりだ。戦場で、さして大事でもない他人の命を気にかけて、よく死ななかったものだ、としか思えない。

なぜか南雲とのやり取りを思い出した。数学の勉強をしていると南雲に知られた時、その動機を思い、自分の中にそんな善良さが残っているとは信じられず狼狽えた。南雲の、口をむずむずさせて嬉しさを必死で隠しているような顔が浮かぶ。

眩しい気がして思わず目を閉じた。

自分を善人だ、などというつもりはない。けれど、自分の中に自分ですら知らない部分があるのなら、まだ自分を見限らなくてもいいのかもしれない。

仕事で関わった彼らを殺さずに済んでよかった、だとか、守った相手に感謝されて嬉しい、というのとは少し違う。なんと言えばいいのか分からない。

だが、少なくとも今、自分は報われたのだ。そう感じている。

仲間との連帯や祖国への忠誠といった、区切り方でどうとでもなるものではなくて、もっと揺るぎない確かなものによって。おそらく、自分の中にあるものによって。

新しい仕事も、今のところ特に大きな問題はない。

本国では、企業の現地駐在員やジャーナリストが紛争地帯に行く前に簡単な訓練を受けさせることが、すでに一般化していた。この国でも危機管理意識の高まりとともに、そういった需要が増している。訓練だけでなく、現地での護衛を必要としている民間人もいる。

今までは現場を知る人間が支社にはおらず、結局は本社とのメールのやり取りが主な業務になっていたが、実際の業務をこの国の言葉で説明できる人間がやってきたことで、格段にやり取りがスムーズになったそうだ。

「聞いたぞ、身を固めたらしいな。おめでとう！　護衛対象者とゴールイン、映画かよ」

グラハムが豪快に笑いながら電話をかけてきた。

「ありがとうございます。本当にお世話になりました」

「うん。お前はその方がいいよ。ちょっともったいないような気もするけどなあ。教官やって長いが、俺はいまだにお前より向いてる奴に会ったことないぞ」

さっさと傭兵稼業から足を洗え、と言っていたこともあったのに、グラハムはそんなことを言いだした。

「まあ、同じ業界にいるし、これからもよろしくな。こっち来る時は言えよ。パートナー連れてこい。お前の昔の悪い話、みんなばらしてやるから」

「絶対嫌です」

「ははは、相変わらず冷たいな。冗談抜きで今度飲もう、ブーンも呼んで。じゃ、またな」

グラハムは笑って電話を切った。時計を見ると夜中の二時だ。相変わらずなのは、教官殿の方だ。この世には時差というものがあるのだと誰かあの男に教えてやるべきだ。今回は出てやったが、次はない。

「んん……」

　横を見ると、裸の南雲が寝ぼけ眼《まなこ》で腰にしがみついていた。起こしてしまっただろうかと思ったが、よく眠っているようだ。ついさっきまで抱き合っていたので疲れたのかもしれない。心地良い疲労感に、新調した大きなベッドの中で伸びをした。

　新しい生活にもだいぶ慣れてきたが、南雲も自分も身体だけは、まだあのバカンスから戻ってこられない。飽きもせず毎日のように抱き合っている。先ほども散々鳴かされた。

　初戦から意外な才能を発揮して何度も驚かせてくれた南雲だが、その進化はとどまるところを知らなかった。行為に夢中になっているように見えるのに、こちらの反応を的確に分析して最適解を探すことに余念がない。

　もともと凄まじい集中力の持ち主だったが、今やそれをセックスにも応用しているのかもしれない。一度の行為で何度も後ろで絶頂を極めさせられ、度重なるドライオーガズムの合間に、息継ぎのように射精するという具合だ。

　最近では準備も南雲がやりたがる。何かと理由を付けて拒んでいたが、押し切られ気味だ。今日もバスルームでそのまま何度も愛された。

「トイレで出した後の深見さんのここって……すごく……可愛い」

　浴室のタイルの壁に手を突いた自分に南雲が背中から覆いかぶさっている。南雲の長い指が深々と肛門を犯していた。

「あっ……くっ……」

「めちゃくちゃ柔らかいし」

南雲が頬を緩めて囁く。奥深くでぐぱっと指が開いた。

「はっ……！」

リラックスの表れなのか、ただ単に慣れたのか、南雲は行為中によく喋るようになった。しかも頭の中の欲望をダイレクトに垂れ流すような赤裸々な内容だ。正直言って困ってしまう。

「迷子になって泣いてる子供の口の中を触らせてもらえたら、こんな感じかな？」

どうしてか、酷くそれに感じるのだ。

「んふ……っ……う」

「心細そうで、いたいけで、濡れてて」

排泄直後の緩んだそこを、とろりとろりとあやすように嬲られる。本当にまるで泣いている子供の口に好物の飴《あめ》でも入れてやるように。

「あっあっ……あ」

つい先ほどまで、そこは立派に排泄という本来の役割を果たしていたはずなのに、今は南雲の指にすっかり懐き、ちゅくちゅくと音を立てて媚びを売っている。

なんという変わり身の早さだ。だらしなくて見ていられない。しかも、腹の中のものをすっかり出したばかり、内側から自然に開いてしまっている。下腹部の心地良い解放感も手伝って、南雲の手首ごと受け入れようとするかのように貪欲に吸い付いている。

だが生憎《あいにく》と持ち主の頭はそこまで早く切り替えられない。排泄器官が一瞬で性器に変わるのを目の当たりにさせられる羞恥心で、身体が燃えるように熱い。

「ふあ……あっ」

けれど、悪くない。甘い吐息を吐き、哀れっぽく鳴きながら笑う。

「はあ……ん、ははは っ」

笑っていると後ろから強引に口付けられた。

「なんで笑ってるの？」

そういう南雲も笑っている。南雲自身は気が付いていないのかもしれないが、最近の南雲は情事の最中は実に流暢《りゅうちょう》に話す。悪魔のように陽気で、天使のように献身的《けんしんてき》だ。彼が数学について話している時と似ている気もするが、全く違うようにも思える。なんと表現すればいいのか分からない。ただ、この上もなく楽しそうだ。

南雲がリラックスしているというのは、それだけでよいものだ。

「ん？　楽しいから……です。はは、俺、南雲さんとのセックス、大好きですよ」

南雲は今、身体だけでなく心も裸なのだ。そして自分も。今だけは全てが許される。

「そっか、僕も」

「迷子ね……そう、俺は迷子だったんです」

根無し草という言葉がぴったりで、住むところにすら執着がなかった自分を、椅子一つで喜ぶ男に変えたのは南雲だ。

「……んっ……寂しかった。ずっと俺の中にいて……もう離さないでください」

唇の触れる距離で囁くと、面白いように南雲の瞳孔が開いていく。腕を後ろに回して尻の中に埋まっている南雲の指の根元をなぞる。

「あ、……は」

この指が自分の中に。

首を反らし、今度はこちらから口付けた。

「絶対離さない。離せって言われても無理だよ」

南雲は口付けを受け、獣じみた掠れ声で笑った。

「準備を僕にさせてもらえるの、いいことしかないね。毎回僕がしたい」

牙が生えていないのが不思議なほど、悪い顔をした南雲が囁く。唆《そそのか》すような事は言ったが、冗談ではない。

「楽しいし」

「あっ！　はあっ……ひっ」

洗浄を終えた南雲が本格的に前立腺を責め始めた。指で揉み込まれて甘い声が上がる。こちらから誘っておいてこの体たらく。だがその無力感がたまらない。

南雲にねじ伏せられることを望んでしまう、この感覚はなんなのだろう。

「深見さんも気持ちよさそうだし」

その通り。ほっといてくれ。

だがもっとして欲しい。この男にいいようにされて正体をなくしてしまいたい。

「ひ……ぅっ」

指を抜かれて震えた。南雲が後ろで屈む。浴室の壁に手を突いたまま振り返ると南雲が笑ってぺろりと唇を舐めた。

「僕が何しても、汚いからやめて、って言われないだろ」

「あ、ちょっ、まっ……くっ！」

南雲の舌が入って来る。

「あ、あ、あ」

咄嗟に尻を振って逃げようとしたが、快感に悶えているようにしか見えないだろう。

「ちゃんと綺麗にしたの知ってるよ。僕がやったからねって言い返せる……んぅ」

「あっ！」

尖らせた舌でそこがふやけてしまいそうなほど虐め抜かれる。浴室にずちゅずちゅと音が響く。両手を壁に預けていたせいで全くの無防備だった前も同時に手荒く愛された。

「ぐ……っ……く」

いつの間にか立ち上がった南雲が緩んだ孔に先端を押し付けている。それだけで、よく躾けられたこの身体は剛直を受け入れようと勝手に脚を開き、南雲の高さに合わせて従順に腰を突き出してしまう。どういう訳か最初からそうだ。本気を出せば南雲に抗うことは容易いはずなのに、それをしようと思ったことは一度もない。

あなたのためなら俺はいくらでも力を抜いて待っている。手折って雀って、貪ってくれ。

どちゅっと音を立てて勢いよく突き込まれる。

「あっ！　……っふ……っ」

南雲が下腹部に手を回した。つられて下を向くと、日焼けした肌、臍まで生える黒い陰毛に南雲の白い指がかかっている。割れた腹筋に細い指先が食い込む。

太いものを呑まされて、苦しいほどに張り詰めた腹を、容赦なく揉み崩される。南雲の律動に合わせて、腫れ上がった肉棒が揺れていた。

南雲は背中に唇を押し付けながら腰を動かし続けている。このままでは自分だけ達してしまう。衝撃を逃がそうと身を捩ると、暴れ馬の手綱《たづな》でも引くように、強く陰茎を掴まれた。

「ああっ！」

動けない。逃げ場を奪われ、何度も貫かれた。南雲の腰が尻を打つ高い音が反響する。

「はあ……ん……んっ……んんんっ！」

やがて南雲の質量に押し出されるようにして、絶頂を極めた。口の端から涎が一筋流れる。

「くっ……あ」

南雲はまだまだ、硬い。

「いっぱいしよ……深見さん……」

「……あっ!?　あっ……あっ！」

激しい絶頂の余韻にうっとりと酔い痴れているそこを、再び無遠慮に抉られる。中途半端に硬いままの陰茎が揺れ、まだ精液を零している鈴口が冷たいタイルに触れる。逆らえない。

「ひっ」

なす術もなく揺さぶられ、壁に頬を寄せて縋り付き、涙を流す。腰から下は上半身の嘆きなど知らぬ様子で、盲目的《もうもくてき》に南雲を慕《した》っている。無体を強いられているというのに、もっと、とせがむように健気に尻を上げ、南雲に応えている。

「な、ぐもさ……あっあっあっ」

振動で後孔から垂れた粘性の高い滴が揺れ、内腿を叩く。その些細な刺激にも、会陰が疼く。ついさきほど達したばかりなのに、後ろはすでに次の頂上へ向かって駆け出している。間断《かんだん》なく、あまりにも大きな波が押し寄せ、気を失いそうだ。

「あっ……いっ……！」

バスルームに限った話ではない。居間のソファで、キッチンで、時には玄関でも南雲は上目遣いで強請る。強請り方すらも日々最適化に励んでいるのかと思うほどだ。気が付くと南雲を咥え込み、喘ぎながら揺さぶられている。完全に骨抜きにされた。南雲を不器用だと思っていたのは大きな勘違いだった。彼はとてつもなく器用なのではなかろうか。

南雲の日常生活における粗相も大幅に減った。今では特に火傷もせず、カップも割らずに、ドリッパーを使ってコーヒーを淹れ、振る舞ってくれるようになった。しかも、なかなか美味い。簡単に手ほどきはしたが、こんなにもあっさりマスターするとは。今までの失敗の数々は不器用だからというよりは、単純作業をしていると、つい仕事のことを考えてしまうから、というのが主な理由だったのだろう。しかしなぜ急に。

「なんでだろ？」

南雲は首を傾げて少し考え込み、何かに気が付いたのか真っ赤になった。

「新しい考えを思いつく時、今まではいつも、あの貧乏揺すりをしてたんだ」

例のトランス状態のことか。

「だけどセーフハウスで研究を仕上げた時には、何もせずに、どんどんアイディアが浮かんできた。最近も……深見さんとした後はそういえば、特に注意力散漫《さんまん》になったりせずに、いい考えが閃《ひらめ》くこと、多い……かも」

この件で南雲に赤面させられるのは何度目だろうか。これはもう一生言われると思った方がいいかもしれない。つまり集中状態に入れる機会があの異様な貧乏揺すり以外にも増えたから、日常生活まで犠牲《ぎせい》にする必要がなくなった、ということか。

「関係あるかは分からないけど」

南雲は眩しそうにこちらを見上げた。

「天羽さんの言う通り、深見さんは僕のミューズだ」

実際のところは分からないが南雲が変化するきっかけになれたのならば光栄だ。

だからというわけではないだろうが、南雲は今まで諦めていたものに再び挑戦し始めた。

「十年ぶり、いや、もっと……かな」

車の運転席に腰掛けて南雲が呟いた。

「大船に乗ったつもりで。運転手が撃たれて助手席から運転替わるなんてよくありました」

助手席から言うと南雲が笑った。

「頼もし過ぎだよ、深見さん」

しばらく練習した後、南雲は一人で運転ができるようになった。送り迎えはもう必要ない。以前使っていた車は、爆発物を処理する過程で損壊したので買いなおした。南雲の強い希望でかなりしっかりした予防安全装置付きのものだ。便利なものが次々と世に生まれ、生活を変えていく。人もそれに合わせて変わっていく。

南雲の公共交通機関への苦手意識も次第に克服《こくふく》されていった。休日に二人でバスに揺られ、近所の観光地へと出向いた。青空と燃えるような紅葉を眺めている南雲に言った。

「もう一人でどこへでも行けますね」

南雲が振り返る。

「うん。これで深見さんがどこに行きたくなってもついて行けるし、会いに行ける」

「どこにも行きませんよ」

深く考えずに笑って返すと、南雲が気まずそうに言った。

「深見さんが帰国しちゃうって思った時に、深見さんを雇い続けてここに縛り付けることしか考えつかなかったの、実はすごく気になってたんだ。あと、閉じ込めたいとかさ……僕は自分勝手で失礼だった。甘ったれたこと言ってたよね」

南雲は頭を掻く。

「深見さんについて行くって言うべきだった。今は胸張って言えるよ」

だからあなたも自由でいてくれ、行きたいところへいつでも行っていい、そう言われているのだと分かって、一瞬言葉が出なくなった。

南雲は今、自由なのだ。

「はい、一緒にいろいろなところへ行きましょう。仕事だけじゃなく旅行でも」

「うん」

明るい陽射し、白い砂浜、青い海、慣れない水着姿に照れたように笑う南雲を思い浮かべて目を閉じる。部屋の中にお互いさえいればいいと思っていたが、いつかそういうバカンスをしてみるのもいいかもしれない。

今の南雲なら、数学以外のことにも目を輝かせてくれるだろう。


そう、南雲は実に様々な分野に興味を持つようになった。

数学以外の本を読むようになったのはしばらく前からだが、今ではそれまでの人生で抑圧されていた分を取り戻すかのように、ありとあらゆる種類の書物に手を出している。

休日にコーヒーを飲みながらソファに座って本を読んでいた時のことだ。隣に座った南雲に話しかけられた。

「深見さん、記憶って、上書き編集可能なデータみたいなものらしいよ。本で読んだ」

「へ、記憶？　データ？」

小説を読み耽っていたせいで、現実に戻って来るのに少し時間がかかってしまった。

「だから文書のファイルみたいに開いて閲覧している時に最も改竄《かいざん》されやすいんだって」

開いて閲覧、思い出している時、ということだろうか。

「要するに罪悪感を抱いた状態で何度もその時のことを思い出せば、簡単に書き変わっちゃうってことだ。記録として残らない自分の感情なんかについての記憶は特に」

ようやく南雲が何について話しているのか分かった。

「深見さんから若い兵士が死ぬように仕向けちゃったかもしれない、って聞いてから、僕はずっとそのことを考えてた。少しでも関係ありそうな本はみんな読んだよ」

思わず目を見開いた。過去を打ち明けた時、南雲はその件について言及しなかったので、触れてはいけない話題として忌避《きひ》されているのだとばかり思っていた。ただ興味のある本を手あたり次第に読んでいるだけではなかったらしい。そんな理由があったとは。

「あの時はなんて言えばいいか分からなかった。僕なんかが口を出していいことじゃないのかもしれないと思って……だけど、深見さんはそのせいで苦しんでるみたいだ」

今の南雲の表情の方がよっぽど苦しそうだ。

栞《しおり》も挟まず本を閉じた。

つまり後輩の危険を察知しながら、それを敢えて伝えなかった、という記憶は罪悪感が作り出したものだと言いたいのだろうか。俄《にわか》には信じがたい話だ。

訝る視線に気付いたのか南雲は少し笑った。

「ははは、こう言っちゃうと、なんだかトンデモ系みたいに聞こえるよね」

「すみません」

「いいんだ。実は深見さんの話を聞いた時から、一つ気になって仕方なかったことがある」

南雲は特に気にしたふうでもなく続けた。

「深見さんが船の上で、深見さんの後輩の、えっとフィルって言ったっけ？　彼を庇いながら大勢の敵を倒さなきゃならなかった時、そんな場合じゃないはずなのに頭から離れなくてずっと考えてたことがあった、って言ってたよね。その内容をもう一回教えてくれないかな」

後輩の名前までよく覚えているものだ。数学に関連する人名しか覚えられないといわれていたのが嘘のようだ。しかし、なぜ今更そんな話を。

「えっと、そう、あの裏切り者がチームリーダーを撃ち殺して、そいつは俺だけに造反を唆すようなことを言って、フィルはそれを驚いた目で見ていて……」

戸惑いつつも答えると南雲が遮った。

「それだよ」

「は？」

「驚いた目っていうのが気になった」

あの時、自分はなんと言ったのだったか。フィルのまだあどけない顔、大きな青い目を思い浮かべる。そうだ、俺は。

「『あの青い瞳が目に焼き付いて離れなかった』」

件の台詞を言うと南雲も同時に声を合わせて諳《そら》んじる。大した記憶力だ。覚えているくせに質問したのか。この台詞の何がそこまで引っかかるというのだろう。

「深見さんは深夜の奇襲作戦だって言っていた。深見さんの部隊はそういう仕事の時は暗視ゴーグルを付けるんだろ？　四つ目のごついやつ、前にニュースで見たことがある」

その通りだ。あの任務では全員が着用していた。裏切り者がそれを外した瞬間も覚えている。

「あの時は、まだちゃんと軍の装備を知ってたわけじゃなかったし、深見さんがあまりに自然に言うから確信が持てなかった。だけど調べてみてもやっぱりおかしいんだ。その後すぐ銃撃戦になったってことは、時間的に余裕がある状況じゃないよね。フィルが暗視ゴーグルを外すのは不自然じゃないか？　深見さん」

榛色の目がじっとこちらを窺っている。

「あの時、本当に彼の青い目を見たの？」

「あ……」

そうだ、見たはずがない。

仲間を撃った裏切り者は暗視ゴーグルを外した。説得のためだろう。だがこちらが付き合う義理はないのだ。自分は外さなかった。もちろんフィルも。現にその後の戦闘で、ゴーグルを装着して壁に張り付くフィルの姿を、はっきりと覚えている。死ぬ直前の彼の姿だ。

しかし、ならばなぜ。なぜ自分はこんなにも克明に、船の上で銃を握りしめて立ち尽くしていたフィルの驚愕した顔や、見開いた目を思い出せる？

南雲は混乱する相手を気遣うように手を伸ばし、そっと頬に触れてきた。

「そう、そんなもの見ていないんだ」

頬に添えられた南雲の手を咄嗟に握りしめた。情けないことに手が震えている。事実を突きつけられてもフィルのあの青い目の記憶は鮮明なままだ。

「……嘘だ……なんで？」

ゆるゆる首を振って俯く。

「大丈夫だよ、深見さん。わりとよく知られている普通のことだ」

「どうして俺は、見てもないものを……覚えて……」

「それは……たぶん、深見さんがフィルをちゃんと仲間として、生身の人間として大切に思っていたからだ」

思わず顔を上げた。

「ゴーグルをしていない普段の彼の笑った顔、悲しい顔、それから驚いた顔を即座に頭の中で思い浮かべられるくらい、こんな状況なら、きっと彼はこんな顔するだろうって。それを実際に見たと勘違いしたんだ」

仲間として、大切に。

「彼が死んでしまったのがつらくて、自分を責めて、ありもしない視線の記憶を作り出してしまうほどに」

　呆然としている自分を見て、南雲は慌てたように付け加えた。

「ご、ごめん、知ったようなことを、えらそうに……」

「い、いえ」

　圧倒されていたのだ。南雲はあの時からずっとこれを気にしていたのだろうか。いつかの台詞が頭をよぎる。『些細な整合性が気になって生きるのが大変』、あの言葉の通りだ。南雲はなんという精度で世界を見ているのだろう。

「何が言いたいかっていうと、そのくらい記憶っていうのはあやふやなものなんだ。だからって全てが嘘だってことにはもちろんならないけど。真実なんて確かめようもないことだから、それは本当にどうでもいいんだ。でも深見さんが悪い方向に決めつけて自分を責めてるなら、そんなことしなくていい。そう言いたかった」

　南雲は首を振った。

「僕は深見さんと違って、人の気持ちを察するのは得意じゃない。どんなに本を読んだって、何度深見さんと話したって、たぶん僕は深見さんの全てを理解できるようにはならないんだろう。だから軽々しく深見さんに、自分を信じて楽になれ、なんて言えない。だけど一つ確かなことは……」

　南雲は真っ直ぐにこちらを見ている。嘘を知らない魔物のような目で。

「深見さんは後輩が死んで、すごく悲しんだってことだ」

そうだ、悲しかったのだ。胸が潰れるほどに。

「それから僕は、こういう問題で心理的負担を背負わされている被差別者側に、倫理的公正さを要求して責め立てる奴らは大嫌いなんだ。正しいとか正しくないとかじゃない、嫌いだ」

大嫌い、ずっと論理的に話していた南雲の口から、こんな感情的な言葉が出るとは。

「僕は深見さんの苦しみが少しでも減るなら、なんだってする。もう深見さんの心も身体もどこも売り飛ばさせたりしない」

真実よりもずっと重たいものを差し出すように南雲は言った。

「……っていっても現状、本を読むぐらいしかしてないし、なんか大げさだけど」

南雲は恥ずかしそうに頭を掻いて続けた。

「あとさ、前に深見さん、無意識に自分に有利なように動いてしまう、みたいなこと言ってたけど、それって何か悪いことなのかな？」

南雲と一緒に首を傾げる。悪くないのだろうか。

「普通じゃない？　みんな持ってる能力を最大限に使って、欲しいものを取りに行くんじゃないか？　深見さんは特にそれが上手だってだけで。あ、いや、そりゃあ嘘吐いたり騙したりはよくないけど、その、仕草とか、表情とか……」

赤くなる南雲を見て思い出した。南雲に対してハニートラップを使っていたかもしれない、と前に言ったことがある。本当に南雲は自分をよく見ているし、こちらの言ったことをよく聞いて覚えているものだ。にやりと笑って南雲の背に手を回す。

「悪い事じゃない、か。じゃあ俺は本気を出してあなたを口説いてもいいってことですか？」

耳元に口を寄せて囁く。

「う、うん……って、え？　あれで本気じゃないの？」

南雲はこわごわ言った。自分で煽っておいて何を言っているのだ。

間近で微笑んでやればすぐに南雲の顔はだらしなく緩む。こちらをうっとりと見上げる南雲の目は、酩酊《めいてい》したように潤んでいる。盲目といえばその通り、だが誰よりも澄んでいる。

早くその目で俺を裸にしてくれ。

少し前までは仕事で媚態を作ってみせるのが嫌でたまらなかったのに、今では南雲を誘惑するのが生きがいになりつつある。

「確かめてくださいよ」

吐息と共に吹き込めば、南雲は耐え切れなくなったように覆いかぶさってきた。

全てを理解できるようにはならない、と南雲は言うが、とてもそうは思えない。

なんせこの真摯で自由な天才は、天才な上に努力家なのだ。思えば出会った頃からずっとそうだった。数学者の南雲は軍人崩れのボディーガードを知るための努力を惜《お》しまなかった。そして長い間苦しめられてきた呪いも、あっさり解いてくれた。

そのうち、自分ですら把握しきれない嘘だらけのこの心も身体も何もかも全て征服《せいふく》されて、南雲の知らない部分はなくなってしまうのではないか。

もしかしたら、もうすでに。

ソファに押し倒されながら目を閉じた。

「そういや南雲くん、大学で講義するようになったんだよ」

南雲に忘れ物を届けるついでに、ケーキの差し入れを持って天羽の研究室へ顔を出したところ、天羽が教えてくれた。以前、ご馳走になったので、お返しのつもりで近所の洋菓子店に寄ったのだ。それでなくても天羽にはいろいろと世話になっている。

「へえ」

「今まではどんなに頼まれても嫌がってやってくれなかったの。自分は話すのが下手だから学生さんに悪い、とか言って。昔は一言も説明せずに数式書き殴って帰っちゃう教授とか普通にいたし、そんなに気にしなくてもいいのにねえ」

天羽は美しい顔にクリームを付けたまま笑う。

「時の人だから、すごい人数が聴きに来てるよ。まだまだ覚束《おぼつか》ないけど学生相手っていうのを、ちゃんと意識して喋ってるみたい。進歩だよね」

驚いた。南雲はそういった歩み寄りは絶対にしないと思っていた。

家に帰ってからその件を尋ねてみると、南雲は気まずそうに視線を逸らしながら頷いた。

「俺も一度聴きに行きたいな」

以前、南雲に数学の話をしてもらった時にはまるで理解できなかったが、南雲の変化を自分も見てみたかった。

「ダ、ダメ！」

思わぬ強さで拒絶された。どうしてだ。ショックだった。

「あ、ちが……嫌だって意味じゃなくて、聴きたいと思ってくれるのは嬉しいんだ」

あからさまに落胆している恋人の顔を見て南雲が慌てて付け足した。

「まだちょっと待って。恥ずかしい……いや、恥ずかしい講義でお金取っちゃ駄目だよね。でも学生さん達は一応みんな数学の勉強してる人達だし、きちんとカリキュラムに則《のっと》った内容話してるから許してくださいっていうか……その」

南雲はしばらく、書斎の椅子に座ったまま頭を抱え、うんうん唸っていたが、やがて観念したようにちらりと横目でこちらを見た。頬が赤い。

「あのね、深見さん……僕、あの講演の依頼、前に天羽さんが出てたやつ、受けることにしたんだ。来年の秋ぐらい、かな？　一年近く先」

初耳だ。南雲らしからぬ表情で天羽の動画をこき下ろしていたと思ったのだが、どういった心境の変化だろう。

「天羽さんの動画を見た時、僕はつい悔しくて貶《けな》しちゃったんだけど、実を言うと羨ましくてしょうがなかった。天羽さんは本当にかっこよかったから」

南雲は情けない顔になる。

「どうして僕はかっこ悪いのに、天羽さんはかっこいいんだろう？　かなり一生懸命考えたよ。僕に足りなくて天羽さんが持ってるものはなんだ？　僕は話すのが下手糞で、天羽さんは話すのが上手だ。でもそれだけじゃない気がした」

南雲の横顔は静かだった。

「それで分かったんだ。たぶん天羽さんは、目の前で自分の話を聞いてくれる人達を信じてるんだよね」

「信じてる？」

「うん。自分の話を絶対に分かってくれる、面白いと思ってくれるはず、って。そりゃ、個人の理解力やリテラシーに差があることを頭では分かってるだろうけどさ。そうじゃなくて、きっと天羽さんは、意識もしてないぐらい当たり前の心の土台の部分が、自分の話なんかどうせこいつらには分からないだろう、なんて欠片も思っちゃいないんだよ」

――どうせ何も分かってくれないんだ。

いつかの南雲の台詞を思い出した。

「もちろん分かりやすく人に伝えるには頑張らなきゃいけない。人前で話す練習だって必要だ。でも信じてるから誠実に努力することを厭わない。その無意識の信頼は、どうしたって滲み出る。画面越しにだって。無意識の信頼ほど僕らを奮い立たせるものはない。だから天羽さんはあんなにかっこいいんだ」

南雲は視線を落とす。

「僕は全然ダメだった。どうせこいつらには分からないだろう、分かる奴だけ分かればそれでいい、そんなことばっかり考えてた。そう思うことで、自分を守ってたんだ」

皮肉っぽく口を歪めて南雲は付け加えた。

「相手に理解できないレベルの話をするっていうのは、何の実りもない行為だけど、僕の自尊心を絶対に傷つけないからね」

兄を思い出したのだろう、南雲の顔が一瞬だけ成一と重なる。

「深見さんに自分の研究内容を話した時は、たぶん一番かっこ悪かったはずだ。僕は深見さんにいいところを見せたかった。普通の人には理解できないような数学の話をしたら一目置いてもらえる、っていう経験が身体に沁みついていてて、無意識にやっちゃったんだと思う。その後、無言で数式を書き殴ってた時もそうだ。下手糞なお喋りで幻滅されるぐらいなら、何かとてつもなく難しいことをやってる変人でいた方がましだ。深見さんが困ってるのを無視して」

南雲は明るく笑った。

「本当に恥ずかしい。自分のことしか考えてなかったんだ。その時、僕は自分が何を欲しているのかも理解してなかった。でも僕は深見さんが数学の本を読んでいるのを見て、すごく嬉しかった。泣きそうになるぐらい。分かる奴にだけ分かればそれでいいんじゃなかったのか？矛盾してるだろ？」

南雲は笑うのをやめて続けた。

「話し方だけなら練習さえすればなんとかなるかもしれない。だけど人を信じるのは練習じゃどうにもならない」

南雲が顔を上げた。

「でも今、僕には深見さんがいる。僕はもう人を信じることができるはずなんだ」

南雲は少し苦しそうに言った。

「僕も深見さんにかっこいいって思われたい。天羽さんみたいに」

そこで南雲は何かに気が付いて立ち上がった。

「違う。かっこいいとかじゃない」

挑むような表情でこちらを見上げている。

「僕が面白いと思ってるものを、深見さんにも分かってもらいたいんだ。そのために今準備してるところ。だからもうちょっとだけ待ってて」

野心に満ちた強い視線、これがテレビ取材を受けて傷ついていたあの南雲だろうか。

「ええ、楽しみに待ってます」

南雲は少しはにかむと視線を下げた。

「で……ね、その前に深見さんに確認したいことがあるんだけど……」

＊＊＊

秋の柔らかな日差しの中で南雲は首を晒してうっとりと目を閉じている。

泡だらけの顎に刃を滑らせ、髭を剃り終えた。剃刀を置き、熱いタオルで軽く泡を拭う。南雲が目を開けた。そばかすの散った白い頬、明るい色の瞳、整った顔立ちで微笑む南雲は光を浴びて彫刻のように美しかった。

「ありがとう、深見さん」

南雲は髪を切った。もう彼の印象的な目元を隠すものは何もない。

「ん……っ」

見惚れている隙に南雲に引き寄せられ、唇を奪われた。目を閉じ、奪われるに任せる。

「はいはいはい！　もうすぐ時間だよ！」

パンパンと乾いた音がしてはっと我に返る。手を叩きながら控え室に入ってきたのは天羽だ。シンプルな黄色いワンピースを着ている。斜めに切った裾が美しい。

「あ、うん、ごめん」

座ったまま答える南雲はスーツ姿だ。ブルーグレーのシャツから覗く、ネクタイのない清潔な白い首元が目を引いた。髪も短くなったので、頭の形の良さと顔の小ささが際立つ。以前VTRで見た授賞式の時の垢《あか》ぬけない様子とは大違いだ。写真で南雲を知っているだけの人間は彼が誰だか分からないのではあるまいか。

「天羽先生、どうもお久しぶりです」

「久しぶり、元気だった？　しかし、キス見られて動揺もしないのか！　ふてぶてしくなっちゃってさあ、可愛くない」

「天羽先生は素敵ですよ」

「久々にちゃんとお洒落《しゃれ》したよ。私が素敵なのは当然として、南雲くんかっこいいじゃん！

髪も服も似合ってるよ」

「ありがとう」

照れて頭を掻く南雲を見てにんまりする。南雲の服を選ぶのはとても楽しかった。

「深見さんはすでに完成されちゃってるからあんまり褒めたくない。まず体型が反則だし場数が違うって感じ。どうせ南雲くんの格好も深見さんプロデュースでしょ」

「どうも」

スーツの肩を軽く竦める。褒めていただけて光栄だ。


今日は講演の当日だ。飛行機ではるばる海を越えてやってきたのが一昨日、昨日のうちに講演の打ち合わせとリハーサルがあったが、本番で驚かせたいので見ないで欲しいと南雲に懇願され、一人で観光していた。

ホテルに帰ってきた南雲は、疲れ切ってぼやいていた。

「発音とかいろいろ直されるんだ。それから、声をもっと大きく！　だって」

トレーナーの口調を真似てみせてくれた。出会った頃からすると想像もつかないほど南雲は表情豊かになった。

「咳払《せき》いまで練習させられるんだよ。びっくりした」

昨晩は、げんなりした様子の南雲を慰め、いつも通り抱き合って眠った。

この北の都市には、南雲の話を聞こうと世界中から聴衆が集まっている。本来この講演を生で聴くには多額の年会費を払う必要があるが、講師の関係者という枠で、自分もなんとか聴講の権利を得ることができた。

天羽は昨年の冬から客員教授としてこの国の大学に勤めている。メールで知らせると、友人として駆けつけてくれた。彼女は過去のベストプレゼンターとして、無料での聴講の権利が与えられているらしい。

「そういや南雲くん、髭剃りだけは、いまだに深見さん任せなの？」

天羽はふと思い出したように尋ねた。南雲が答える。

「あ、いや、自分でも……剃れるよ、もう」

「じゃ、なんで？」

南雲が口籠もる。顔を見合わせ二人で照れたように俯くと、天羽が怒鳴った。

「つまりいちゃついてたのか、それだけか！　つか、早く準備しなよ」


会場は満員だった。様々な人種、年齢層の人間が入り乱れている。身なりのいい老婦人もいれば、仰々しいタトゥーの入った若者もいる。天羽の隣に座り、辺りを見渡していると、横から天羽の含み笑いが聞こえてきた。

「出た出た、特殊部隊出身」

無意識に大きな荷物を持った客や非常口を確認していたのがばれたらしい。天羽は相変わらず無駄に勘が鋭い。苦笑して椅子に座り直した時、知った顔が見えたので、思わず動きを止めた。見間違いかと思ったが、向こうもこちらに気が付いたのか嫌そうに渋面を作った。だが視線は逸らされない。

客席の中にいたのは成一だった。

いつものように高そうなスーツに身を包み、初老の女性と並んで座っている。色白で顔にそばかすが目立つ女性だ。彼女は成一が何か囁くと笑顔になり、こちらに向かってぶんぶん手を振り始めた。周りが何事かと振り返る。成一は女性に押しのけられて眉を顰めている。彼女は手を振りながら、今度は反対隣に座っている年輩の男性の肩を揺する。忙しない。男性はこちらを見て目を見開いた後、立ち上がって丁寧なお辞儀をした。顔立ちは南雲の兄に似ている。

南雲の両親か。

南雲は、両親や兄にもこの講演のことを伝えたと言っていたが、関係者枠は一枠しかなく、おそらく兄は聴きには来ないだろうと思っていた。

あのバカ高い年会費、全員払ったのか？

唖然としながら会釈を返す。成一が小馬鹿にしたように顎をしゃくってみせた。講演がもう始まる。慌てて前に向き直ると照明が落ち、南雲が壇上に現れた。

大きな拍手、南雲は堂々と前を向いている。

『こんにちは、南雲陽司です。数学者をしています。どうぞよろしく』

魅力的な笑みだった。いつの間にこんな芸当を覚えたのだろう。さすがの指導力だ。

『皆さんも知っているかもしれませんが、僕は去年まで、ある重要な仕事をしていました。その時ボディーガードについてくれた彼が、今の僕の伴侶《はんりょ》です』

会場が沸き立つ。歓声、高い指笛の音が響く。祝福と、囃《はや》し立てる言葉も聞こえてくる。

ちょっと待て、聞いてないぞ！

いきなりの爆弾発言に顔が引き攣る。

いや、聞いてはいた。事前に南雲に講演会でパートナーとして皆に紹介して構わないか、と尋ねられた。こちらはすでに馴れ初めから互いの呼び名まで知人友人に教えている、惚気が過ぎると呆れられているほどだ、全く構わない、と笑って承諾した。しかし、講演後に挨拶に連れ回されるか、せいぜい謝辞に自分の名前を出されるぐらいだろうと思っていた。まさかこういう意味だったとは。

『彼を初めて目にした時、僕は舞い上がってしまって、がちがちに緊張していました。まあ、ありていに言えば僕は彼に一目惚れしてしまったのです。彼は本当に紳士的で、それにホットで、チャーミングで……んんっ』

ここで咳払い。これか、ここを練習させられていたというのか。運営スタッフは一体何を考えているのだ。いくらなんでも悪ノリが過ぎる。聴衆のほとんどは、ここに座っている自分が南雲の伴侶その人だとはもちろん知らないだろうが、顔から火が出そうだ。

確かに南雲は「深見さんに面白いと思ってもらえる話をしたい」と言っていたが、こんなにも自分との関係を前面に出されるとは思わなかった。というかいいのだろうか。私物化ではないか。スタッフはよくこれを許したものだ。

『これ以上話すと後で怒られますから、もうやめます』

いたずらっぽく南雲が付け加えた一言で、会場は笑いに包まれた。一聴衆としてならば称賛《しょうさん》したいスマートさだが、当事者としては全く笑えない。何の罰ゲームだ。

『僕は話すのが苦手でした。彼に親切にしたいし、仕事がスムーズに行くように立ち回りたくても、できなかった。そんな僕が、今こんなにも上手に……』

そこで会場からまた笑い声が起こる。南雲はそれに控えめな笑みと会釈で応えた。

『ええ、はは、どうも。そうです。こんなにもエクセレントなスピーチができているのは全てスタッフ達の涙ぐましい献身的なサポートのおかげだ』

この切り返しまで事前に練習していたとは考えにくい。南雲は講演を完全に自分のものにしていた。

『仕事を始めるにあたって、彼は僕の仕事、数学について質問してきました。しめた、と思いましたね。ガッツポーズをしましたよ、心の中で。僕は数学だけは得意でした。他のどんなことも人より上手くできたことはありませんが、数学だけは。数学について話したら、彼も僕を見直すだろうと思ったのです。僕は本当に狭い世界で生きてきたから』

南雲は軽く頭を振った。

『僕の予想は大外れでした。彼は気の毒になるぐらい困っていました。彼は僕の話が全然分からなかったのです。正直、途方に暮れました。僕が他人と関わるために持っているツールは数学しかないのに、彼は数学が分からない。はじめのうちはどうしたらよいのか分からず、ただ黙っていました。失敗するのは怖い。嫌われたくなかった』

沈んでしまった会場の雰囲気を和らげるように、南雲は少し笑った。

『それからしばらくして、僕は彼と数学以外の話を、拙いけれど、するようになった。僕は変人だといわれることも多いですし、実際、ちょっと変わっていると思います。だからきっと彼は数学の話をした時以上に、僕の話が分からないだろうと思ってたんです。けど違った』

南雲は泣きそうな顔になる。

『彼は嬉しそうだった。それを見て僕は、自分がいかに多くのことを怠けてきたかを思い知りました。試してみることすらせずに、諦めたものの多さに慄きました』

恥ずかしさも忘れて聞き入った。少年の頃に兄と数学の話をして以来、ずっと目を背けてきたものと南雲は向き合うことにしたのだ。

成一のことが気にかかった。今の南雲の変化、それはかつて成一が望んだものでもあったはずだ。きっと彼は弟に試してみて欲しかったのだ。諦めないで欲しかったのだ。

『今までの人生で怠けてきた分は、とても取り返せるものではないと分かっていますが、僕は彼が面白いと思ってくれるような話をしたくなった。この年になって、ようやくです』

一つ言えるのは、成一が両親と共に今日ここに来てくれて、本当によかったということだ。

『彼が優れたコミュニケーション能力を駆使してぎりぎり拾ってくれるようなものじゃなくて、ちゃんとした、分かり易くて、できたら楽しいことを話したいと。中でも数学の話を。僕が愛してやまないものを、僕が愛してやまない彼に』

南雲は胸に片方の手の平を当てて目を閉じた。

『実を言えばあれ以来、僕は彼と一度も数学に関する話をしていません。本当の意味で数学について彼に話すのは今日が初めてです。緊張します』

南雲は前を向き壇上に両手を突いた。南雲は、この大勢の中から自分を探し出したかのように真っ直ぐこちらを見ていた。

『今日は僕のしてきた仕事についてできるだけ誤魔化さずに、ほとんど数学を知らない人でもなんとなく面白いと思ってくれるように話そうと思います』

図が映し出された。南雲はその場を離れて歩き出す。長い手足が優雅《ゆうが》に影を作っている。スクリーンの脇に立ち、南雲は再び落ち着いた声で話し始めた。

『この図、作るのに苦労しました。ちょっと複雑ですが、今からご説明します』

「……ははっ」

押し殺したつもりが、つい声が漏れてしまった。

かっこいいな。俺の恋人は笑えるぐらい、かっこいい。

視界の端が滲む。手の甲に滴が落ちた。

隣からの洟《はな》を啜《すす》る小さな音に気付いたのだろう、天羽が少し笑った。大柄な男が肩を震わせている様は目立つかもしれないが、気にするのはやめた。それよりも南雲を見ていたい。一瞬も逃したくない。暗い会場から明るい壇上を見つめているせいなのか、眩しくてたまらない。

水の中に差し込む日の光のように。

南雲陽司、数学の天才、すごいやつだ。

南雲と自分は全く別の生き物だと思っていた。こちらは深い海の底に棲《す》んでいて、手の届かない空高く、分厚い雲の向こうを見上げているのだと思っていた。そもそも南雲は他人と分かり合うことを必要としていないのではないかと。

けれど彼は歩いて行ける場所にいて、今こちらに向かって話している。

どんな壁も乗り越えて伝わるはずだと、分かち合えるものがあるはずだと、持てる全てを使って懸命に。

南雲は信じているのだ。

この会場にいる誰もがそれを感じ取っている。きっと南雲の兄でさえも。

そして自分も南雲を信じている。

『まず最初に皆さんにお話ししておかなければならないのは……』

これからもずっと、信じている。

あとがき

勉強が嫌いな七川琴《しちかわこと》です。こんにちは。本作が二作目となります。まさか二作目が出せるとは！　夢のようです。やったぜ！　担当編集の方や素晴らしいイラストを描いてくださったノラサメさんはもちろんのこと、今回はその他にも、たくさんの方にお世話になりました。中でも、ストーリーを作る時に相談に乗ってくれた友人のM、そしてキャラクターを固める上でイメージを提供してくださったGさん、本当にありがとうございました。

それから私が参考にした本を書いてくださった偉大なる方々ですね。誰かが本を書いてくれなかったら私はそれを知り得ないんだよな、と感慨深く思いました。本作の内容が内容だけに、むしろ失礼になる？　大丈夫かな？　とも思ったのですが、他に敬意を表する方法もないので、直接参考にしたものについては参考文献として記載いたしました。

そして何より、応援してくださった皆様、今この本を手に取ってくださっている皆様に感謝の意を捧げたいと思います。ありがとうございました。

七川琴

参考文献

イアン・スチュアート（2012）『現代数学の考え方』（芹沢正三訳）筑摩書房
サイモン・シン（2006）『フェルマーの最終定理』（青木薫訳）新潮社
マーク・オーウェン、ケヴィン・マウラー（2016）『NO HERO アメリカ海軍特殊部隊の掟』（熊谷千寿訳）講談社

Splush文庫

この本を読んでのご意見・ご感想をお待ちしております。

◆ あて先 ◆

〒101-0051
東京都千代田区神田神保町2-4-7 久月神田ビル7階
㈱イースト・プレス　Splush文庫編集部
七川琴先生／ノラサメ先生

誘惑《ゆうわく》のボディーガードと傷《きず》だらけの数学者《すうがくしゃ》

2018年9月25日　第1刷発行

著　者　七川琴《しちかわこと》
イラスト　ノラサメ
装　丁　川谷デザイン
編　集　藤川めぐみ
発行人　安本千恵子
発行所　株式会社イースト・プレス
〒101-0051
東京都千代田区神田神保町2-4-7 久月神田ビル
TEL 03-5213-4700　FAX 03-5213-4701
印刷所　中央精版印刷株式会社

ISBN 978-4-7816-8616-5
定価はカバーに表示してあります。